Demokratie

Das Buch

Die Christians sind eine der reichsten und mächtigsten Familien auf Hawaii. Inez Victor, verheiratet mit einem US-Senator, führt ein glanzvolles Leben: öffentlich an der Seite ihres Mannes, der als Präsidentschaftskandidat für die demokratische Partei antritt, und heimlich an der Seite des zwielichtigen Charmeurs Jack Lovett, der sich in Waffenhändlerkreisen herumtreibt und mysteriöse Verbindungen zu internationalen Geheimdiensten unterhält. Doch hinter der Fassade von Erfolg und Glamour nimmt eine Familientragödie ihren Lauf, bestimmt von Affären, Extravaganzen und Lebenslügen.

Die Autorin

Joan Didion, geboren 1934 in Sacramento, Kalifornien, arbeitete als Journalistin für große amerikanische Zeitungen und war u. a. Redakteurin der *Vogue*. Sie hat fünf Romane und zahlreiche Sachbücher veröffentlicht, zuletzt *Das Jahr magischen Denkens*, ihr bewegendes Buch über die Trauer um den plötzlichen Tod ihres Mannes, das auch in Deutschland Presse wie Leser tief berührte. Joan Didion lebt in New York City.

Von Joan Didion sind in unserem Hause bereits erschienen:

Das Jahr magischen Denkens
Im Land Gottes
Wir erzählen uns Geschichten, um zu leben (HC-Ausgabe)

Joan Didion

Demokratie

Roman

Aus dem Englischen von Karin Graf

Mit einem Nachwort von Antje Rávic Strubel

List Taschenbuch

Besuchen Sie uns im Internet:
www.list-taschenbuch.de

Ungekürzte Ausgabe im List Taschenbuch
List ist ein Verlag der Ullstein Buchverlage GmbH, Berlin
1. Auflage Oktober 2008

Titel der amerikanischen Originalausgabe: *Democracy*
(Simon and Schuster, New York 1984)
Die deutsche Übersetzung von Karin Graf, zum ersten Mal erschienen 1986 im Verlag Kiepenheuer & Witsch, wurde für die Ausgabe von 2007 vollständig überarbeitet.
Umschlaggestaltung und Konzeption:
RME, Roland Eschlbeck und Kornelia Rumberg
Titelabbildung: © mauritius images/Image source
Satz: LVD GmbH, Berlin
Gesetzt aus der Bodoni
Papier: Munkenprint von Arctic Paper Munkedals AB, Schweden
Druck und Bindearbeiten: CPI – Clausen & Bosse, Leck
Printed in Germany
ISBN 978-3-548-60863-1

Dieses Buch ist für Dominique und Quintana.
Und auch für Elsie Giorgi.

Eins

1

Das Licht in der Morgendämmerung bei diesen Tests im Pazifik ist etwas, das man gesehen haben muss.

Etwas, an das man sich erinnern muss.

Etwas, das dich auf den Gedanken bringen könnte, du sähest Gott, sagte er.

Sagte er zu ihr.

Sagte Jack Lovett zu Inez Victor.

Inez Victor, die eine geborene Inez Christian war.

Er sagte: Der Himmel hatte dieses Rosa, an das kein Maler herankommen konnte. Einer der Detonationstheoretiker hat es versucht, ein ziemlich guter Sonntagsmaler, er hat es nicht geschafft. Hat es einfach nie eingefangen, auch nicht annähernd. Der Himmel hatte dieses Rosa, und die Luft war nass vom nächtlichen Regen, weich und nass und roch nach Blumen, roch nach den Blumen, die du dir immer ins Haar gesteckt hast, wenn du nach Schofield hinausgefahren kamst, Gardenien, die Luft am Morgen roch nach Gardenien, auch wenn es auf diesen Versuchsinseln nicht gerade viele Blumen gab.

Es waren einfach bloß Atolle, die meisten.

Sandige Landzungen, eigentlich.

Zwei Nissenhütten und so ein Landestreifen, den man ausrollt, weißt du, eine Matte, die man einfach ausrollt wie eine blöde Badematte.

Es war da unten wirklich so wie beim Schweizerischen Robinson. Keiner von den Beobachtern flog runter, bis die Jungs von der Technik den Versuch aufgebaut hatten, und ich war bloß ein Beobachter. Ein Mitläufer. Ein Zuschauer. Du kennst mich ja. Manchmal kamen wir an, und das Wetter schlug um, und wir warteten tagelang, saßen bloß rum und schlugen Kokosnüsse auf. Einmal auf Johnston dauerte es drei Wochen, bis die Wetterleute zufrieden waren. »Wonder Woman Two« war das.

Ich erinnere mich, dass ich dir erzählt hatte, ich sei in Manila. Ich erinnere mich, dass ich dir ein kleines Souvenir aus Manila mitbrachte. In Wirklichkeit hatte ich es auf Johnston von einem Aufklärungsflieger gekauft, der von Clark eingeflogen war.

Drei Wochen Rumsitzen auf dieser gottverdammten Insel Johnston, Warten aufs Wetter, und dann nicht einmal ein Ergebnis, das der Rede wert war.

In der Zwischenzeit lebten wir im Wasser.

Fingen Hummer und kochten sie am Strand.

Spielten Rommé und schlugen Mücken tot.

Spazieren gehen konnten wir nicht. Kein Platz dazu. Schreiben konnten wir auch nicht, die Kugelschreiberspitze ging glatt durchs Papier. Da unten kapierte man schnell, warum auf diesen Inseln nicht viel geschrieben wurde.

Reden konnte man. Man bekam dort unten von jedem seine persönliche Lebensgeschichte zu hören, das kannst du mir glauben, wenn du auf einer Insel sitzt, die anderthalb Meilen lang ist, und das meiste davon ist Landstreifen.

Die Männer von der Technik, von denen waren manche drei Monate unten.

Wurden ganz schön schweinisch, glaub mir.

Dann gaben die Wetterleute das Startsignal, und Bingo, keine Geschichten mehr. Gegen drei Uhr morgens kletterten wir alle auf einen Transporter und fuhren ein paar Meilen raus und warteten auf das erste Licht.

Warteten auf den rosa Himmel.

Und dann natürlich auf den Versuch.

Nevada, die Aleuten, das war eine ganz andere Sache. Keiner hatte ein gutes Gefühl bei Nevada, obwohl in Mercury ein paar komische Sachen passierten, wie das eine Mal, als ein Livermore-Apparat versagte und die Fotografen von Los Alamos wie verrückt anfingen, diesen Livermore-Turm zu fotografieren – er stand immer noch, verstehst du, eine Zwei-Megatonnen-Spielerei, und der Turm stand immer noch, das war das Komische daran – und sich totlachten. Die Aleuten waren bloß Drecksarbeit, am Arsch der Welt. Will man der Welt einen Einlauf setzen, schiebt man ihn in Amchitka rein. Die Versuche da oben waren nützlich, weil die Analyse mittlerweile digital erfolgte, aber an einen Versuch auf den Aleuten erinnerte man sich nie auch nur mit einer Spur von Nostalgie oder Spaß. Viele Kongressabgeordnete waren, ob du es glaubst oder nicht, mit ihren Frauen und Töchtern da oben, große Sache für die Zivilisten, aber null Interesse, zero, absolut keins.

Sagte er zu ihr.

Sagte Jack Lovett im Frühjahr 1975 zu Inez Victor (die eine geborene Inez Christian war).

Aber die Veranstaltungen im Pazifik, sagte Jack Lovett. Diese Versuche um 1952, 1953.

Gott, waren die schön.

Du warst noch ein Schulmädchen, als ich dorthin fuhr, stecktest dir Blumen ins Haar und fuhrst nach Schofield hinaus, verrücktes kleines Mädchen mit Inselfieber, man hätte mich ins Gefängnis stecken sollen. Es wundert mich, dass dein Onkel Dwight nicht mit einem Haftbefehl da draußen auftauchte. Es wundert mich, dass nicht der ganze Christian-Clan losgelassen wurde, um mich zu lynchen.

Alles fließt dahin.

Lange her.

Seitdem bist du ganz schön rumgekommen.

Du hast's zu was gebracht.

Du hast alles mitgenommen, hast was erlebt.

Interessante Zeiten.

Als ich dich 1969 in Djakarta sah, habe ich dir gesagt, dass wir beide eine Nase für interessante Zeiten hätten.

Lieber Gott, Djakarta.

Arsch der Welt, südliches Ende.

Aber eines sage ich dir über Djakarta '69: Djakarta 1969 übertraf Biên Hòa 1969.

»Hör mal, Inez, nimm, solange du kannst«, sagte Jack Lovett im Frühjahr 1975 zu Inez Victor.

»Hör mal, Inez, wer nicht will, der hat.«

»Hör mal, Inez, *un regard d'adieu*, wie wir in Saigon sagten, ein letzter Blick zurück.«

»Ach Scheiße, Inez«, sagte Jack Lovett eines Abends im Frühjahr 1975, eines Abends im Frühjahr 1975 am

Rand von Honolulu, als die C-130 und die C-141 schon die ganze Nacht zwischen Honolulu und Anderson und Clark und Saigon hin und her flogen, innerhalb von dreißig Minuten in Tan Son Nhut wendeten, landeten und luden und auf die Startbahn rollten, alles mit laufendem Motor, die Angehörigen hinausschafften, die Dealer hinausschafften, das Geld hinausschafften, die Schoßtiere und Barmädchen hinausschafften, für die bezahlt worden war, die Porzellanelefanten hinausschafften: »Ach Scheiße, Inez«, sagte Jack Lovett zu Inez Victor, »Harry Victors Frau.«

Mehr als ein letzter Blick zurück.

Diese Geschichte ist schwer zu erzählen.

2

Nennen Sie mich die Autorin.

Wollen wir den Leser mit Joan Didion bekannt machen, von deren Charakter und Vorgehen stark abhängt, wie interessant diese Seiten werden mögen, während sie am Schreibtisch ihres Zimmers in ihrem Haus in der Welbeck Street sitzt.

So könnte Trollope diesen Roman beginnen.

Ich habe keinen klar erkennbaren Anfang, obwohl mir manches vorschwebt. Zum Beispiel diese Zeilen aus einem Gedicht von Wallace Stevens:

Die Palme am Ende des Geistes,
Jenseits des letzten Gedankens, ragt auf
In der bronzenen Ferne.
Ein goldgefiederter Vogel
Singt in der Palme einen fremden Gesang,
Ohne menschlichen Sinn, ohne menschliches Gefühl.

Denken Sie darüber nach.

Ich habe: »Farben, Feuchtigkeit, Hitze, genug Blau in der Luft«, Inez Victors ausführlichste Erklärung, warum sie in Kuala Lumpur blieb. Denken Sie auch darüber nach. Ich habe diese rosa Morgendämmerungen, von denen Jack Lovett sprach. Ich habe den immer wiederkehrenden Traum, in dem sich mein ganzes Gesichtsfeld mit einem Regenbogen füllt, in dem ich eine Tür zu einem Dickicht von tropischem Grün öffne (ich halte es für einen Bananenhain, die großen glänzenden Blätter schwer vom Regen, aber da keine Bananen an den Stauden zu sehen sind, können Symbolisten sich beruhigt zurücklehnen) und beobachtete, wie das Spektrum sich in reine Farben aufteilt. Denken Sie lange genug über all diese Dinge nach, und Sie werden sehen, dass sie einen dazu bringen, die Bedeutung nicht nur von Persönlichkeit, sondern auch von Erzählen zu leugnen. Das macht diese Dinge nicht gerade zu idealen Bildern für einen Romananfang, aber wir begnügen uns mit dem, was wir haben.

Die Karten auf den Tisch.

Ich begann zu einem Zeitpunkt meines Lebens über Inez Victor und Jack Lovett nachzudenken, als mir Sicherheit fehlte, sogar ein Mindestmaß an Selbstbewusstsein fehlte, das alle Schriftsteller beim Schreiben von Romanen für unerlässlich halten, da mir die Überzeugung fehlte, da mir Geduld mit der Vergangenheit und Interesse an der Erinnerung fehlte, mir sogar der Glaube an meine eigene Technik fehlte. Eine mir zu denken gebende, interessante Beschreibung, auf die ich kürzlich in einem Lehrbuch für kreatives Schreiben stieß: *»Didion beginnt mit einem ziemlich ironischen Hinweis auf ihren unmittelbaren Beweggrund, weshalb sie dieses Stück schreibt. Versuchen Sie, diesen Kniff als Einleitung zu einem Essay zu verwenden; vielleicht mögen Sie den ironischen-aber-ernsten Ton von Didion kopieren oder aber versuchen, Ihren Essay witzig zu gestalten. Erörtern Sie* *die weiterreichende Frage nach dem Handlungsraum: Wie benutzt Didion den Ort der Handlung als rhetorischen Ausgangspunkt? Sie kehrt immer wieder zu verschiedenen Details der Szene zurück: wo und wie und mit welchem Ergebnis? Betrachten Sie auch, wie sich Didion in den Rahmen der Handlung einbringt: Dadurch entsteht Atmosphäre. Wie?*

Alles fließt dahin.

Wie Jack Lovett sagen würde.

Schnee von gestern, und brich deine Brücken ab.

Ich habe also keinen Aussätzigen, der jeden Morgen um sieben an die Tür kommt.

Keine Tropical Belt Coal Company, keine klar erkennbare einsame Figur auf dem Kamm des unwandelbaren Bergs. Um die Wahrheit zu sagen, nicht einmal einen unwandelbaren Berg: Als Enkelin eines Geologen lernte ich früh, die absolute Veränderlichkeit von Bergen und Wasserfällen und sogar Inseln als gegeben hinzunehmen. Wenn ein Berg ins Wasser sinkt, sehe ich Gesetzmäßigkeit darin. Wenn eine 5,2 auf der Richterskala den Schreibtisch meines Zimmers in meinem Haus in der Welbeck Street verschiebt, tippe ich weiter. Ein Berg ist eine vorübergehende Anpassung an Druck, und das Ich ist vielleicht eine ähnliche Anpassung. Ein Wasserfall ist ein sich selbst korrigierendes Missverhältnis von Strömung und Struktur, und das ist, soweit ich weiß, Technik ebenfalls. Und auch die Insel, auf die Inez Victor im Frühjahr 1975 zurückkehrte – Oahu, eine aufragende, bereits erodierte Landmasse entlang des Hawaiian

Ridge –, ist eine vergängliche Erscheinung, und jeder Regenfall oder jedes Beben in den Pazifischen Becken ändert ihre Form und verkürzt ihre Lebensdauer als Kreuzweg des Pazifiks. Unter diesem Aspekt ist es schwer, eindeutige Überzeugungen über das aufrechtzuerhalten, was dort unten im Frühjahr 1975 oder vorher geschah.

Um die Wahrheit zu sagen, habe ich schon viel von dem, was vorher geschah, verworfen.

Habe die meisten der Geschichten verworfen, die in dem Teil der Welt, in dem Inez Victor geboren wurde und wohin sie 1975 zurückkam, immer noch die Gespräche bei Tisch beherrschen.

Habe zum Beispiel alle Geschichten über erwiesene Fälle von Typhus verworfen, den Leute sich auf Seereisen über die ersten zehn Monate des Jahres 1856 zugezogen hatten.

Habe alle Berichte vom Irisieren verworfen, das man über dem nächtlichen Meer vor den Kanarischen Inseln beobachtet hatte, von Guano-Felsen, die südöstlich von den Falkland-Inseln gesichtet wurden, vom Billardsaal im alten Hotel Estrella del Mar an der chilenischen Küste, von einem speziellen Mittagessen mit gekochtem Rindfleisch, das 1859 auf Tristan da Cunha gegessen wurde, und von gewissen legendären Pokerrunden, die 1860 am Isthmus von Panama gespielt wurden, mit den Gewinnen und Verlusten jedes einzelnen Spielers (in Gold).

Habe die Geschichte von dem trauernden Witwer verworfen, der ins Wasser sprang, als Land in Sicht kam.

Habe die Festivitäten zur Vollendung des ersten größeren Bewässerungsgrabens auf der Nuannu Ranch in der Versenkung verschwinden lassen.

Habe, um die Wahrheit zu sagen, genau die Geschichten über Bord geworfen, mit denen die meisten Leute, die ich auf den Inseln kenne, ihren Platz im größeren Weltsystem behaupten, sich gegen die Wallungen des Meers stemmen, die Erosion der Riffs und das Überfluten der Talsysteme und die glitzernden Untiefen, wenn Inseln verschwinden. War es Inez Victors Großmutter Cissy oder Cissys beste Freundin Tita Dowdell, die 1892 zum Kinderball im Palast das Schottenkostüm trug? Wenn Cissy als Schottin ging und Tita Dowdell als spanische Tänzerin (Inez' Großvater ging mit Sicherheit als Bauernknabe, so viel stand fest, so viel konnten Inez und ihre Schwester Janet auf dem Foto sehen, das in dem Haus in der Manoa Road auf dem Treppenabsatz hing), wie kam es dann, dass das Schottenkostüm als Leihgabe von Tita Dowdells Schwiegertochter beim Komitee für die Restaurierung des Palastes endete? Zum Thema Tita Dowdells Schwiegertochter, hatte sie ihr Silberbesteck von Tru geerbt, einer Tante von ihrem Vater und Inez' und Janets Großvater? War es wahrscheinlich, dass Tante Trus mit Diamantsplittern eingefasster Feueropal vom Great Barrier Reef in einen Gully im Outrigger Ruderklub gefallen wäre, wenn Janet oder Inez oder selbst ihre Cousine Alice Campbell ihn anstelle von Tita Dowdells Schwiegertochter getragen hätte? Wo waren die Kalebassen, die Alice Campbells Vater von Richter Thayer bekommen hatte? Wer hatte Leilani Thayers Koa-Sofa? Als Inez' und Janets Mutter Honolulu auf der generalüberholten *Lurline* verließ und nie zurückkam, hatte sie da das Recht, Trus gelben Diamanten mitzunehmen oder nicht? Das sind dort unten alles wichtige Fragen, pikante Details im Rahmen der Handlung, aber es ist der Rahmen für einen anderen Roman.

3

»Stell dir meine Mutter beim Tanzen vor«, begann dieser Roman, in der ersten Person. Die erste Person war Inez und wurde später zugunsten der dritten aufgegeben:

»Inez stellte sich ihre Mutter beim Tanzen vor.«

»Inez erinnerte sich an ihre Mutter beim Tanzen.«

»Braun-weiße Trotteurs, sehr schick. Hochhackige Sandalen aus weißer Seidenkordel, sehr schön. Weiße Gardenien im Haar am Strand von Lanikai. Eine weiße Bluse mit silbernen Ziermünzen, wie Sterne. Wie Neumonde. Wie Schneeflocken. *The sentimental things of life as time went by*. Tanz unter dem Tarnnetz auf dem Rasen in Kaneohe. *Blue moon* auf der Nuannu Ranch. Sah sie alleine stehen. Sie lächelte beim Tanzen.«

»Inez erinnerte sich an nichts dergleichen.«

»Inez erinnerte sich an die Schuhe und die Ziermünzen wie Schneeflocken, aber sie stellte sich ihre Mutter nur beim Tanzen vor, um sich selbst klarzumachen, dass die Geschichte einen romantischen Anstrich hatte. Sie werden sehen, dass die Töchter in romantischen Geschichten sich immer an ihre Mütter beim Tanzen erinnern oder wie sie gerade zum Tanzen weggehen wollen: Diese zum Tanz strebenden Mütter tauchen in der Nursery (in diesen Geschichten gibt es nie ein Kinderzimmer, sondern immer eine ›Nursery‹ nach englischem

Muster) in einer Wolke von Parfüm auf, mit einem Lichterfunkeln von einem diamantenen Haarclip. Sie werfen einen Blick in den Spiegel. Sie lächeln. Sie halten sich nicht auf, denn dies ist einer der Augenblicke, in denen die Interessen der Mütter stark von denen der Töchter abweichen. Diese Mütter ziehen's durch. Diese Mütter beugen sich für einen Kuss hinunter und gehen zum Tanzen. Inez' und Janets Mutter ging, aber nicht zum Tanzen. Inez' und Janets Mutter ging nach San Francisco, auf der *Lurline*, der generalüberholten. Ich hebe ›generalüberholt‹ hervor, weil Carol Christians Abreise Inez und Janet so beschrieben wurde, als plötzliche, aber zwingende Gelegenheit, die erste Überfahrt nach dem Krieg auf der generalüberholten *Lurline* zu machen. ›Eigentlich unwiderstehlich‹, waren Carol Christians genaue Worte.«

Was ich da hatte, war eine Studie der provinziellen Sitten, der akuten Grausamkeiten von Klasse und Privilegien, mit der Menschen sich gegen die Tropen behaupten; Honolulu im Zweiten Weltkrieg, Kriegsrecht, U-Boot-Fahrer und Flieger und ein gewisser Investor aus Hongkong, mit dem Carol Christian – erzählte man sich – Brandy und Coca-Cola trank, ein örtlicher Skandal. Ich interessierte mich mehr für Carol Christian als für ihre Töchter, interessierte mich für die eigensinnige Einsamkeit, die sie während ihrer Ehe mit Paul Christian vervollkommnet hatte, interessierte mich für ihre Außenseiterstellung auf den Inseln und ihr Verlangen, zum Ausgleich dafür »begabt« zu sein, nicht begabt für etwas Besonderes, sondern einfach begabt, ein Status gesellschaftlicher Würde, der ihr von den Christians verweigert wurde. Carol Christian traf 1934 als Braut in Honolulu ein. 1946 war sie manchmal schon so von dem zwingenden Verlangen nach Gemeinschaft gepackt, dass sie Inez und Janet unter dem Vorwand, ihnen beizubringen, wie man sich die Nägel pflegt, aus der Schule zu Hause hielt. Am Strand von Lanikai las sie ihnen laut Romane vor, Unterhaltungsromane, die sie aus der Leihbücherei im Drugstore von Kailua holte. »›Die ziellosen Jahre hatten ein Ende‹«, las sie, hob die Stimme, um einen dramatischen Effekt zu erzielen, und erfand dann einen eigenen Schnörkel: »›Nun konnten sie sie ernten.‹ Seht ihr, *Zufallsernte*, das erklärt den Titel, sehr poetisch, ein Happy End, *n'est-ce pas?*«

Sie war fasziniert von französischen Ausdrücken, kannte aber nur die wenigen, die sie in dem Semester am Junior College in Stockton, Kalifornien, gelernt hatte, das ihre höhere Bildung ausmachte. Sie war auch fasziniert von Happy Ends und machte sie für Inez und Janet ausfindig, wo immer sie konnte: in dem eisgekühlten Coke, das es nach einem aufgeschürften Knie gab, in dem Regenbogen nach dem Regen, in Illustriertengeschichten über Kriegstrauungen und zufällig falsch zugestellte Abschiedsbriefe und nicht zuletzt in ihrer eigenen Romanze, die sie auf den Tag zurückführte, an dem sie Stockton verließ und einen Job als Mannequin bei I. Magnin in San Francisco bekam. »Achtzehn Jahre alt und todschick in einem Chanel-Kostüm, vom Guten das Beste«, sagte sie zu Inez und Janet. Achtzehn Jahre alt und todschick in einem Abendpyjama von Mainbocher, vom Feinen das Feinste. Achtzehn Jahre alt und todschick in einem Cocktailkleid von Patou aus weißem, schräg geschnittenem Satin, zum Totumfallen, im Rücken bis *hier* ausgeschnitten. Das schräg geschnittene Cocktailkleid von Patou spielte eine große Rolle in Carol Christians Geschichten, weil dies das Kleid war, in dem sie heimlich auf der Angestelltenetage von I. Magnin eine Zigarette geraucht hatte, als Paul Christian irrtümlich aus dem Aufzug trat (wie eine zufällige falsche Zustellung) und die Schatten fortwischte, ihr ihren glücklichsten Tag bescherte. Ein Blick auf ihn, und sie hatte eine vollkommen neue Welt gefunden, deren einzige Eigentümlichkeit war, dass diese Welt eine Insel mitten im Pazifik und Paul Christian selten dort war. »Wenn ein Mann sich von einer Frau fernhält, heißt das, er will ihre Liebe lebendig erhalten«, riet Carol Christian Inez und Janet. Sie hatte eine ganze Sammlung von diesen Signalen, die Männer und Frauen angeblich einander schickten (wenn eine Frau Rauch auf einen Mann blies, hieß das, sie war eindeutig interessiert, und wenn ein Mann einer Frau sagte, ihr Kleid sei zu offenherzig, hieß das, er betete sie an), träumerische Axiome, die sie als romantisch veranlagtes Schulmädchen gehört oder gelesen oder erfunden hatte und an die sie sich trotz schwerwiegender gegenteiliger Beweise klammerte. Dass sie sich verkalkuliert hatte, als sie Paul Christian heiratete, war ein Schluss, den sie anscheinend nicht ziehen konnte. Sie machte einen Liebesknoten aus ihrem – wie sie meinte – ersten grauen Haar und schickte es ihm nach

Cuernavaca. »*Mon cher* Paul«, schrieb sie auf die Karte, an die sie den Liebesknoten heftete. Inez guckte ihr zu, wie sie das Haar knotete, aber sah die Karte erst ein paar Jahre später wieder, lose in einer Schachtel mit abgelegten Habseligkeiten, die Paul Christian, ganz gleich, wo er war, in regelmäßigen Abständen per Express und Nachnahme an Inez und Janet schickte. »Wen f... Du, um von dieser Insel wegzukommen? (Nur ein Scherz natürlich) XXXX,C.«

Sie hinterließ dunkelrote Lippenstiftspuren auf ihren Zigaretten, an denen sie nur ein paarmal zog und die sie dann in Kaffeetassen und Colaflaschen und im Sand zerdrückte. Sie saß stundenlang an ihrem Toilettentisch, der von den kleinen Papiersonnenschirmen übersät war, die mit Cocktails serviert wurden, gelben, türkisfarbenen, schockrosa Sonnenschirmen aus Seidenpapier ... wie ein Schwarm fragiler Schmetterlinge. Sie saß am Toilettentisch und rasierte sich die Beine. Sie saß am Toilettentisch und rieb Vaseline in ihre Augenbrauen. Sie saß am Toilettentisch und unterwies ihre Töchter in dem, was sie als Sprache der Liebe deutete, ein Kurs, in dem sie mit Glanz und Gloria durchgefallen war. Noch ein oder zwei Jahre nachdem Carol Christian Honolulu verlassen hatte, saß Janet in Lanikai am Strand und siebte den Sand auf der Suche nach Zigaretten, die Flecken vom Lippenstift ihrer Mutter hatten. Die wenigen, die sie fand, verwahrte sie zusammen mit den Sonnenschirmen aus Seidenpapier und den Ansichtskarten aus San Francisco und Carmel und Lake Tahoe in einem Schuhkarton.

Bei den Töchtern interessierte ich mich zuerst mehr für

Janet, die jüngere, als für Inez. Ich interessierte mich für den Einfluss der Mutter auf Janet, für Janets Schutzwall aus provinzieller Vornehmheit, ihre bestürzende und gierige Beschäftigung mit den sexuellen Verhältnissen anderer, ihre kaufmännische Einstellung gegenüber dem Austausch von Gefühlen und ihre herablassende Art gegenüber jedem, der weniger hoch gehandelt wurde, als sie sich selbst einschätzte. Als junges Mädchen hatte Janet beispielsweise Inez immer herablassend behandelt und verstört und ziemlich eingeschnappt reagiert, als sich ihrer Ansicht nach für Inez alles so gut und für sie selbst so enttäuschend entwickelte. Ich interessierte mich dafür, wie Janets Ehemann Dick Ziegler mit Wohnungsbau in Hongkong ein bescheidenes Vermögen verdiente und es bei der Erschließung der Windseite von Oahu verlor. Ich interessierte mich für Inez' und Janets Großmutter, die verstorbene Sybil »Cissy« Christian, eine Frau, an die man sich in Honolulu wegen ihrer leidenschaftlichen Marotten und Gereiztheiten erinnerte, die in dem Teil der Welt als eigene Meinung durchgingen, und weil sie sich ihrer Schwiegertochter so prompt entledigt hatte. *Aloha oe.* »Ich glaube, eure Mutter möchte in Nachtklubs gehen«, sagte Cissy Christian zur Erklärung von Carol Christians Abreise. »Aber sie kommt doch wieder«, sagte Janet. »Dann und wann«, sagte Cissy Christian. Diese Unterhaltung fand beim Mittagessen im Pacific Club statt, eine Stunde nachdem Inez und Janet und ihr Onkel Dwight die generalüberholte *Lurline* hatten ablegen sehen. Janet stürzte vom Tisch fort. »Zufrieden jetzt?«, fragte Dwight Christian seine

Mutter. »Einer musste es ja tun«, sagte Cissy Christian. »Nicht unbedingt vor dem Mittagessen«, sagte Dwight Christian.

Ich sah sie als Familie, in der der koloniale Einfluss jedes Mitglied geprägt hatte. Ich interessierte mich für Inez' und Janets Vater, Paul Christian, und interessierte mich für die Art, wie er sich als romantischen Ausgestoßenen neu erfunden hatte, ein Mann aus dem Pazifik, der von Überweisungen aus der Heimat lebte. »Er endet noch als verdammter Cargo-Kult«, sagte Paul Christians Bruder Dwight einmal über ihn. Ich interessierte mich nicht nur für Paul, sondern auch für Dwight, seine Bauaufträge in Long Binh und Cam Ranh Bay, seine Behauptung, auf jedem Robert-Trent-Jones-Golfplatz der Welt mit Ausnahme des Royal in Rabat gespielt zu haben; für die besondere Art, wie er Wendell Omura benutzte, um Dick Ziegler von der Windseite von Oahu und gleichzeitig aus dem Containergeschäft zu verdrängen. »Ich will dir mal einen Rat geben«, sagte Dwight Christian, als Paul Christian Partei für Dick Ziegler ergriff. »›Das Leben kann nur rückwärts begriffen werden, aber es muss vorwärts gelebt werden.‹ Kierkegaard.« Dwight Christian hatte einen richtigen Ordner mit solchen Zitaten, die er zum größten Teil aus der Seite mit »Gedanken zum Handwerk des Lebens« in *Forbes* gerissen und einer Sekretärin gegeben hatte, die sie auf DIN-A5-Karteikarten tippen musste. Die Karten waren sein Schutzwall gegen tief reichende Schüchternheit. »Kürzlich stieß ich auf einen Gedanken von Racine«, pflegte er bei jenen Gelegenheiten zu sagen, wenn er aufgefordert wurde, den

Vorsitz bei einer Aktionärsversammlung zu führen oder die Hauptrede beim Eröffnungsdinner für die jährliche karitative Veranstaltung der Punahou School zu halten oder sich in einem in Hongkong geschneiderten Seidenanzug und einem Schutzhelm mit der Aufschrift »D. C.« fotografieren zu lassen, während er im Laderaum eines Frachtdampfers knietief im Quarzsand stand.

Genau dieses Foto erschien in *Business Week*, als Dwight Christian versuchte (ohne Erfolg, wie sich herausstellte), British Leyland zu übernehmen.

Ich hatte auch zwei Fotos aus *Fortune*, eines, das Dwight Christian auf einem Kran über einem Zuckerrohrfeld zeigte, und ein anderes, das ihn rittlings auf einem Achtzehntausend-Tonnen-Beton-Wellenbrecher zeigte, mit einem PanAmerica Cargo Clipper darüber.

Um die Wahrheit zu sagen, ich hatte eine Reihe von Fotos von den Christians: In dieser wohlhabenden und mit sich selbst beschäftigten Kolonie sahen die Christians hinreichend gut aus, hatten hinreichend Selbstvertrauen und waren zumindest zu der Zeit, als Inez aufwuchs, unschuldig genug, sich nichts daraus zu machen, wenn ihr Bild in die Zeitung kam. Ich hatte Cissy Christian, wie sie eine Zigarette in einer weißen Jadespitze rauchte, als sie 1938 an der Universität von Hawaii den Christian-Preis für Zuckerchemie überreichte. Ich hatte Dwight und Ruthie Christian 1940 bei einem Tanztee im Alexander Young Hotel. Ich hatte Carol Christian als Zweite von links in einer Gruppe junger verheirateter Damen aus Honolulu, die sich 1942 jeden Dienstagnachmittag trafen, um Daiquiri zu trinken und Geflügelsalat zu essen und Verbände fürs Rote Kreuz zu rollen. Auf diesem Foto trägt Carol Christian eine Rote-Kreuz-Uniform, aber in Wirklichkeit wurde sie bloß zweimal zu der Gruppe eingeladen, beide Male von Ruthie Christian. »Verbring ein bisschen Zeit mit dieser Clique, und du siehst, wie das Grün durchkommt«, sagte sie, als klar wurde, dass sie nicht regelmäßig mit von der Partie sein würde. »Du siehst, wie das Grün durchkommt«, sagte Carol Christian oft. Sie sagte das immer, wenn sie einen Unterton von Zurückweisung oder Kritik oder sogar von verdeckter Verurteilung in einer Reaktion auf sie oder im weiteren Sinne Inez oder Janet heraushörte. Sie schien sich für den Gegenstand beträchtlichen »Neids« zu halten – ein Wort, das Inez in ihrem späteren Leben zu vermeiden suchte –, und vielleicht war sie es auch.

»Ich entdecke einen Hauch von Lind.«

»Einwandfrei Chartreuse.«

»Du findest schnell genug heraus, wer deine Freunde sind.«

In Wahrheit wäre es schwer gewesen zu sagen, wer Carol Christians Freunde waren, da sie überhaupt keine hatte, die nicht zunächst einmal Paul Christians Freunde oder Cissy Christians Freunde oder Dwight und Ruthie Christians Freunde waren. »Scheint ein recht nettes Mädel zu sein«, sagte einer von Paul Christians Cousins über sie, als sie bereits zehn Jahre in Honolulu lebte. »Aber natürlich kenne ich sie noch nicht allzu lange.«

Von Paul Christian hatte ich merkwürdigerweise nur zwei Fotos, und keins ließ auf das offensichtliche Selbstvertrauen und die Unschuld schließen, mit der seine

Mutter und sein Bruder und sogar seine Frau in die Kamera blickten. Das erste Foto zeigte Paul Christian bei einem Backgammon-Spiel mit John Huston in Cuernavaca 1948. Paul Christian war barfuß und braun gebrannt auf diesem Schnappschuss, der wahrscheinlich ungefähr zu der Zeit aufgenommen worden war, als die Vorbereitungen für die Abreise seiner Frau aus Honolulu auf der generalüberholten *Lurline* getroffen wurden. Das zweite Foto wurde gemacht, als Paul Christian am 25. März 1975 das YMCA von Honolulu in Handschellen verließ, ein paar Stunden, nachdem er die Schüsse abgegeben hatte, die zum sofortigen Tod Wendell Omuras und wenig später zum Tod Janet Christian Zieglers führten. Auf diesem Foto war Paul Christian wieder barfuß und hatte die gefesselten Hände in einer Geste theatralischer Unterwerfung, als würde er gekreuzigt, über den Kopf erhoben; eine Geste, die so eindrucksvoll fesselnd und eigentümlich vielsagend war, dass das Foto in Teilen der Welt in Zeitungen verbreitet wurde, wo niemand Interesse an den Christians oder an Wendell Omura oder selbst an Harry Victor haben konnte. In den meisten Gegenden der USA hatte man natürlich Interesse an Harry Victor. VICTORS FAMILIE VON INSELTRAGÖDIE BETROFFEN lautete die Schlagzeile in der *New York Times.*

Sie sehen die Scherben des Romans, den ich nicht mehr schreibe, die Insel, die Familie, die Situation. Ich habe die Geduld damit verloren. Ich habe die Nerven verloren. Trotzdem: Zwischen Nachmittag und Abend gibt es eine gewisse Stunde, in der die Sonne waagerecht zwischen die Bäume fällt und diese Insel und diese Situation das Einzige sind, was ich sehe. An manchen Tagen scheint mir zu der Zeit ein Aspekt der Situation das Entscheidende zu offenbaren, an anderen Tagen ein anderer. Ich sehe Inez Christian Victor im Frühjahr 1975 auf dem schmalen Strand hinter Janets Haus spazieren gehen, vor ihr das letzte Sonnenlicht, gebrochen in der Gischt vor Black Point. Ich sehe Jack Lovett, der ihr zuschaut, ein Mann in den Sechzigern in einem maßgeschneiderten Anzug aus leichtem Leinen, die Krawatte gelockert, aber die Haltung korrekt, militärisch, an Disziplin gemahnend, die um der Disziplin willen geübt wird; ein Mann, der nun, während er Inez Victor zusieht, wie sie unten auf den Felsen vor der Kaimauer Halt sucht, eine der fünf Zigaretten raucht, die er sich täglich zugesteht. Ich sehe Inez Victor, die sich umdreht und zu ihm zurückgeht, die Sonne jetzt hinter ihr, das Wasser den groben Korallensand über ihre nackten Füße spülend.

Ich sehe Jack Lovett, der auf sie wartet.

Ich habe Ihnen nicht viel von Jack Lovett erzählt.

Dieser Tage habe ich häufig das Gefühl, dass meine Notizen von Jack Lovett handeln, von den maßgeschneiderten leichten Leinenanzügen, die er trug, von seinen weitreichenden Interessen und Bekanntschaften und von den Leuten, mit denen er gewohnheitsmäßig sprach (Botschaftsfahrern, Ölbohrern, Stewardessen, Dozenten für englische Literatur, die mit Fulbright-Stipendien reisten, Tropenlandwirten, die unter der Schirmherrschaft der Rockefeller-Stiftung reisten, Hotelportiers und Reisebüroangestellten und Vertretern für Reiskonvertoren und

Kopratrockner und holländische Pestizide und deutsche Pharmazeutika) in Manila und in Djakarta und an der Malakkastraße.

Von seiner Meinung, Information sei Selbstzweck. Von seinem Zugang zu Flugzeugen.

Von der Art, wie er eine Beobachtung hier und eine Unterhaltung dort zusammenfügen und abschätzen konnte, wann die Zeit reif war, die Hand auf eine 727 oder C-46 zu legen. Von der Art, wie er auf Inez wartete. Ich mache nun schon eine ganze Weile Notizen über die Art, wie Jack Lovett auf Inez Victor wartete.

4

Der erste Blick gilt allgemein als informativ. Der erste Blick auf jemanden über ein Zimmer hinweg, der erste Anblick des großen Hauses auf dem Abhang, die erste Begegnung der Protagonisten: Das wird zu den obligatorischen Szenen gerechnet und späterer Erinnerung für würdig gehalten. Man soll sich ihrer auf den Punkt entsinnen, und nicht nur Romanciers, sondern auch Überlebende von Unfällen und Zeugen von Morden sollen sich ihrer entsinnen, tatsächlich jeder, der gezwungen ist, zum Erzählen Zuflucht zu nehmen.

Ich frage mich, ob das stimmt.

Jack Lovett sah ich zum ersten Mal in einem Fotostudio der *Vogue* auf der West 40th Street, wohin er gekommen war, um Inez zu treffen. Unter verschiedenen Vorzeichen und zu verschiedenen Zwecken arbeiteten Inez Victor und ich in jenem Jahr, 1960, beide für *Vogue*. Obwohl sie in der Moderedaktion war und ich oben in dem nachträglich abgetrennten Raum, der das Ressort Kultur und Gesellschaft beherbergte, gab es gelegentlich Anlass für einen gemeinsamen Termin (wenn, sagen wir mal, ein Dramatiker als Teil einer Modestrecke fotografiert werden oder eine Schauspielerin als Model auftreten sollte). Ich erinnere mich, dass ich an dem betreffenden Morgen zu spät ins Studio kam und Inez schon dort vorfand. Sie saß an einem Holztisch, hatte anscheinend den gegen ihr Knie gelehnten Reflektor, Chubby Checker mit achtzig Dezibel aus den Boxen sowie das Model für den Termin vergessen, eine verwelkende Schönheit namens Kiki Watt, die gerade ausgekämmt wurde und Inez von einem »Stanley« zu erzählen versuchte, den sie beide zu kennen schienen.

»Es klingelt um Mitternacht an der Tür. Wer kann's schon sein?«, brüllte Kiki durch die Musik. »Stanley.«

Inez sagte nichts. Der Tisch, an dem sie saß, war mit Tragetaschen aus dem Delikatessengeschäft unten bedeckt, und aus einer davon lief Kaffee, aber Inez schien es nicht zu bemerken. Ihre ganze Aufmerksamkeit galt dem Mann, der ihr gegenüber am Tisch saß, ein Fremder, bedeutend älter als wir und sichtlich irritiert in der ziemlich lässigen Kollegialität des Studios. Ich kannte Harry Victor nicht, aber ich bezweifelte, dass der Mann Inez' Ehemann war. Ich entsinne mich, dass ich dachte, er könnte ihr Vater sein.

»Schalt doch einer die Musik aus«, brüllte Kiki. »So, jetzt kannst du mich hören. Ich sagte, ich hätte einen Fototermin im Morgengrauen, aber du kennst Stanley. Stanley musste was zu trinken haben. Natürlich.«

»Natürlich.« Inez sah mich an. »Das ist Jack Lovett. Er ist gerade aus dem Flugzeug gestiegen.«

Jack Lovett stand auf und versuchte, mich zu begrüßen, ohne Kiki anzuschauen, die ihren Umhang fallen gelassen hatte und sich Wattebäusche in den Büstenhalter stopfte.

»›Die Wohnung ist ein Saustall‹, verkündet Stanley, als

er sein Glas halb ausgetrunken hat.« Kiki setzte sich zwischen Inez und Jack Lovett auf den Tisch und begann, die Tragetaschen zu durchwühlen. »›Das Mädchen ist nicht gekommen‹«, sage ich. »›Ich vermute, du besitzt keinen Staubsauger‹, sagt Stanley, ha, ha, Sarkasmus, so interessant. ›In der Tat, nein‹, sage ich. ›Ich besitze keinen Staubsauger.‹ Ich habe wirklich keinen, oder vielmehr, ich hatte einen, aber Gus hat ihn mit meinem Schmuck versetzt. ›Pass auf‹, sagt Stanley, ›sowie Daisy nach Maine gefahren ist, bringe ich unseren Staubsauger rüber. Für den Sommer‹, sagt er. Glaubst du das?«

»Absolut«, sagte Inez. Sie nahm einen Doughnut aus einer der Tragetaschen und hielt ihn Jack Jovett hin. Jack Lovett schüttelte den Kopf.

»Stanley ging, und ich wollte mich umbringen. Ich habe darüber nachgedacht, weißt du das?«

»Absolut.« Inez biss in den Doughnut, schmiss ihn dann in die Tüte zurück.

»Wollte jeden Popper nehmen, den ich in der Wohnung hatte, weißt du, warum?«

»Weil du nicht Daisys Staubsauger benutzen wolltest«, sagte Inez, und dann sah sie mich an. »Er ist für zwei Stunden in New York, und er ist mich besuchen gekommen.« Sie wandte sich wieder Jack Lovett zu und lächelte.

Ich kannte Inez Victor seit vielleicht einem Jahr, aber ich hatte sie nie vorher so lächeln gesehen.

»Er kann nicht bleiben«, sagte sie dann. »Weil er irgendwo einen kleinen Coup organisiert. Ich wette drauf.«

Das ist er, der erste Blick.

Das Informative des Augenblicks bleibt strittig.

Eigentlich weiß ich viel über Jack Lovett.

Manche Männer (Frauen weniger) sind ganz für sich, nicht an einen bestimmten Ort oder eine bestimmte Institution gebunden, fühlen sich am wohlsten nicht ganz allein, sondern in der Gegenwart von Fremden. Sie fühlen sich zum Beispiel in Flugzeugen wohl. Sie schnallen sich an, machen gewisse Grundregeln mit der Bordbesatzung ab (geweckt werden oder nicht, extra Eis oder nicht, eine funktionierende Leselampe und nach Singapur ein Umzug auf den Sitz ganz hinten), handeln Decken, Kissen, Beinraum aus. Sie werden von den Speisekarten mit den Dong-Kingman-Aquarellen auf dem Deckblatt getröstet, von der beruhigenden Wiederholung der Mahlzeit *(Rôti au Vol, Légumes Garnis)* in beliebigen Abständen bei Flügen, die elf, zwölf, zweiundzwanzig Stunden dauern. Ein Flug von weniger als acht Stunden ist eine Spritztour, ein Ausflug, dem diese Männer kaum Beachtung schenken. Auf dem Boden scheinen sie sich nur in Hotellobbys und Transitlounges wohlzufühlen, in den Express-Check-Ins und Clipper Clubs der Welt, hermetisch abgeschlossenen Umgebungen, in denen sie sich immer an die Namen der Angestellten erinnern, die die Drinks mischen und die Anschlussflüge buchen. Solche Männer erkennen sich auch untereinander und tauschen unzusammenhängende Erinnerungen an andere Reisen, abwesende Reisende aus.

»Das Joint Venture in Dakar«, hört man sie sagen. »Frank war in Dakar.«

»Ich habe Frank am Freitag in Hongkong gesehen, er war aus China runtergekommen.«

»Frank und ich waren bei einem Meeting in Surabaya mit so einem Herrn, der kein Wort Englisch sprach. Er saß die ganze Besprechung über nickend und lächelnd da, weißt du, ein richtiger Buddha, und dann sagte er die einzigen Worte Englisch, die ich ihn je sprechen hörte. ›Sechzehnhundert Millionen Sterling‹, sagte er.«

»Sterling sprechen sie alle.«

»Frank checkt das im Handumdrehen, ein richtiger Spieler, guckt auf die Uhr und steht auf. ›Wenn Sie beschließen, über vernünftige Zahlen zu reden‹, sagt Frank zu dem Buddha, auf Englisch natürlich, ›können Sie mich heute Abend im Hilton erreichen.‹ Der Buddha verzieht keine Miene. Der Buddha meint, Frank würde den Anruf in Djakarta ausschwitzen. ›In Manila‹, sagt Frank dann. ›Im Hilton, Manila.‹«

Sie entsinnen sich anderer Franks, anderer Besprechungen, Hiltons rund um die Welt. Sie sind reserviert, wachsam, nur von Berufs wegen umgänglich. Ihre Reaktionen wirken pragmatisch, sind aber oft merkwürdig abstrakt, beruhen auf Systemen, die nur sie verstehen. Sie betrachten andere Menschen als Joker, nützlich in der Hand, doch gefährlich im Stock, und sie neigen zu Beschäftigungen, in denen sie selber austeilen, ihr eigenes System spielen können. Jede Information wird als nützlich angesehen. Ungenaue Information ist an sich genaue Information über den Informanten.

Ich sagte, dass Jack Lovett einer der Männer war, für die Information Selbstzweck war.

Er war auch ein Mann, für den das Zufällige keine Rolle spielte.

Viele Menschen können das Zufällige nicht ertragen, aber dies war mehr: Jack Lovett glaubte nicht an Zufälle. In Jack Lovetts System war alles zweckbezogen, und der Zweck konnte von jedem herausbekommen werden, der die beste Information herausholte und sie am genauesten deutete. Ein laotisches Dorf, das auf einer Karte eingezeichnet und auf einer anderen ausgelassen war, ließ nicht darauf schließen, dass es beim Erkennungsflug übersehen, sondern dass seine Bevölkerung ausgelöscht worden war, x Männer, Frauen und Kinder, die eines Morgens zwischen den Karten aufgereiht und mit einem Bulldozer in eine Gemeinschaftsgrube geschaufelt worden waren. Eine Schiffsladung Laserspiegel aus Long Beach an eine Firma in Hongkong, die nicht mit Laser arbeitete, ließ nicht auf eine falsche Lieferung schließen, sondern auf Umexpedierung, Reexport, Technologietransfer an unfreundliche Akteure. Für Jack Lovett waren alle Nationen »Akteure«, eigentlich »staatliche Akteure«. »Nichtstaatliche Akteure« waren hier die wirklichen Joker, aber nach Jack Lovetts beträchtlicher Erfahrung war der durchschnittliche nichtstaatliche Akteur weniger an Laserspiegeln interessiert als an M 16, AK-47, FN FAL, dem alltäglichen Zubehör kurzfristiger Macht, und wenn der folgerichtige Sprung zur Langfristigkeit kam, wurde er wahrscheinlich gleich zu kernwaffentauglichem Uran gemacht, und Lovett betrachtete solche Akteure abstrakt, als freundlich oder unfreundlich, verpflichtet oder nicht verpflichtet, als Ansammlungen von Waffen auf einer langen Tafel. Asien war zehntausend Panzer hier, dreihundert Phantom-Flugzeuge dort. Das Herz Afrikas war eine Möglichkeit zur Bereicherung.

5

Die Frau, mit der Jack Lovett von 1945 bis 1952 verheiratet war, gab immer, wenn sie während ihrer Ehe ein neues Bankkonto beantragte oder die Formulare für einen neuen Frauenarzt oder Telefon- oder Gasanschluss ausfüllte, seinen Beruf mit »Armeeoffizier« an. Tatsächlich gab Carla Lovett eine überzeugende Soldatenfrau ab. Sie war eine Drogistentochter aus San José, die sich beim Einkauf im PX-Laden wohlfühlte, jeden Tag viel Zeit am Swimmingpool des Offiziersklubs verbrachte, ihrer Umgebung gegenüber gleichgültig, in schlechtem Klima passiv war. Fort Hood und Georgetown und Manila und die Schofield-Kaserne waren für Carla Lovett das Gleiche, besonders nach ein, zwei Drinks.

Die Frau, mit der Jack Lovett von 1962 bis 1964 verheiratet war, war eine geschiedene Frau aus Honolulu namens Betty Bennett, eine Frau, die nur ein paar Häuser von Janet und Dick Ziegler entfernt am Strand von Kahala wohnte und mit der Janet Ziegler gelegentlich Bridge spielte und Einkaufsausflüge aufs Festland besprach. Betty Bennett hatte das Haus in Kahala als Teil der Abfindung von ihrem ersten Mann bekommen und blieb während und nach ihrer Ehe mit Jack Lovett darin wohnen, einer achtzehnmonatigen zum Scheitern verurteilten Verbindung, die bei beiden keinen nachhaltigen

Eindruck hinterließ. Als Betty Bennett ihre Scheidung von Jack Lovett einreichte (ich sage, glaube ich, bewusst »ihre« Scheidung, weil Betty Bennett eine Frau war, die häufig das Possessivpronomen anwandte, wie in »mein Haus«, »mein 450SL«, »mein Hochzeitsessen«), gab sie seinen Beruf mit »Manager in der Flugzeugbranche« an. Laut Jack Lovetts Visaanträgen von 1975 war er Geschäftsmann.

Laut Jack Lovetts Visitenkarten von 1975 war er Berater im internationalen Baugeschäft.

Laut Jack Lovett selbst war er jemand, der »verschiedene Eisen im Feuer« hatte.

Jemand, der die »üblichen Bälle in der Luft« hatte. Jemand, der ein »paar kleine Geschäfte hier und da« hatte. Jemand, der tat, was er konnte.

Jeder, der Mitte und Ende der Sechziger und Anfang der Siebziger als Reporter arbeitete, konnte davon ausgehen, auf Jack Lovett zu stoßen. Er war ein guter Kontakt. Er wusste vieles. Nachdem ich meinen ersten Roman beendet hatte und von *Vogue* fortging und als Reporterin anfing, traf ich ihn tatsächlich recht häufig, meistens in Honolulu, aber manchmal auch in der einen oder anderen Transitlounge oder amerikanischen Botschaft, und vielleicht weil er mich als Freundin von Inez Victor wiedererkannte, schien er mich von seinem instinktiven Misstrauen gegenüber Reportern auszunehmen. Ich sage nicht, dass er mir je etwas erzählte, was er mich nicht hätte wissen lassen wollen. Ich sage nur, dass wir uns unterhielten, und ab und zu sogar über Inez Victor. Ich entsinne mich einer solchen Unterhaltung 1971 in Honolulu und einer weiteren 1973 in einer Garuda 727, deren Fahrgestell verklemmt war und die über dem Südchinesischen Meer Treibstoff abließ.

Jack Lovett erzählte mir zum Beispiel, dass er Inez »für eine der edelsten« Frauen halte, die er je getroffen habe. Daran erinnere ich mich besonders, weil das Wort »edel« aus einem anderen Zeitalter zu kommen und als solches überraschend und recht amüsant schien.

Er erzählte mir nie genau, was er machte, und ich hätte ihn auch nie gefragt. Was Jack Lovett genau machte, wurde von den meisten Leuten, die ihn kannten, stillschweigend vorausgesetzt, aber nicht erörtert. Wäre er im *Who's Who* aufgeführt gewesen, was er nicht war, hätte auch der flüchtigste Leser des Eintrags über ihn ein gewisses Muster zusammensetzen, Spuren dessen feststellen können, was Nachrichtendienstler »Profil« nennen. Solch ein Eintrag hätte sonderbare, nicht übereinstimmende Daten an den Tag gebracht, ungewöhnliche Posten zu ungewöhnlichen Zeiten. Da wäre die Order nach Vientiane gewesen, die Missionen nach Haiti, Quebec, Rawalpindi. Da wären die Beziehungen zu Firmen gewesen, die Luftkurierdienste, Luftfrachtdienste, Flugzeugersatzteile anboten; Firmen, deren Telefonnummern mit »800« begannen und deren Adressen Postfächer in Miami, Honolulu, Palo Alto waren. Da wären leere Stellen gewesen. Die militärische Laufbahn hätte erratisch, sprunghaft ausgesehen.

Schließlich wäre solch ein Eintrag mit einem Sternchen versehen gewesen, was besagte, dass die betreffende Person keine Informationen geliefert hatte, denn Jack Lovett lieferte Informationen nur dann, wenn er die Chance sah, und sei sie noch so gering, welche dafür zurückzubekommen. Wenn er sich in einem Hotel eintrug, gab er als Adresse das eine oder andere Postfach in Miami, Honolulu, Palo Alto an. Das Apartment, das er in Honolulu hatte, eine gemietete Ein-Zimmer-Wohnung bei Ala Moana in einem Gebäude, das zum größten Teil von Callgirls bewohnt wurde, war auf den Namen »Mid-Pacific-Development« angemietet. Man konnte diese Tendenz, auch die nebensächlichste Information zu vertuschen, als beruflichen Reflex sehen, man konnte sie aber auch als etwas Grundsätzlicheres sehen, eine im Charakter begründete Heimlichtuerei, eine Verschwiegenheit, die nicht so sehr durch Jack Lovetts Beruf entstanden war, sondern ihn vielmehr dazu gebracht hatte. Ich entsinne mich einer Geschichte, die ich 1973 oder 1974 von einem UPI-Fotografen hörte, der Jack Lovett in einem Restaurant in Hongkong getroffen hatte, einem im ersten Stock gelegenen Lokal im Wanchai-Distrikt, wo die Gäste ihre Flaschen im Schrank über der Kasse verwahrten. Jack Lovetts Flasche stand auf dem Tisch, eine Literflasche Johnnie Walker Black, aber der über das Etikett geklebte Name, in seiner Handschrift, lautete »J. LOCKHART«. »Man möchte seinen Namen nicht auf zu vielen Flaschen in der Stadt haben«, sagte Jack Lovett angeblich, als der Fotograf das Klebeband auf dem Etikett erwähnte. Das war der Mann, der sich mehr als zwanzig Jahre lang tief zu einer Frau hingezogen fühlte, die auf Schritt und Tritt fotografiert wurde.

In diesem Zusammenhang habe ich Inez Victor immer vor mir, wie sie in einem WNBC-Film aussah, der eine Party des Gouverneurs von New York auf dem St. Regis Roof zeigte; irgendeine Nachmittagsparty, eine Hochzeit oder Taufe oder ein Jubiläum, angeblich privat, aber von der Presse breit abgehandelt. In diesem Film, der am 18. März 1975 gedreht und erstmals gezeigt wurde – genau eine Woche ehe Paul Christian die Schüsse abfeuerte, die diese Folge von Ereignissen in Gang setzten –, kann man Inez Victor mit Harry Victor tanzen sehen. Sie trägt ein marineblaues Seidenkleid und einen glänzenden dunklen Strohhut mit roten Kirschen. »Wunderbar«, hört man sie mehrmals in dem Filmausschnitt sagen.

»Wunderbarer Tag.«

»Sie sehen wunderbar aus.«

»Es ist wunderbar, hier zu sein.«

»Machen Sie Platz für den Senator«, sagt ein junger Mann in dunklem Anzug und mit Ripskrawatte immer wieder. Im Hintergrund sind mehrere solcher junger Männer, alle mit Klemmbrettern. Dieser hier scheint Inez Victor nur am Rande wahrzunehmen, und sein Klemmbrett kollidiert ein paarmal mit ihrer gesteppten Umhängetasche. »Senator Victor ist als Gast des Gouverneurs hier, machen Sie ihm ein bisschen Platz, *bitte.*«

»– übernimmt eine aktivere Rolle«, wiederholt eine junge Frau mit Mikrofon.

»Senator hier als Gast des Gouverneurs, *bitte* keine Interviews, das ist alles, das wär's, damit hat es sich.«

Die Kapelle stimmt übergangslos *Isn't It Romantic* an.

»Halte zwei Aufzüge fest«, sagt ein anderer junger Mann. »Ich bin nur ein Privatmann«, sagt Harry Victor. »Wunderbar«, sagt Inez Victor.

Ich sah diesen Ausschnitt nicht, als er zum ersten Mal gezeigt wurde, sondern erst ein paar Monate später, zu der Zeit, als Jack Lovett in den Nachrichten war, als man Inez Victor während der zwei oder drei Tage, die es dauerte, bis die Geschichte ihrer Beziehung enthüllt und abgehandelt war, zwischen fünf Uhr nachmittags und Mitternacht ungefähr ein halbes dutzend Mal auf dem St. Regis Roof tanzen sehen konnte.

6

Lassen Sie mich Inez Victor einführen.

Geboren, wie Sie wissen, als Inez Christian am ersten Tag des Januars 1935 im Territorium Hawaii. Dort bekannt als Dwight Christians Nichte. Cissy Christians Enkelin.

Paul Christians Tochter natürlich, aber Paul Christian war gewöhnlich in Cuernavaca oder Tanger oder segelte auf einer 12,9 Meter-Trintella-Ketsch zwischen den Marquesas-Inseln und wurde nicht so oft erwähnt wie seine Mutter und sein Bruder. Auch Carol Christians Tochter, aber Carol Christian war vom Festland aufgetaucht und wieder aufs Festland entschwunden, so etwas wie eine berühmte Geschichte in diesem Teil der Welt, ein Roman für sich, aber nicht der, den ich im Sinn habe.

Harry Victors Frau.

Ach Scheiße, Inez, sagte Jack Lovett.

Harry Victors Frau.

Er sagte es an dem späten Märzabend 1975, an dem er und Inez in einer leeren Off-Limits-Bar auf der anderen Seite der Brücke von der Schofield-Kaserne saßen und im Fernsehen die Evakuierung der einen oder anderen Hauptstadt in Südostasien sahen. Widersprechende Berichte, sagte der Nachrichtenredakteur. Zusehends brenzliger werdende Situation. Szenen von Panik und

Durcheinander. Alles im Arsch, sagte der Barkeeper. Bye, bye, Dà Nẵng. Auf dem Bildschirm über der Bar hob der Helikopter immer wieder vom Dach der amerikanischen Botschaft ab, und Jack Lovell sah wortlos zu, und nach einer Weile bat er den Barkeeper, den Ton abzustellen und die Jukebox einzustöpseln. Tanzen verboten, sagte der Barkeeper. Mir ist, verdammt noch mal, die Lizenz schon entzogen. Ihnen ist nicht die Lizenz fürs Tanzen entzogen, sagte Jack Lovett. Sie haben keine Lizenz mehr, weil sie Sansui-Verstärker an einen V-Mann verhökert haben. Der Barkeeper stellte den Ton leise und stöpselte die Jukebox ein. Jack Lovett sagte nichts zu Inez, schaute sie nur lange an und stand dann auf und nahm ihre Hand.

Die Mamas und Papas sangen *Dream a Little Dream of Me.*

Der Helikopter hob wieder vom Dach der amerikanischen Botschaft ab.

In dieser Bar auf der anderen Seite der Brücke von der Schofield-Kaserne sagte Inez nicht »wunderbar«, als sie tanzte. Sie sagte nicht »wunderbarer Tag«, als sie tanzte. Sie sagte nicht »Sie sehen wunderbar aus« oder »Wunderbar, hier zu sein«. Sie sagte überhaupt nichts beim Tanzen, tanzte noch nicht einmal, wie Sie oder ich oder das Amt, das Tanzen in Lokalen regelt, Tanzen definiert hätten. Sie stand nur da, mit dem Rücken gegen die Jukebox und den Armen um Jack Lovett. Ihr Haar war offen und von der Fahrt nach Schofield heraus zerzaust, und die grau werdende Strähne an der linken Schläfe, die Strähne, die sie gewöhnlich unterkämmte, war zu sehen.

Ihre Augen waren gegen das Flimmern des Fernsehschirms geschlossen.

»Endlich erschießen die Scheiß-Arvin sich gegenseitig«, sagte der Barkeeper.

»Ach Scheiße, Inez«, sagte Jack Lovett. »Harry Victors Frau.«

7

Im Frühjahr 1975 hatte Inez Victor tatsächlich schon zwanzig Jahre Ehe mit Harry Victor hinter sich. Harry Victors zwei Jahre im Justizministerium, das Erscheinen von *Gerechtigkeit für wen? Ein junger Rechtsanwalt will aussteigen* von Harry Victor und R. W. Dillon im *New York Times Magazine.*

Die Nachbarschaftliche Rechtshilfevereinigung, die Harry Victor und Billy Dillon in einem verlassenen Ladenlokal im heruntergekommenen East Harlem organisierten. Die Veröffentlichung von *Der Blick von der Straße: Ursachen, radikale Lösungen und ein bescheidener Vorschlag* von Harry Victor, auf der Grundlage der Untersuchungen von Harry Victor in Zusammenarbeit mit R. W. Dillon.

Die Märsche in Mississippi und im San Joaquin Valley, Harry Victors erfolgreiche Wahlkampfkampagnen für den Kongress 1964 und 1966 und 1968, die Sit-ins in Harvard und vor dem Pentagon und den Dow-Chemical-Betrieben in Michigan und Pennsylvania und West Virginia.

Harry Victors Ernennung zum Senator 1969, nachdem durch den Tod eines Amtsinhabers ein Sitz für die letzten drei Jahre der Senatsperiode frei geworden war.

Connie Willis und Frances Landau (»Inez, ich bitte

dich herzlich, benimm dich, Mädchen wie die bringt das Leben mit sich«, sagte Billy Dillon über Connie Willis und Frances Landau zu Inez). Die wichtigste Fundraising-Kampagne in Kalifornien (»Inez, ich bitte dich herzlich, mach deine Nummer, zapf das Fass an und hol das dicke Moos raus«, sagte Billy Dillon über Kalifornien zu Inez), die Redetourneen und die Ad-hoc-Komitees und die Reisen mit dem Untersuchungsausschuss nach Djakarta und Santiago und Managua und Phnom Penh, die fehlgeschlagene Bewerbung um eine Nominierung als Präsidentschaftskandidat 1972 und das anschließende Angeln nach einem guten Botschafterposten zur falschen Zeit (bei dem Anlass kamen Djakarta und Santiago und Managua und Phnom Penh Harry Victor nicht leicht über die Lippen).

Die Tretmühle.

Die Kriege.

Der Endspurt zum Durchbruch: das Manövrieren mit sämtlichen oben genannten Elementen um einen sicheren Platz auf dem Spielfeld, einen Treffer, dieses formlose, aber beseelte Zusammentreffen von Rhetorik und Prominenz, bekannt als Allianz für demokratische Institutionen.

Inez Victor war dabei gewesen.

Weil Inez Victor dabei gewesen war, meinten viele Leute, sie würden sie kennen: nicht »die meisten« Leute, da die Umfragen für Harrys Phantomwahlkreis auf Bequemlichkeit und dem sie begleitenden Unbehagen beruhten, aber die meisten Leute eines Schlags, die meisten Leute, die bestimmte Zeitungen lasen und bestimmte

Zeitschriften kauften, die wussten, welche Mädchen das Leben mit sich brachte, die meisten Leute, die wussten, wo man ein Fass anzapfte, die meisten Leute, die Inez wahrscheinlich bemerkt hatten, wenn sie bedruckte Bettlaken aus dem Angebot im Kellergeschoss von Bloomingdale's kaufte oder Erdbeeren mit Stiel bei Gristede's mitnahm oder vor der Dalton School auf einen von ihren und Harry Victors Zwillingen wartete, das Mädchen Jessie oder den Jungen Adlai.

Diese Leute wussten alle genau, was Inez Victor mit den Erdbeeren mit Stiel machte, die sie bei Gristede's mitnahm (*Vogue* zufolge reichte sie sie in einer Silberschale bei ihren berühmten Silvesterpartys am Central Park West), was Inez Victor mit den bedruckten Laken machte, die sie im Angebot im Kellergeschoss von Bloomingdale's kaufte (*W* zufolge zerschnitt sie sie zu runden Tischdecken für ihre berühmten Partys am vierten Juli in Amagansett), und was Inez Victor für die Khaki-Hemdblusen von Ungaro bezahlt hatte, die sie zum Parteitag trug, dem Parteitag in Chicago 1968, bei dem Harry Victor für *Life* fotografiert wurde, wie er im Grant Park mit Tränengas eingesprüht wurde.

Diese Leute kannten alle jemanden, der jemanden kannte, der wusste, dass an dem Abend 1972, an dem Harry bei der Vorwahl in Kalifornien das Handtuch warf, ehe die Wahllokale schlossen, Inez Victor im Presseflugzeug nach New York zurückflog und mit einem Kameramann von ABC und dem Fotografen vom *Rolling Stone* *It's All Over, Baby Blue* sang.

Diese Leute hatten alle dank eines Teleobjektivs gesehen, wie Inez Jessies feines blondes Haar am Swimmingpool des Hauses in Amagansett abtrocknete. Diese Leute hatten alle in der *Daily News* gesehen, wie Inez mit Adlai nach seinem ersten Autounfall das Lenox Hill Hospital verließ. Diese Leute hatten alle Foto um Foto von dem künstlichen Durcheinander in der Bibliothek der Wohnung am Central Park West gesehen, die mit Textmarkern vollgestopften Kantonkrüge, die Stapel von *Le Monde* und *Foreign Affairs* und *The Harvard Business Review*, die Schreibblocks, die verschiedenen Telefone, die gerahmten Schnappschüsse von Harry Victor mit Eleanor Roosevelt beim Barbecue und von Harry Victor mit Coretta King beim Durchbrechen einer Polizeikette und von Harry Victor mit Jessie und Adlai und Frances Landaus russischem Windhund beim Spiel am Strand von Amagansett.

Diese Leute hatten ihren Tribut gefordert.

Damit möchte ich andeuten, dass Inez Victor mittlerweile die meisten Ereignisse als Fototermine betrachtete.

Damit möchte ich andeuten, dass Inez Victor gewisse Manieriertheiten entwickelt hatte, die Menschen im Blickpunkt der Öffentlichkeit eigen sind: eine Art, den Blick in mittlerer Entfernung zu fixieren, eine Gewohnheit, das entspannte Gesicht zu glätten, indem sie es mit den Mittelfingern an den Schläfen nach oben drückte, ein auffallend häufiges Blinzeln, als hätten die Blitzlichter der Fotografen ein anhaltendes Mündungsfeuer auf ihre Netzhaut eröffnet.

Damit möchte ich andeuten, dass Inez Victor gewisse Einzelheiten aus dem Gedächtnis verloren hatte.

Ich entsinne mich, dass ich eines Morgens in einer Suite im Hotel Doral in Miami dabei war – inmitten der Überreste von Harry Victors Nominierungskampagne 1972 –, als eine Reporterin von Associated Press Inez fragte, was sie für den »höchsten Preis« des öffentlichen Lebens halte.

»Eigentlich das Erinnerungsvermögen«, sagte Inez.

»Erinnerungsvermögen«, wiederholte die Frau von Associated Press.

»Erinnerungsvermögen, ja. Das würde ich den höchsten Preis nennen. Bestimmt.« Die Suite im Doral war an dem Morgen ein Bühnenbild, das gerade gewechselt wurde. Auf einem Sofa, das zwei Arbeiter gegen eine Wand zurückschoben, versuchte Billy Dillon ein Telefongespräch zu führen. Im Vorraum packte ein Tontechniker von einem der großen Sender die am Abend zuvor liegen gebliebene Ausrüstung zusammen. »Ich glaube, ich kann für Inez sprechen, wenn ich sage, dass wir uns auf eine Zeit freuen, in der wir einfach Mr und Mrs Victor sein werden«, hatte Harry am Abend zuvor auf allen drei großen Sendern gesagt. Nun stand Inez auf und suchte auf einem Servierwagen, der mit halb gefüllten Gläsern vollgestellt war, nach einem sauberen Aschenbecher. »So was wie Behandlung mit Elektroschocks«, setzte sie hinzu.

»Sie wurden mit Elektroschocks behandelt?«

»Nein, ich meine, man kommt nicht mehr mit. Als wäre man mit Elektroschocks behandelt worden.«

»Ich verstehe. Mit was genau kommt man nicht mehr mit?«

»Mit dem, was passiert ist.«

»Ich verstehe.«

»Mit dem, was man gesagt hat. Und nicht gesagt hat.«

»Ich verstehe. Ja, im Wahlkampf.«

»Na ja, nein. Im –« Inez sah mich Hilfe suchend an. Ich tat so, als sei ich in den *Miami Herald* vertieft. Inez leerte einen schmutzigen Aschenbecher in den Deckel einer Filmbüchse und setzte sich wieder. »Im ganzen Leben.«

»Sie erwähnten Behandlung mit Elektroschocks. Sie persönlich haben nicht –«

»Ich sagte ›nein‹. Habe ich nicht ›nein‹ gesagt? Ich sagte ›als ob‹. Ich sagte ›ungefähr so wie‹. Ich meinte, man lässt Treibstoff ab. Man wirft Ballast ab. Man schmeißt die Besatzung runter. Man *kommt nicht mit.*«

Es wurde still. Billy Dillon klemmte den Hörer gegen die Schulter und mimte einen Rückhand-Volley. »Es ist ein Spiel, Inez, es ist Tennis«, sagte Billy Dillon immer zu Inez über Interviews. Das war Routine zwischen ihnen. Ich hatte ihn an diesem Morgen erlebt, als Inez sagte, sie wolle das AP-Interview nicht geben, da ich extra gekommen sei, um sie zu besuchen. »Natürlich gibst du es«, hatte Billy Dillon gesagt, »Es dauert nur x Minuten. Festgelegte Zeit. Für diese x Minuten bist du hier, um zu spielen. Du platzierst den Ball« – hier hatte Billy Dillon innegehalten und pantomimisch einen Aufschlag vorgeführt – »innerhalb der Linien. Der höchste Preis des öffentlichen Lebens ist das Privatleben, Inez, das ist ein Kinderspiel. Das Schwierigste am Leben in

Washington ist, einen Babysitter zu finden, wenn das Gridiron Dinner ist. Das Lustige am Leben in Washington ist, Freunde von zu Hause zu weißer Bohnensuppe in die Senatscafeteria mitzunehmen. Du hast das Rezept zu Hause ausprobiert, aber sie schmeckt nie genauso. Ja, du sammelst Rezepte. Ja, du machst dir Sorgen über die steigenden Lebenshaltungskosten für eine Familie. Neunundneunzig Prozent der Leute, die du in Washington kennst, sind von den steigenden Lebenshaltungskosten für eine Familie fundamental betroffen. Schulen. Hypotheken. Programme. Du hast den Sieg immer nur als Mandat für ein Programm gesehen, nicht für einen Mann.

Jetzt: Du siehst die Niederlage mit gemischten Gefühlen. Warum: weil du gelernt hast, die privaten Augenblicke zu schätzen.«

»*Private Augenblicke …*«, formte Billy Dillon in der Suite im Hotel Doral stumm mit dem Mund.

Inez sah absichtlich von Billy Dillon weg.

»Hier ist ein Beispiel.« Sie zündete ein Streichholz an, beobachtete, wie es abbrannte, und blies es aus. »Sie haben die Presseberichte über mich angeschaut, ehe Sie herkamen.«

»Ich habe ein bisschen Hausaufgaben gemacht, ja.« Der Finger der Frau schwebte über dem Ausschalteknopf ihres Tonbandgerätes. Nun schaute sie mich Hilfe suchend an. Ich sah aus dem Fenster. »Natürlich. Das ist mein Job. Das tun wir alle.«

»Darauf will ich hinaus.«

»Ich fürchte, ich verstehe nicht ganz –«

»In den Berichten werden Dinge, die vielleicht wahr sind oder auch nicht, wiederholt, bis man den Unterschied nicht mehr erkennen kann.«

»Aber deshalb bin ich ja hier. Ich schreibe keinen Artikel aus Presseberichten zusammen. Ich schreibe einen Artikel, der auf dem beruht, was Sie mir erzählen.«

»Sie könnten ihn genauso gut nach den Berichten zusammenschreiben«, sagte Inez. Ihre Stimme klang vernünftig. »Weil ich nicht mehr mitkomme. Wie ich zu Anfang sagte.« INEZ VICTOR BEHAUPTET, SIE WÜRDE OFT FALSCH ZITIERT, ging über den Fernschreiber von Associated Press. »Irgendeiner da oben mag dich, es heißt nicht INEZ VICTOR LEUGNET BEHANDLUNG MIT ELEKTROSCHOCKS«, sagte Billy Dillon, als er es las.

8

Ich bin mir nie sicher gewesen, was Inez davon hielt, wie sie ihre Tage in jenen Jahren verbrachte, die sie in Washington und New York lebte. Der Gedanke, »sich zu verwirklichen«, schien ihr nicht gekommen zu sein. Sie hatte gelegentlich einen Job, ging aber keiner geregelten Arbeit nach. Selbst die Einzelheiten der Haushaltsführung beanspruchten sie nicht übermäßig. Ihre Häuser waren professionell geführt und trotz der gerahmten Schnappschüsse und des künstlichen Durcheinanders absolut unpersönlich. Sie drückten keinen individuellen Stil aus, sondern nur die Konventionen, die damals bei den Leuten, mit denen Inez umging, gang und gäbe waren. Nichts von der fernen, abgelegenen Welt, in der sie aufgewachsen war, fand Eingang in die Welt, in der sie sich später wiederfand: Wie viele Inselfamilien hatten sich die Christians mit den Gedenkstücken ihrer Errungenschaften umgeben, mit Aquarellen und bemalten Teetassen und Urkunden für Sprachen, die sie beherrschten, und Instrumente, die sie spielten, gerahmten Konzertprogrammen und Empfehlungsschreiben und den Souvenirs von Hochzeitsreisen und Pferderennen und Reisen nach China. Es war das Fehlen solchen Strandguts, was an Inez' Häusern exzentrisch war, als hätte sie sich angeschnallt und die Insel wäre unter ihr versunken.

Natürlich gab es Gerüchte über sie. Sie mochte Maler und hatte auf ihren großen Partys gewöhnlich einen oder zwei Tische mit Malern, und eine voraussagbare Zahl von Leuten erzählte, sie hätte eine Affäre mit diesem oder jenem oder allen von ihnen gehabt. Inez zufolge war das nie der Fall gewesen. Ich weiß sicher, dass sie nie ein sogenanntes »Problem mit dem Trinken« hatte, ein weiteres Gerücht, aber die Geschichte, sie hätte eins, hielt sich hartnäckig, zum Teil, weil Harry Victor so wenig dagegen unternahm. In einem überfüllten Restaurant in den East Fifties hatte man zum Beispiel gehört, wie Harry Victor Inez fragte, ob sie vorhabe, ihr Essen zu trinken. In dem auf dem St. Regis Roof gedrehten WNBC-Film, ein weiteres Beispiel, sieht man, wie Harry Victor Inez ein Glas Champagner aus der Hand nimmt und es außer Sichtweite der Kamera stellt.

Inez blieb gleichmütig. Sie schien auf den Rest ihres Lebens ebenso wenig Gedanken zu verschwenden wie auf ihre Jobs, die sie probierte und wieder aufgab wie jahreszeitbedingte Kleidung. Als Harry Victor im Justizministerium war, arbeitete Inez bis zur Geburt der Zwillinge als Museumsführerin in der National Gallery. Als Harry Victor das Justizministerium verließ und nach New York ging, tauchte Inez bei *Vogue* auf und bekam eine der Stellen, die Modemagazine damals für junge Frauen in ungeregelten Verhältnissen, aber mit guten Beziehungen bereithielten, Frauen, die einen Platz brauchten, wo sie die Zeit zwischen Umzügen oder Ehen oder Mittagessen verbringen konnten. Später brachte sie ein Jahr bei Parke-Bernet hinter sich. Sie hatte Ämter in den üblichen Ausschüssen, Wohlfahrtskomitees, Kommissionen für den Schutz der Natur und für mehr Chancengleichheit. Als sich abzeichnete, dass Harry Victor das Rennen um die Nominierung gewinnen und Inez brauchen würde, was Billy Dillon ein besonderes Interesse nannte, beharrte sie unerwartet und mit beträchtlicher Heftigkeit darauf, mit Flüchtlingen arbeiten zu wollen. Aber es wurde beschlossen, dass Flüchtlinge ein häufig umstrittenes und daher ungeeignetes besonderes Interesse seien.

Statt dessen wurde Inez, weil sie sich schon immer für Malerei interessiert und inzwischen auch eine bescheidene Ahnung davon hatte, zur Beraterin für die Sammlung von Gemälden benannt, die in US-Botschaften und Residenzen rund um die Welt hingen. Theoretisch sollten die Frauen von neuen Botschaftern Inez die vom Außenministerium genannten Maße der Wände bringen, die sie füllen mussten, und Inez würde raten, welches Gemälde nicht nur am besten zur Wand, sondern auch zum Ambiente des Postens passte. »Nun ja, es fiele mir zum Beispiel nicht unbedingt ein, einen Sargent nach Zaire zu schicken«, erklärte sie einem Interviewer, konnte aber kaum sagen, warum. Jedenfalls wurden während Inez' Amtszeit als Beraterin nur zwei neue Botschafter ernannt, sodass dieses Interesse sie nicht über die Maßen in Anspruch nahm. Was den Wunsch nach Arbeit mit Flüchtlingen betraf, so erfüllte sie sich den schließlich in Kuala Lumpur. Und als ich sie dort besuchte, ging mir auf, dass Inez Victor selbst so etwas wie ein Flüchtling gewesen war. Sie hatte die Schutzinstinkte eines erfolgreichen Flüchtlings. Sie schaute nie zurück.

9

Oder zumindest fast nie.

Ich weiß, dass Inez Victor einmal wahrhaftig versuchte, zurückzuschauen.

Ein Versuch, wirklich eine Anstrengung.

Diese Anstrengung war auf eine für Inez uncharakteristische Weise systematisch und fand auf dem Dachgarten des ihnen zur Verfügung gestellten Hauses statt, in dem Harry und Inez Victor in dem Frühjahr wohnten, als er in Berkeley las, zwischen dem Wahlkampf 1972 und der endgültigen Konsolidierung der Allianz für demokratische Institutionen. Sie hatte mit einem Streit nach einem Fakultätsessen zu Ehren Harrys begonnen. »Ich habe immer versucht, freiheraus mit dem amerikanischen Volk zu reden«, hatte Harry gesagt, als ein Physiker am Tisch Harrys Haltung zu dem einen oder anderen Energieprogramm infrage stellte, und Inez war es so vorgekommen, als senke sich ein Leichentuch über den – unter den gegebenen Umständen – bis dahin lebhaften und angenehmen Abend.

»Nicht von oben herab«, hatte Harry hinzugefügt. »Sie reden auf Ihr Risiko immer von oben herab mit dem amerikanischen Volk.«

Der Physiker hatte nachdrücklich auf seinem technokratischen und abstrusen Standpunkt bestanden.

»Entweder hatte Jefferson recht oder nicht«, hatte Harry gesagt. »Und ich glaube nun mal, dass er recht hatte.« Tatsächlich hatte Inez das schon mehrere Male vorher von Harry gehört, gewöhnlich, wenn er keine Fakten zur Hand hatte, und sie hätte vielleicht nie ein Wort darüber verloren, hätte Harry auf der Heimfahrt nicht den Physiker erwähnt. »Hatte seine Hausaufgaben nicht gemacht«, hatte Harry gesagt. »Diese Typen kriegen den Nobelpreis und ruhen sich dann auf ihren Lorbeeren aus.«

Inez, die fuhr, sagte nichts.

»Falls nicht etwas hinter uns ist, wovon ich nichts weiß«, sagte Harry, als sie in die San Louis Road einbog, »könntest du versuchen, den Fuß etwas vom Gaspedal zurückzunehmen.«

»Falls du nicht für etwas kandidierst, wovon ich nichts weiß«, hörte Inez sich sagen, »könntest du versuchen, die Rhetorik bei Tisch etwas zurückzunehmen.«

Es war still geworden.

»Das war nicht nötig«, sagte Harry schließlich. Seine Stimme war erst gezwungen und verletzt, aber dann holte er zum Gegenschlag aus: »Es ist mir egal, ob du an mir auslässt, dass du offensichtlich unglücklich bist, aber ich bin froh, dass die Kinder in New York sind.«

»Weil ich so offensichtlich unglücklich bin, meinst du wahrscheinlich.«

»Den Nagel auf den Kopf getroffen.«

Sie waren schweigend zu Bett gegangen, und am nächsten Morgen, nachdem Harry, ohne ein Wort zu sagen, zum Campus gegangen war, nahm Inez ihren Kaffee und eine Packung Zigaretten mit in die Sonne auf den

Dachgarten und setzte sich hin, um über den Ausdruck »offensichtlich unglücklich« nachzudenken. Ihr kam es nicht so vor, als sei sie offensichtlich unglücklich, aber es kam ihr auch nicht so vor, als sei sie offensichtlich glücklich. »Glücklich sein« und »Unglücklich sein« schienen nicht einmal Karten in dem Spiel zu sein, das sie gewöhnlich spielte, und dort auf dem Dachgarten in dem fahlen Morgensonnenschein fasste sie den Entschluss, im Einzelnen die Begebenheiten zu rekonstruieren, an denen sie sich erinnerte, glücklich gewesen zu sein. Als sie über diese Begebenheiten nachdachte, war sie erschüttert von ihrer Belanglosigkeit, ihrer fehlenden Beziehung zu den wichtigsten Ereignissen ihres Lebens. Im Rückblick schien sie am glücklichsten in den ihnen zur Verfügung gestellten Häusern und bei Mittagessen gewesen zu sein.

Sie entsann sich, über die Maßen glücklich gewesen zu sein, als sie einmal allein in einem Hotelzimmer in Chicago zu Mittag gegessen hatte, während Schnee über die Fenstersimse trieb. Es gab ein Mittagessen in Paris, an das sie sich in allen Einzelheiten erinnerte: ein verspätetes Mittagessen mit Harry und den Zwillingen bei Regen im Pre Catelan. Sie erinnerte sich an den Regen, der die breiten Fenster hinunterströmte und durch die Bäume fegte, die Zweige, die das Glas streiften, und das warme Licht drinnen. Sie erinnerte sich, wie Jessie vor Entzücken krähte und gebieterisch mit dem Finger auf einen Pudel zeigte, der auf der anderen Seite des Raums auf einem vergoldeten Stuhl saß. Sie erinnerte sich, wie Harry Adlai die nasse Strickjacke aufknöpfte, Jessie aufs nasse Haar küsste und ihnen beiden ein halbes Glas Weißwein einschenkte.

Es gab einen ganzen Tag in Hongkong, den sie wieder zusammenbekam, einen Tag, den sie allein mit Jessie in einem ihnen zur Verfügung gestellten Haus mit Blick über Repulse Bay verbracht hatte. Sie und Harry hatten Adlai in Honolulu bei Janet und Dick Ziegler abgesetzt und Jessie in ein Flugzeug nach Hongkong gepackt, und als sie im Morgengrauen landeten, erfuhren sie, dass Harry für eine Lagebesprechung in Saigon erwartet wurde. Harry war sofort nach Saigon weitergeflogen, und Inez hatte mit Jessie in dem Haus gewartet, das dem Leiter des *Time*-Büros in Hongkong gehörte. Die Begonientöpfe vor dem Haus hatten Inez glücklich gemacht, und der versengte Rasen und der ungewöhnliche Einfall der Sonne aufs Meer hatten sie glücklich gemacht, und es hatte sie sogar glücklich gemacht, dass der Leiter des *Time*-Büros, als er ihr am Flughafen die Schlüssel gab, erwähnt hatte, dass im Garten vor Kurzem junge Kobras gesehen worden waren. Dass dieser Tag mit jungen Kobras begann, hatte Inez ein Gefühl alles übersteigender Nützlichkeit vermittelt, einen Grund, Jessie überall dahin zu tragen, wohin Jessie wollte. Sie hatte Jessie von der Veranda zur Schaukel im Garten getragen. Sie hatte Jessie von der Schaukel im Garten zur Bank getragen, von wo aus sie die Sonne über dem Meer beobachten konnten. Sie hatte Jessie sogar vom Haus zu dem Regierungsauto getragen, das bei Sonnenuntergang wiederkam, um sie zu dem Hotel zu bringen, in dem Harry um Mitternacht eintreffen sollte.

Dort in der Sonne auf dem Dachgarten in der San Louis Road begann Inez, Berkeley als einen weiteren Ort zu sehen, an dem sie später in der Erinnerung vielleicht über die Maßen glücklich gewesen war, ein weiteres zur Verfügung gestelltes Haus, und sie beschloss, sich das zu merken, doch bis zum Juni des Jahres, wieder nach New York zurückgekehrt, hatte sie die Einzelheiten schon aus dem Gedächtnis verloren. Das war der Juni, in dem Adlai den Unfall hatte (den zweiten Unfall, den schlimmen, den, bei dem eine Fünfzehnjährige aus Denver ihr linkes Auge und die Funktionsfähigkeit einer Niere einbüßte), und der Juni 1973, in dem Inez Jessie in ihrem Schlafzimmer auf dem Boden und die Einwegnadel und den Glassinumschlag in ihrem Snoopy-Papierkorb fand.

»Lass mich sterben und es hinter mich bringen«, sagte Jessie. »Lass mich in der Erde liegen und schlafen.«

Der Arzt kam im Jogginganzug.

»Ich habe Mangelhaft in Geschichte bekommen«, sagte Jessie. »Niemand sitzt beim Mittagessen neben mir. Sag's Daddy nicht.«

»Ich bin hier, direkt neben dir«, sagte Harry.

»Daddy ist hier«, sagte Inez.

»Sag's Daddy nicht«, sagte Jessie.

»Es wäre vielleicht sinnvoll, eine Therapie in Erwägung zu ziehen«, sagte der Arzt.

»Es wäre vielleicht auch sinnvoll, der Dalton School ein paar Rauschgiftfahnder zuzuteilen«, sagte Harry. »Nein, streichen Sie das. Zitieren Sie mich nicht.«

»Wir leben in einer Zeit voller Stress«, sagte der Arzt.

Der erste Therapeut, den der Arzt empfahl, war eine

junge Frau, die zu einer Klinik auf der East 61st Street gehörte, wo man sich auf die Behandlung von – wie die Therapeutin es nannte – adoleszentem Missbrauch von Substanzen spezialisiert hatte. »Es wäre vielleicht sinnvoll, über Sie zu sprechen«, sagte die Therapeutin. »Ihr eigenes Leben, wie Sie es verstehen.«

Inez erinnerte sich, dass die Therapeutin ein silbernes Henkelkreuz trug.

Sie erinnerte sich, dass sie durch eine Glastrennwand Jessie sehen konnte, die, über den Minnesota-Mehrfachphasen-Persönlichkeitsfragebogen gebeugt, auf einer Strähne ihres langen blonden Haars kaute.

»Mein Leben ist nicht wirklich das Problem, das ansteht«, erinnerte sie sich gesagt zu haben. »Oder?«

Die Therapeutin lächelte.

Inez zündete sich eine Zigarette an.

Ihr kam der Gedanke, dass das Ganze sich in nichts auflösen könnte, wenn sie einfach nach nebenan ginge, Jessie an der Hand nähme und sie, immer noch in ihrem Dalton-School-Sweatshirt, in ein Flugzeug irgendwohin setzte. Sie könnten Adlai in Colorado Springs besuchen. Adlai war am Tag vorher nach Colorado Springs zurückgeflogen, für das Sommersemester von der Schule, an der er versuchte, genügend Unterrichtseinheiten zusammenzubekommen, um auf ein College zugelassen zu werden, das Studenten vom Wehrdienst zurückstellen durfte. Sie könnten Harry in Ann Arbor besuchen. Harry war an dem Morgen nach Ann Arbor gefahren, um seinen Vortrag über den richtigen und falschen Einsatz von zivilem Ungehorsam zu halten. »Ich komme nicht an sie ran«, hatte

Harry vor seiner Abreise nach Ann Arbor gesagt. »Adlai ist vielleicht ein Blödmann, aber mit Adlai kann ich reden. Wenn ich mit ihr rede, rede ich zu einem UFO.«

»Adlai«, hatte Inez gesagt, »glaubt nun mal, dass er seine Qualifikation fürs College in amerikanischer Geschichte mit einem Kurs in Geschichte von gerade drei Unterrichtseinheiten des amerikanischen Films erfüllen kann.«

»Sehr gut, Inez. Weit hergeholt, aber gut.«

»Weit hergeholt, aber wahr. Und so weiter. Und so weiter. Ich habe Adlai gebeten, daran zu denken, dass er ins Krankenhaus geht, um Cynthia zu besuchen. Weißt du, was er gesagt hat?«

»Welche Cynthia?«, fragte Harry.

»Die Cynthia, die er bei dem Unfall fast umgebracht hat. ›Sie steht auf meinem Terminkalender, ehrlich.‹ Das hat er gesagt.«

»Er hat wenigstens was gesagt. Von ihr hättest du bloß einen starren Blick gekriegt.«

»Du sagst immer *sie*. Sie heißt Jessie.«

»Ich weiß, verdammt noch mal, wie sie heißt.«

Streich Ann Arbor.

Harry würde in Hemdsärmeln dasitzen und Bewunderung zum Ausdruck bringen (»Bewunderung, Gott, nein, was ich empfinde, wenn ich euch Jungs sehe, ist eine Art *Ehrfurcht*«) für die gesellschaftlich gesehen verantwortungsvollste Generation, die je auf amerikanische Universitäten gehen sollte.

Streich Colorado Springs.

Adlai hatte schon seinen Terminkalender.

Jessie sah von dem Minnesota-Mehrfachphasen-Persönlichkeitsfragebogen auf und lächelte flüchtig zu der Glastrennwand hin.

»Das ›Problem, das ansteht‹, wie Sie es nennen, ist Rauschgiftgewöhnung.« Die Therapeutin zog eine Schublade auf, holte einen Aschenbecher hervor und schob ihn Inez über den Schreibtisch zu. Sie lächelte immer noch. »Ich sehe, Sie rauchen.«

»Ja, das tue ich.« Inez drückte die Zigarette aus und stand auf. Jessies Teint war klar und ihr Haar wie Honig, und man konnte unmöglich sagen, dass unter den Ärmeln ihres Dalton-School-Sweatshirts Einstichspuren auf den glatten, gebräunten Armen zu sehen waren. »Ich trinke auch Kaffee.« Der Ausdruck der Therapeutin änderte sich nicht. lass mich sterben und es hinter mich bringen.

Lass mich in der Erde liegen und schlafen. Sag's Daddy nicht.

Inez nahm ihre Jacke.

Auf der anderen Seite der Glastrennwand zog Jessie einen Taschenspiegel aus ihrer Umhängetasche und begann, sich mit dem IBM-Teststift die Augen nachzuziehen.

»Aber ich drücke kein Heroin«, sagte Inez.

Der zweite Therapeut glaubte, die Lösung läge in einer gründlicheren Untersuchung der Geschwistergestalt. Der dritte wandte eine Technik an, die Elemente der Aversionstherapie beinhaltete. In der Klinik in Seattle, in die Jessie im Herbst 1974 schließlich geschickt wurde, einer privaten Einrichtung, die auf die Behandlung von –

wie der vierte Therapeut es nannte – adoleszenter chemischer Abhängigkeit spezialisiert war, nannte das Pflegepersonal die Patienten Klienten, setzte sie auf Methadon und vermittelte ihnen eine Teilzeitarbeit, »der Charakterstruktur und den individuellen Fähigkeiten des jeweiligen Klienten entsprechend«. Jessie arbeitete als Kellnerin in einem Lokal am Puget Sound, das King Crab's Castle hieß. »Kinderleicht«, sagte Jessie am Telefon, »wenn du es schaffst, dass die Rote-Bete-Scheibe dir nicht in den Krabbensalat rutscht.«

Die muntere Anstrengung in Jessies Stimme hatte Inez die Kehle zugeschnürt.

»Es ist alles Erfahrungssache«, sagte Inez schließlich, und Jessie kicherte.

»Aber wirklich«, sagte Jessie und betonte das Wort, um Zustimmung anzudeuten. Sie war noch keine achtzehn.

10

Was es sie sonst noch kostete.

Inez blieb nicht mehr allein in der Wohnung am Central Park West, nachdem der Hausverwalter einem Reporter von *Newsday* erzählt hatte, dass er hereingekommen wäre, um einen Heizkörper zu entlüften, und Mrs Victor ihn gebeten hätte, ihr einen doppelten Wodka einzugießen. Sie nahm eine Nagelschere, um das Etikett von leeren Medizinflaschen zu kratzen, ehe sie sie in den Mülleimer warf. Sie kaufte nicht mehr in einer Buchhandlung in der Madison Avenue, nachdem sie die Namen, Adressen und Lieferanweisungen für alle Kunden einschließlich ihrer selbst (»Portier – Lloyd, Haushälterin geht um 4«) in einem offenen Rechnungsbuch neben der Kasse gesehen hatte. Sie ließ nicht zu, dass Briefe, die unverlangt von Fremden kamen, oder Päckchen, von wem auch immer, in der Wohnung geöffnet wurden. Sie hatte mit Billy Dillon über die Möglichkeit gesprochen, *People* zu verklagen, weil sie Adlais Unfälle in einen Artikel über die Probleme von Prominentenkindern aufgenommen hatten. Und *Who's Who* wollte sie gerichtlich vorschreiben, ihren und Jessies und Adlais Namen aus Harry Victors Eintragung zu streichen. »Ich sehe nicht recht, wieso das von Bedeutung sein soll, Inez«, hatte Billy Dillon gesagt. »Schließlich sehe ich deinen Namen sowieso mindestens zwei-, dreimal die Woche in der Zeitung.«

»Das ist von Bedeutung«, sagte Inez, »weil irgendein Fremder irgendwo in einer Bibliothek sitzen und *Who's Who* lesen könnte.«

»Betrachte den Fremden als dein täglich Brot, als einen interessierten Bürger«, sagte Billy Dillon, aber das konnte Inez nie. Fremde erinnerten sich. Fremde erlitten Enttäuschungen und gerieten aus der Fassung. Ein Fremder könnte eine zu tiefe Enttäuschung erleben, als dass sie von einem Gespräch mit *Newsday* ausgemerzt würde, und aus der Fassung geraten. Das Leben außer Sichtweite von Kameras, das Leben, das (wie es sich Inez damals vorstellte) ihr Vater und ihr Onkel Dwight und ihre Schwester Janet führten, war für Inez nur zu einer vagen Idee geworden, etwas, von dem sie wusste, das sie aber nicht ganz begriff. Sie begriff zum Beispiel nicht, wie ihr Vater Fremden, die er im Flugzeug kennenlernte, ihre Telefonnummer geben konnte und sie dann anrief, um ihr Vorhaltungen zu machen, wenn er gehört hatte, dass sie am Telefon kurz angebunden gewesen war. »Ich meine, du hättest zehn Minuten erübrigen können«, hatte Paul Christian bei einem solchen Anruf gesagt. »Der junge Mann, bei dem du eingehängt hast, hat zufällig eine recht interessante ungeklärte Theorie über den Mord an Sal Mineo. Er hätte gern gehabt, dass Harry sie erfuhr.« Sie begriff zum Beispiel nicht, was Dwight bewegte, ihr jede Geschichte im *Honolulu Advertiser*, in der ihr oder Harrys Name erschien, auszuschneiden und zu schicken. Diese Ausschnitte kamen bündelweise mit

Dwights angehefteter Karte. »Gut gemacht«, schrieb er manchmal mit Bleistift auf die Karte. Und sie begriff auch nicht, wie Janet im Wahlkampf 1972 einwilligen konnte, sich für *CBS-Reports* über ihre und Inez' Kindheit interviewen zu lassen. Dieser bestimmte *CBS-Reports* stellte Kurzbiografien der Ehefrauen der Kandidaten vor, und Inez schaute die Sendung mit Harry und Billy Dillon in der Bibliothek der Wohnung am Central Park West an. Es hatte eine Sequenz mit Harry gegeben, der über Inez' ganz besondere Loyalität sprach, und es hatte eine Sequenz mit Billy Dillon gegeben, der über Inez' ganz besonderes Kunstempfinden sprach, und es hatte eine Sequenz mit dem Direktor der Dalton School gegeben, der über Inez' ganz besonderes Interesse an Pädagogik sprach, aber Janets Erscheinen in dem Programm war eine Überraschung.

»Ich würde nicht sagen ›privilegiert‹, nein«, hatte Janet vor der Kamera gesagt. Es hatte so ausgesehen, als säße sie barfuß auf einem Katamaran vor ihrem Strandhaus. »Nein. Das trifft es nicht. Nicht ›privilegiert‹. Ich würde es einfach eine wunderbare unkomplizierte Lebensart nennen, die, kann man sagen, vom Winde verweht ist.«

»Ich hoffe, keiner kapiert, dass sie vom Zweiten Weltkrieg redet«, sagte Billy Dillon.

»Natürlich hatte damals jeder seine fantastische chinesische Amah«, sagte Janet vor der Kamera. Ihre Stimme war hoch und gehaucht und nervös. Die Kameraeinstellung hatte sich geändert und zeigte Koko Head. Inez nahm sich einen Schreibblock und begann zu schreiben. »Und dann hatten Nezzie und ich – na, ich vermute, so eine Art Gouvernante, eine französische Gouvernante aus Neuilly, überflüssig zu sagen, dass Mademoiselle tadelloses Französisch sprach. Ich erinnere mich, dass Nezzie sie an den Rand des Wahnsinns brachte, wenn sie Pidgin sprach.«

»›Mademoiselle‹«, sagte Billy Dillon.

Inez schaute nicht von dem Schreibblock auf. »›Mademoiselle‹«, wiederholte Billy, »und ›Nezzie‹.«

»Ich wurde nie ›Nezzie‹ genannt.«

»Jetzt wirst du's«, sagte Billy Dillon.

»Sie machen einen Schwenk nach links«, sagte Harry Victor, »sie könnten Janets ›Privatbesitz – Kein Zugang zum Strand‹-Schild ins Bild kriegen.« Er griff unter den Tisch, um das Telefon abzunehmen. »Und ihren Mercedes auch. Das müsste Mort sein.«

»Frag Mort, wie die Gouvernante aus Neuilly ankommt«, sagte Billy Dillon. »Vielleicht könnte Janet Mademoiselle zur Verfügung stellen, um ein paar Kaffeekränzchen in West Virginia abzuhalten.«

Inez sagte nichts.

Sie war nie Nezzie genannt worden.

Sie hatte nie Pidgin gesprochen.

Die Gouvernante aus Neuilly war gar keine Gouvernante gewesen, sondern die französische Frau eines Transportpiloten in Hickam, der zwischen dem Golf von Leyte und dem Ende des Kriegs für sechs Monate das Atelier über Cissy Christians Garage gemietet hatte.

Janet erzählte in *CBS-Reports*, wie man ihr und Inez beigebracht hatte, Tischtücher zwischen Bogen blauen Seidenpapiers aufzubewahren.

Harry hielt seine abendliche Telefonkonferenz mit Mort Goldman am MIT und Perry Young in Harvard und den Petrochemie-Leuten in Stanford.

Keine Nezzie.

Kein Pidgin.

Keine Gouvernante aus Neuilly.

»Der Tipp mit dem blauen Seidenpapier geht direkt in Herzen und Gemüter«, sagte Billy Dillon.

»Mort hält Sonnenenergie immer noch für eine negative Politik, Billy, vielleicht hebst du besser mal ab«, sagte Harry Victor.

»Sag Mort, dann berühren wir sie nur kurz«, sagte Billy Dillon. »Nur ganz generell. Nur bei den ausgewählten Themen.« Er sah zu, wie Inez das oberste Blatt aus dem Schreibblock riss, auf den sie geschrieben hatte. »Absolut nur für die, die's mit dem blauen Seidenpapier haben.«

Shining Star, hatte Inez auf das Blatt geschrieben.
Twinkling Star
Morning Star
Evening Star
Southern Star
North Star
Celestial Star
Meridian Star
Day Star
???

»He!«, sagte Billy Dillon. »Inez, wenn du ein Telegramm an Janet aufgesetzt hast, sag ihr, wir streichen ihre Nummer.«

»Mort bringt gerade einen heiklen Punkt zur Sprache, Billy«, sagte Harry Victor. »Schnapp dir ein Telefon.«

Inez zerknüllte das Blatt und warf es ins Feuer. An dem Tag, an dem Carol Christian für immer auf der *Lurline* abgereist war, hatte Janet nicht aufgehört zu weinen, bis sie vom Pacific Club zum Kinderarzt gebracht worden war und ein Beruhigungsmittel bekommen hatte, aber Inez weinte nie. *Aloha oe.* Ich spreche hier von einer Frau, die überzeugt war, dass an dem Tag, an dem sie sich an die Namen aller zehn Star-Fährschiffe erinnerte, die zwischen Hongkong und Kowloon verkehrten, Gnade über alle, die sie liebte, und Friede über ihren Haushalt kommen würde. Das zehnte Schiff fiel ihr nie ein. Das zehnte hätte *Night Star* sein sollen, war es aber nicht. Während des Wahlkampfs 1972 und selbst später hielt ich Inez Victors Fähigkeit, passiv und teilnahmslos zu sein, für eine aus Langeweile geborene Affektiertheit, die frivole Gewohnheit eines im Grunde müßigen Geistes. Nach den Ereignissen des Frühjahrs und Sommers 1975 dachte ich anders darüber. Ich hielt sie für den wesentlichen Mechanismus eines Lebens, dessen höchster Preis Erinnerungsvermögen war. Treibstoff ablassen. Ballast abwerfen. Die Besatzung hinausschmeißen.

11

Im Frühjahr 1975, während der letzten Tage der – wie Jack Lovett es nannte – »Hilfeleistung« in Vietnam, unterrichtete ich zufällig in Berkeley, hatte den gleichen befristeten Lehrauftrag wie Harry Victor zwischen dem Wahlkampf 1972 und der endgültigen Konsolidierung der Allianz für Demokratische Institutionen; ich wohnte allein in einem Zimmer im Fakultätsklub und lernte rund ein Dutzend Studenten im Englischen Institut kennen, mit denen ich die Vorstellung von Demokratie im Werk gewisser postindustrieller Schriftsteller diskutierte. Ich verwandte meine Vorlesungszeit darauf, Ähnlichkeiten im Stil und wahrscheinlich auch in den Vorstellungen von Demokratie zwischen George Orwell und Ernest Hemingway, Henry Adams und Norman Mailer herauszuarbeiten (Ausgangspunkt war, dass die Art, wie ein Schriftsteller einen Satz konstruierte, die Art widerspiegelte, in der er dachte). »Die Hügel uns gegenüber waren grau und schrundig wie die Haut von Elefanten« und »dieser Krieg war ein Schwindel wie alle anderen Kriege« stammten beide von George Orwell, waren aber auch ein Echo von Ernest Hemingway. »Wahrscheinlich hatte kein Kind, das in dem Jahr geboren wurde, bessere Karten als er« und »er begann die vierzig Fuß hohe Dynamomaschine als moralische Kraft zu empfinden, ähnlich wie die frühen Christen das Kreuz empfanden« stammten beide von Henry Adams, trafen aber einen Ton, der bei Norman Mailer nachhallte.

Was sagt uns das, fragte ich meine Studenten.

Erörtern Sie die Rolle des Schriftstellers in einer postindustriellen Gesellschaft.

Erörtern Sie die politischen Implikationen sowohl der Abhängigkeit von als auch des Misstrauens gegenüber abstrakten Worten, denken Sie über die soziale Ordnung nach, die sich beim Gebrauch der dritten Person in der Autobiografie zeigt.

Erörtern Sie auch, wie sich Didion in den Rahmen der Handlung einbringt: Atmosphäre entsteht. Wie? Nun hatte ich zufällig mein Grundstudium in Berkeley absolviert, was bedeutete, dass ich zwanzig Jahre vorher in demselben Raum oder einem ähnlichen (hohe Oberlichter und goldene Eichenbalken und Zigarettennarben auf dem Boden, sechzig Jahre Erstsemestersehnsüchte, meine nicht ausgenommen) über die gleichen Fragen oder ähnliche nachgedacht hatte. 1955 war mir auf diesem Campus zum ersten Mal aufgefallen, dass die Zeit immer schneller verging. 1975 verging die Zeit nicht nur schneller, sondern sie brach zusammen, fiel in sich zusammen, wie ein verlöschender Stern sich zu einem schwarzen Loch zusammenzieht, und am Schauplatz all dessen, was ich ungelernt verlassen hatte, konnte ich nur falsch erinnerte Fragmente von Gedichten aufbieten. Ich entschuldige mich bei A. E. Housman, T. S. Eliot, Delmore Schwartz:

Von meinen Jahren, sechzig Schlägen und zehn
Kommen diese zwanzig nicht wieder, sie vergeh'n.
Schwarzer Flügel, brauner Flügel, schwing dich über
Zwanzig Jahre, und der Frühling ist vorüber.
Dies war die Schule, in der wir fanden,
Dass Zeit das Feuer war, in dem wir brannten.

Sentimentales Verweilen.

Noch weniger Zeit für diese Visionen und Revisionen.

In dieser ziemlich fiebrigen Stimmung schien ich mich nur aufs Zeitunglesen konzentrieren zu können, besonders auf die Berichte aus Südostasien, weil ich im Fall jener Hauptstädte eine grafische Darstellung für die Wirkung des schwarzen Lochs sah. Ich sagte »Fall«. Viele der Studenten, mit denen ich sprach, sagten »Befreiung«. »Freudige Nachrichten in der bürgerlichen Presse für uns«, sagte einer, und als wir das nächste Mal miteinander sprachen, änderte ich »Fall« in »Dichtmachen«.

Jeden Morgen ging ich vom Fakultätsklub zu einem Zeitungskiosk um die Ecke von der Telegraph Avenue, um den *San Francisco Chronicle*, die *Los Angeles Times* und die *New York Times* zu kaufen. Jeden Nachmittag bekam ich unter neuen Überschriften und in auf den neuesten Stand gebrachten Titelgeschichten die gleichen Berichte im *San Francisco Examiner*, der *Oakland Tribune* und der *Berkeley Gazette*. Panzerbataillone verschwanden zwischen einzelnen Ausgaben. Dreihundert Flugzeuge verschwanden in dem neuen Leitartikel über den Präsidenten, der im El Dorado Country Club in Palm Desert, Kalifornien, Golf spielte.

Ich überflog die Berichte über Politik und konzentrierte mich stattdessen auf Einzelheiten: Die Kosten für ein Visum, um Kambodscha zu verlassen, betrugen in den Wochen, bevor Phnom Penh dichtmachte, fünfhundert US-Dollar. Die Farben der Landesignale auf dem Dach der amerikanischen Botschaft in Saigon waren rot, weiß und blau. Die Decknamen für die amerikanische Evakuierung aus Kambodscha und Vietnam waren jeweils EAGLE PULL und FREQUENT WIND. Der Bargeldbetrag, der im Hof des DAO verbrannt wurde, ehe der letzte Helikopter abflog, belief sich auf dreieinhalb Millionen US-Dollar und fünfundachtzig Millionen Piaster. Der Deckname für diese Operation war MONEY BURN. Die Zahl der vietnamesischen Soldaten, denen es gelang, an Bord der letzten amerikanischen 727 zu kommen, die Dà Nẵng verließ, war dreihundertunddreißig. Die Zahl der vietnamesischen Soldaten, die vom Fahrwerkschacht der 727 fielen, war eins. Die 727 wurde von World Airways betrieben. Der Name des Piloten war Ken Healy.

Ich las solche Darstellungen immer wieder, gebannt von den Wiederholungen und Verzerrungen der langsam bekannt werdenden Geschichte, wie vom Scheinwerfer eines durchgegangenen Zuges, aber ich las nur jene Berichte, die Südostasien betrafen, und sei es auch nur am Rande. Alle anderen Nachrichten traten dahinter zurück, blieben unbeachtet und ungelesen, und hätte der erste Nachmittagsbericht über Paul Christians Mord an Wendell Omura nicht die Überschrift KONGRESS-GEGNER DES VIET-KONFLIKTS IN HONOLULU ERSCHOSSEN gehabt, hätte ich ihn vielleicht gar nicht gelesen. Janet Ziegler wurde an dem ersten Nachmittag nicht erwähnt, aber sie war in sämtlichen Morgenausgaben, genauso wie Inez und Victor, mit Fotos im *Chronicle* und einem Extrakasten in der *New York Times*.

VICTORS FAMILIE VON INSELTRAGÖDIE BETROFFEN!

Das war am 26. März 1975.

Einem Mittwochmorgen.

Ich versuchte, Inez Victor in New York anzurufen, aber Inez war schon weg.

12

Sehen Sie es so.

Sehen Sie den Sonnenaufgang an dem Mittwochmorgen 1975, so wie Jack Lovett ihn sah.

Von der Operationszentrale des Flughafens von Honolulu aus. Der warme Regen auf den Start- und Landebahnen. Der Geruch von Treibstoff.

Die militärischen Chartermaschinen C-130, DC-8 – Jack Lovetts Vorwand für seine Anwesenheit im Betriebsbüro des Flughafens – kamen nun schon die ganze Nacht von Saigon herein und drängten sich um die Wartungshallen.

Das erste Licht tauchte aus dem Meer auf und hob zwei Inseln hervor (erst die eine und genau neunzig Sekunden später die zweite), getrennte Landmassen, die nur in jenen zwei oder drei Minuten, wenn die Sonne hinter ihnen aufgeht, am südöstlichen Horizont sichtbar sind.

Die planmäßige Pan American 747 aus Kennedy via LAX legt sich über den milchigen Untiefen in die Kurve und landet pünktlich, unter den großen Rädern spritzt Wasser vom Asphalt auf, sie schleudert leicht, erzittert, als der Motor abgestellt wird.

Fünf Uhr siebenunddreißig morgens.

Das Bodenpersonal in dünnen gelben Regenmänteln. Die an ihren Platz gerollten Treppen.

Der Fluggastbetreuer wartet am Fuß der Treppe mit einem Schirm, einer Passagierliste in einer Kunststoffhülle und einem Plumeria Lei über dem linken Arm.

Die Frau, nach der sowohl der Fluggastbetreuer als auch Jack Lovett Ausschau halten (Jack Lovetts Vorwand für seine Anwesenheit im Betriebsbüro des Flughafens ist nicht Jack Lovetts Grund für seine Anwesenheit im Betriebsbüro des Flughafens), wird die vorletzte Passagierin sein, die aussteigt. Sie ist eine Frau in jenem Alter (ein paar Monate über vierzig in ihrem Fall), in dem es möglich ist, zu gewissen Tageszeiten sehr gut auszusehen (Mittagessen an Sonntagen im Sommer ist eine gute Tageszeit für solche Frauen, besonders, wenn sie Strohhüte tragen, die ihre Augen beschatten, und Seidenhemden, die ihre Ellbogen bedecken, und der Lust auf ein weiteres Glas Weißwein nach dem Mittagessen widerstehen) und zu anderen nicht so gut. Fünf Uhr siebenunddreißig morgens ist keine gute Tageszeit für diese Frau, die gerade von Bord der Pan American 747 geht. Sie hat keine Strümpfe an, ist bleich trotz einer ganzjährigen Bräune, wie sie bei wohlhabenden amerikanischen Frauen üblich ist, und trägt Sandaletten, von denen sich ein Riemchen gelockert hat und ihr über die Ferse gerutscht ist. Ihr dunkles Haar, offensichtlich aus Gewohnheit so gebürstet, dass es die grau werdende Strähne an der linken Schläfe verdeckt, ist trocken und glanzlos von der im Flugzeug verbrachten Nacht. Sie trägt kein Make-up. Sie trägt eine dunkle Brille. Sie trägt einen kurzen Strickrock mit Jacke und unter der Jacke ein T-Shirt aus

Baumwolljersey, und in dem Augenblick, in dem sie aus der Flugzeugkabine in die feuchte Wärme des regnerischen Tropenmorgens tritt, zieht sie die Jacke aus und bückt sich, um das Riemchen ihres Schuhs hochzuziehen. Als der Fluggastbetreuer mit dem Schirm die Stufen hochkommt, richtet sie sich auf und blickt sich, anscheinend verwirrt, um.

Der Mann hinter ihr auf der Treppe, der Mann, dessen Name auf der Passagierliste als DILLON, R. W. erscheint, neigt sich zu ihr und murmelt kurz etwas.

Sie schaut auf, lächelt den Fluggastbetreuer an und beugt sich fügsam vor, während er gleichzeitig versucht, sie mit dem Schirm zu schützen und ihr den Plumeria Lei um die Schultern zu legen.

Aloha, sagt er wohl.

Sehr freundlich.

Tragische Umstände.

Alles, was unsere Gesellschaft und ich persönlich tun können.

Ihnen behilflich zu sein.

Wenn der Senator eintrifft.

Sehr freundlich.

Während der Fluggastbetreuer mit dem auf der Liste als DILLON, R. W. aufgeführten Mann spricht – offenbar beratschlagen sie über Autos, Gepäck, Hilfe, wenn der Senator eintrifft –, steht die Frau ein wenig abseits, immer noch pflichtgemäß lächelnd. Sie ist aus dem Schutz des Regenschirms herausgetreten, und der Regen läuft ihr über Gesicht und Haar. Geistesabwesend befingert sie die Blumen des Lei, hebt sie ans Gesicht, drückt die

Blüten gegen die Wange und zerdrückt sie. Sie wird den kurzen Strickrock und den zerdrückten Kranz noch tragen, wenn sie zwei Stunden später durch ein Glasfenster in der Intensivstation im dritten Stock des Queen's Medical Centre den bewusstlosen Körper ihrer Schwester Janet sieht.

Diese Szene ist mein Aussätziger an der Tür, meine Tropical Belt Coal Company, meine einsame Figur auf dem Kamm des unwandelbaren Bergs.

Inez Victor, wie sie um 5:47 Uhr am Morgen des 26. März 1975 im Regen auf der Landebahn ihren Lei zerdrückt. Jack Lovett beobachtet sie.

»Holt sie aus dem verdammten Regen rein«, sagte Jack Lovett zu niemandem Bestimmten.

Zwei

1

Bei der Gelegenheit, bei der mir Dwight Christian am ehesten er selbst zu sein schien, rauchte er eine lange Havanna-Zigarre und betrachtete mit offenkundiger Zufriedenheit den Dampf, der aus dem erleuchteten Swimmingpool hinter dem Haus an der Manoa Road aufstieg. Der aufsteigende Dampf und die Unterwasserlampen erzeugten zusammen einen überirdischen Glanz auf dem Wasser, das um den Filterausfluss gespenstisch blubberte. Da die Luft an dem Abend warm war, musste die Temperatur des Wassers, um Dampf abzugeben, fast vierzig Grad betragen haben. Ich entsinne mich, dass ich Dwight Christian fragte, wie (meinte aber, warum) er den Pool so heiß hielt. »Kein Kunststück, einen Pool zu heizen«, sagte Dwight Christian, als hätte ich ihm gratuliert. Tatsächlich neigte Dwight Christian dazu, alles, was eine Frau ihm sagte, als Gratulation auszulegen. »Ein Kunststück ist es, ihn abzukühlen.«

Es sei mir noch nie in den Sinn gekommen, sagte ich, dass ein Swimmingpool vielleicht abgekühlt werden müsse.

»Sie waren noch nicht am Golf, sehe ich.« Dwight Christian wiegte sich auf den Fersen. »Am Golf muss man sie abkühlen, wir haben die Technik in Dharan entwickelt. Sie für Aramco in Produktion gegeben. Kosteneffizient. Haben sie dort und in Dubai benutzt. Mussten wir. Sonst hätten wir unser Personal verbrüht.«

Eine gewisse Verträumtheit trat für einen Moment in seinen Blick, eine unwillkürliche Weichheit, als er Dharan, Dubai, kosteneffiziente Technologie für Aramco heraufbeschwor, und dann gab er, ganz abrupt, einen heiseren Kehllaut von sich, wohl als Geräusch von sich verbrühendem Personal gedacht, und lachte.

Das war Dwight Christian.

»Besuchte DWIGHT und Ruthie (Mills College 33) CHRISTIAN auf ihrem sehr reizvollen Inselvorposten. Er hat sich von all unseren Klassenkameraden über die Jahre am wenigsten verändert und ist immer noch die Top-Ananas an der Gastfreundschaftsfront« stand in einem Artikel, den ich neulich in den Mitteilungen der Ehemaligen von Stanford las.

Bei der Gelegenheit, bei der Harry Victor mir am ehesten er selbst zu sein schien, schwang er großspurige Reden über die Regierungen Westeuropas bei einem Essen in der Tregunter Road in London. »Früher oder später stehen sie alle mit ihren Einkaufslisten auf der Matte«, sagte er bei *rijstaffel* auf Tellern mit blauem chinesischem Muster und dem schwachen Scotch mit Soda, an den er sich während des Essens hielt. Er war an dem Abend nicht mit Inez zum Dinner erschienen, sondern mit einer jungen Frau, die er wiederholt als »eine Großnichte des ersten Juden am Obersten Bundesgerichts der Vereinigten Staaten« vorstellte. Die junge Frau war Frances Landau. Frances Landau lauschte allem, was Harry Victor sagte, mit bemühtem Interesse und wandte ihren

Blick nur ab, um die weniger Aufmerksamen mit Kommentaren zu versorgen. Ihr leicht von Schilddrüsenüberfunktion zeugendes Gesicht war im Kerzenlicht scharf umrissen und ihre Stimme angespannt, ein eindringliches Echo jeder Meinung, die sie je gehört hatte.

»In anderen Worten, mit dem, was sie wollen«, sagte Frances Landau. »Von den Vereinigten Staaten.«

»Normalerweise Kernbrennstoff«, sagte Harry Victor, hob einen Dessertlöffel hoch und studierte den Stempel. Er schien Frances Landaus verzückte Einwürfe plötzlich anstrengend zu finden. Er war kein unsensibler Mann, aber er hatte das bornierte Selbstvertrauen, die unerbittliche Ethnozentrik vieler Leute, die in Washington gearbeitet haben. »Ich habe letzte Nacht auf einem Flugzeugträger im Indischen Ozean geschlafen«, hatte er vor dem Essen mehrere Male gesagt. Damit schien er andeuten zu wollen, er habe auf dem Flugzeugträger geschlafen, damit London unbeschwert schlafen konnte, und ich war beeindruckt, in welchem Maße er den Indischen Ozean, den Flugzeugträger und sogar sich selbst als Abstraktionen, körperlose Erweiterungen der Politik verstand.

»Kernbrennstoff zum Bau von schnellen Brütern«, setzte er jetzt hinzu, und dann, ziemlich unerklärlich für die anderen Gäste, ließ er wie automatisch die Zeilen eines Auden-Gedichtes vom Stapel, das er in dem Jahr in alle seine öffentlichen Äußerungen eingeflochten hatte: »›Ich und die Öffentlichkeit wissen, was alle Schulkinder lernen. Die, denen Böses getan wird, vergelten es mit Bösem.‹ W. H. Auden. Aber das muss ich Ihnen ja nicht sagen.« Er machte eine Pause. »Der englische Dichter.«

Das war Harry Victor.

Worauf ich hinauswill: Ich kann mich an einen Augenblick erinnern, in dem Harry Victor sich genau so zu geben schien, wie er war, und ich kann mich an einen Augenblick erinnern, in dem Dwight Christian sich genau so zu geben schien, wie er war, und ich kann mich an solche Augenblicke bei den meisten Leuten erinnern, die ich kenne, so sehr ist mir der Impuls, die Persönlichkeit zu bestimmen, den Charakter aufzudecken, in Fleisch und Blut übergegangen, aber ich habe keine Erinnerung an einen Augenblick, in dem Inez Victor oder Jack Lovett deutlich hervorzutreten schienen. Sie waren gleich schwer zu fassen, irgendwie gefühlsmäßig unsichtbar, ohne Bindung, zurückhaltend bis zur Undurchsichtigkeit und letzten Endes ausweichend. Sie schienen nirgendwo hinzugehören, außer merkwürdigerweise zusammen.

Sie hatten sich im Winter 1952 in Honolulu kennengelernt. Ich kann genau beschreiben, wie der Winter nach Honolulu kommt: ein Kona-Wind zieht auf, und die Jahreszeit wechselt. *Kona* heißt Leeseite, und dieser besondere Wind kommt von der Leeseite der Insel, bedeckt das Riff mit Schlamm, übersät die Strände mit Orangenschalen und Kondomen und Resten von Styroporbechern, reißt Blüten von den Plumeriabäumen und trockene Wedel von den Palmen. Das Meer wird trüb. Termiten lassen sich auf den Holzdächern nieder. Die Temperatur hat sich nur leicht geändert, aber nur Touristen schwimmen noch. Am Rand der bekannten Welt ist nur Wasser, Wasser als eindeutig anwesende Macht,

Wasser als das Ende, zu dem sogar die Insel schließlich gelangen wird, und eine gewisse Rastlosigkeit gewinnt die Oberhand. Männer wie Dwight Christian sehen zu, wie der Dampf aus ihren Swimmingpools aufsteigt, und melden häufiger Telefongespräche zu Baustellen in Taipei, Penang, Dschidda an. Frauen wie Ruthie Christian holen ihre Pelze aus der Aufbewahrung, Pelze, die, so gut wie ungetragen, die Grannen noch intakt, von Mutter an Tochter weitergegeben werden, und malen sich Reisen aufs Festland aus. In diesen Tagen und Nächten, in denen Regenschleier den Horizont verdunkeln und an der Nordküste die Brandung anschwillt, scheint die völlige Isolation der Insel am größten, und an solch einem Abend im Jahr 1952 sah Jack Lovett Inez Christian zum ersten Mal und entdeckte im Wesen ihrer vorhersagbaren Sehnsüchte und jugendlichen Eitelkeiten eine Exzentrik, eine Verschwiegenheit, eine emotionale Einsamkeit, die der seinen entsprach. Das sehe ich jetzt.

Einiges davon erfuhr ich von ihm.

1. Januar 1952.

Pause im Ballett, eine jener drittrangigen Tourneetruppen, die Frauen und Kindern und pflichtbewussten Familienvätern kleiner Städte einmal im Jahr ermöglichen, sich »Nachmittag eines Fauns« und den Grand Pas de Deux aus dem »Nussknacker« anzuschauen; ein Ereignis, eine Wohltätigkeitsveranstaltung, ein Grund, sich nach der allgemeinen Verdrießlichkeit der Jahreszeit und der besonderen Mattigkeit der Feiertage schön anzuziehen und draußen unter einem improvisierten Zeltdach zu stehen und Champagner aus Pappbechern zu trinken. Gedämpfte Begrüßungen. Verminderte Aufmerksamkeit. Cissy Christian raucht eine Zigarette in ihrem weißen Jadehalter. Inez mit einer dunklen Brille (weil sie nach vier Stunden Schlaf, einem Streit mit Janet und Anrufen von Carol Christian in San Francisco und Paul Christian in Suva den größten Teil des Tages weinend in ihrem Zimmer verbracht hat: ein letztes Aufbäumen ihrer Jugendzeit) steckt sich eine weiße Gardenie ins feuchte Haar und löst sie wieder. Das ist unsre Nichte Inez, sagt Dwight Christian. Inez, Major Lovett. Jack. Inez. Mrs Lovett. Carla. Einmal Luft schnappen, eine Zigarette. Dieser Champagner ist lauwarm. Ein Glas schadet dir nicht, Inez, es ist dein Geburtstag. Inez' Geburtstag. Inez ist siebzehn. Eigentlich ist es Inez' Abend. Inez ist unsere Balletomanin.

»Warum tragen Sie eine Sonnenbrille?«, sagte Jack Lovett. Aufgeschreckt berührte Inez Christian die Brille, als wolle sie sie abnehmen, strich sich dann aber, während sie Jack Lovett ansah, stattdessen das Haar zurück und löste die Haarklemmen, die die Gardenie hielten.

Inez Christian lächelte.

Die Gardenie fiel ins feuchte Gras.

»Ich kannte früher alle Generäle in Schofield«, sagte Cissy Christian. »Ging ganz schön lustig zu da draußen.«

»Da bin ich sicher.« Jack Lovett wandte seine Augen nicht von Inez ab.

»Großartige Polospieler, einige von ihnen«, sagte Cissy Christian. »Ich vermute, Sie haben nicht viel Gelegenheit zum Spielen.«

»Ich spiele nicht«, sagte Jack Lovett.

Inez Christian schloss die Augen.

Carla Lovett trank ihren Pappbecher in einem Zug leer und zerdrückte ihn in der Hand.

»Inez ist siebzehn«, wiederholte Dwight Christian.

»Ich glaube, ich brauche was Richtiges zu trinken«, sagte Carla Lovett.

In den Tagen unmittelbar nach dieser Begegnung verschwand das Bild von Inez Christian nie ganz aus Jack Lovetts Kopf, war nicht so sehr bewusst vorhanden als vielmehr ein Schemen auf dem inneren Radarschirm, ein Unterton. Er dachte an Inez Christian, wenn er gerade aufwachte oder einschlief. Er beschwor Inez Christian in Ruhepausen des zu Ende gehenden Streits herauf, den er und Carla Lovett in dem Winter darüber führten, wann oder wie und warum sie ihn verlassen würde. Sein Interesse an Inez war, wie er es sah, nicht ursprünglich sexueller Natur: Selbst in dieser lustlosesten Phase seiner Ehe blieb er Carla verfallen, Carlas schierer Lethargie, und war immer noch schnell erregt, wenn er zusah, wie sie ihr Haar ausbürstete oder ein Hemd anzog oder die Huaraches abwarf, die sie anstelle von Pantoffeln trug.

Was Jack Lovett in Inez Christian zu sehen meinte, war etwas anderes. In dem Bild, das er von Inez hatte, lauschte sie etwas, das er erzählte, lauschte ernst und gab ihm dann die Hand. In diesem Bild trug sie die Gardenie im Haar und das weiße Kleid, das sie beim Ballett angehabt hatte, das einzige Kleid, in dem er sie je gesehen hatte. Und die beiden waren allein. In dem Bild waren die beiden sogar die einzigen Menschen auf Erden.

»Verdammt romantisch.«

Wie Jack Lovett in der Garuda 727 mit dem eingeklemmten Fahrgestell zu mir sagte.

Er erinnerte sich, dass ihre Fingernägel kurz geschnitten und unlackiert waren.

Er erinnerte sich an eine Narbe am linken Handgelenk und dass er sich gefragt hatte, ob sie es absichtlich getan hätte. Er glaubte nicht.

Ihm war in den Sinn gekommen, dass er sie vielleicht nie wiedersehen würde (wenn er seine Situation in Betracht zog und ihre und die Insel und die Tatsache, dass er von ihrem Standpunkt aus ein Fremder dort war). Aber eines Samstagabends im Februar fand er sie buchstäblich mitten in einem Zuckerrohrfeld; er hielt an, um auf der schmalen Straße zwischen Ewa und Schofield nicht auf einen mitten auf der Straße liegen gebliebenen Buick zu fahren, und da war sie, Inez Christian, siebzehn Jahre alt, und ließ den Motor des großen Buick absaufen, während ihr Rendezvous-Partner, ein Junge in einem rosa Kunstseidenhemd, kotzend im Zuckerrohr hockte.

Sie hatten Bier getrunken, erzählte Inez Christian, auf einem Rummel in Wahiawa. Da waren Soldaten gewesen, eine Flasche Rum, ein Streit darüber, wie viele Plüschhunde man an der Schießbude gewonnen hatte, die Militärpolizei war gekommen, und jetzt das.

Der Name des Jungen war Bobby Strudler.

Sofort berichtigte sie das: Robert Strudler.

Der Buick gehörte Robert Strudlers Vater, sie meinte,

das Korrekteste wäre, den Buick auf einen Wirtschaftsweg im Zuckerrohr zu schieben und bei Tag mit einem Abschleppseil zurückzukommen.

»Das Korrekteste«, sagte Jack Lovett. »Sie sind ja richtig ehrpusselig.«

Inez Christian überhörte das. Robert Strudlers Vater konnte das Abschleppseil organisieren.

Sie selbst konnte das Abschleppseil organisieren.

Bei Tag.

Ihre Füße waren nackt, und sie sprach noch deutlicher, wie um jeder Vermutung entgegenzutreten, dass sie selbst betrunken sein könnte; und erst später, als sie während der Fahrt in die Stadt vorne in Jack Lovetts Auto saß und Robert Strudler mit den gewonnenen Plüschhunden im Arm auf dem Rücksitz schlief, ließ Inez Christian durchblicken, dass sie sich an ihn erinnerte.

»Ihre Frau ist mir egal«, sagte sie. Sie saß sehr gerade und hielt die Augen beim Sprechen auf die Straße gerichtet. »Es liegt also an Ihnen. Mehr oder weniger.«

Sie roch nach Bier und Popcorn und Nivea. Als sie sich das nächste Mal trafen, hatte sie einen Schlüssel zum Haus auf der Nuannu Ranch mit. Sie hatten sich bereits mehrere Male getroffen, ehe er ihr erzählte, dass Carla Lovett ihn in Wahrheit bereits verlassen hatte, am letzten Tag des Januars bis mittags geschlafen und dann in einem untypischen Anfall hormoneller Energie ihre Huaraches und ihre Baby-Dolls und ihre Glenn-Miller-Platten gepackt und einen Flug nach Travis genommen hatte. Als er es ihr erzählte, zuckte sie bloß mit den Achseln.

»Es ändert nichts«, sagte sie. »Faktisch.«

Tatsächlich änderte es nichts, und da fiel Jack Lovett auf, dass das, was er anfangs bei Inez Christian als äußerste Unbekümmertheit gedeutet hatte, auch als äußerst pragmatische Veranlagung ausgelegt werden konnte, eine temperamentbedingte Weigerung, sich mit dem bloß Problematischen zu beschäftigen. Die Heimlichkeit ihrer Treffen wurde nie infrage gestellt. Dass diese Treffen keinerlei Zukunft hatten, wurde nur einmal infrage gestellt, und dieses eine Mal von ihm.

»Wirst du dich an das erinnern, was du tust?«, sagte Jack Lovett.

»Ich nehme es an«, sagte Inez Christian.

Ihre Weigerung, sich selbst auf diese sehr vage Scheinspekulation einzulassen, hatte ihn interessiert, sogar gereizt, und er ertappte sich dabei, dass er nachhakte: »Du gehst aufs College und heiratest irgendeinen Squashspieler und vergisst, dass wir was miteinander hatten.«

Sie sagte nichts.

»Du gehst deinen Weg, und ich gehe meinen. Ist das alles?«

»Ich nehme an, wir laufen uns über den Weg«, sagte Inez Christian. »Hier oder da.«

Im September 1953, als Inez Christian Honolulu verließ, weil sie eingewilligt hatte, vier Jahre Kunstgeschichte am Sarah-Lawrence-College zu studieren, war Jack Lovett in Thailand und baute die spätere Air-Asia-Operation auf. Im Mai 1955, als Inez Victor eines Dienstagnachmittags einen Tanzkurs am Sarah-Lawrence-College verließ, in Harry Victors Auto stieg und nach New York fuhr, um ihn in der City Hall zu heiraten, mit einem baumwollenen Trainingsröckchen über ihrem Trikot und Gänseblümchen als Brautstrauß, war Jack Lovett bereits in Saigon und knüpfte Kontakte für die 1955 noch nicht so genannte Hilfeleistung. 1955 nannte er es noch ein Revoluzzerproblem, aber selbst damals sah er die Möglichkeiten, die darin lagen. Er sah es als nützlich an. Ich glaube, das taten viele Leute, solange es ging. »KEIN SQUASHSPIELER«, schrieb Inez Christian quer über die Heiratsanzeige, die sie schließlich an seine Adresse in Honolulu schickte, aber es dauerte sechs Monate, ehe er sie bekam.

Mir kommt der Gedanke, dass man es als impulsive Tat Harry Victors auffassen könnte, an einem Dienstagnachmittag im Mai zum Sarah Lawrence zu fahren, Inez Christian in ihrem Gymnastikanzug abzuholen und in der City Hall zu heiraten. Vielleicht war es die einzige Tat Harry Victors, die man als Frühlingslaune deuten kann, aber diese Deutung wäre irreführend. Praktische Faktoren spielten eine Rolle. Harry Victor musste am folgenden Montag eine Arbeitsstelle in Washington antreten, und Inez Christian war im zweiten Monat schwanger.

Der Nachmittag der Hochzeit war warm und strahlend. Billy Dillon war Trauzeuge.

Nach der Zeremonie fuhren Inez und Harry Victor und Billy Dillon und ein Mädchen, mit dem Billy Dillon in dem Jahr befreundet war, mit der Fähre nach Staten Island und zurück, aßen bei Luchow's zu Abend und fuhren *uptown*, um Mabel Mercer im RSVP zu hören.

In the spring of the year, sang Mabel Mercer, und *This will be my shining hour.*

Auf den Tag zwei Monate nach der Hochzeit hatte Inez eine Fehlgeburt, aber bis dahin hatte Harry sich im Justizministerium eingearbeitet, und Inez hatte die Wohnung in Georgetown eingerichtet (weiße Wände, Harvard-Stühle, Lithografien), und sie gaben Dinnerpartys, baten Leiter von Ministerbüros zu *suprêmes de volaille à l'estragon* auf dem dänischen Teakholztisch im Wohnzimmer. Als Jack Lovett endlich Inez' Anzeige bekam, schickte er ihr ein Hochzeitsgeschenk, das er bei einem Pokerspiel in Saigon gewonnen hatte, ein silbernes Zigarettenetui, in das *Résidence du Gouverneur Général de l'Indo-Chine* eingraviert war.

2

Sie liefen sich tatsächlich über den Weg.

Hier oder da.

Oft genug während dieser zwanzig und ein paar Jahre, in denen Inez Victor und Jack Lovett es sich versagten, einander zu berühren, es sich versagten, ungebührliche Freude an der Anwesenheit des anderen oder unangemessenes Interesse an ihren jeweiligen Aktivitäten zu zeigen, es sich insbesondere versagten, auch nur miteinander allein zu sein, um die Vorstellung davon frisch zu halten.

Frisch, lebendig.

Etwas, über das man spätabends nachdachte.

Etwas Privates.

Sie hielt immer Ausschau nach ihm.

Sie erwartete nicht wirklich, ihn zu sehen, aber in gewissen Teilen der Welt stieg sie nie aus dem Flugzeug, ohne sich zu fragen, wo er war, wie es ihm ging, was er wohl machte. Und ab und zu war er da.

Zum Beispiel 1969 in Djakarta.

Das erfuhr ich von ihr.

Offizielle CODEL-Mission in Begleitung von Angehörigen und Gästen, Untersuchung zum Stand der Menschenrechte in (US-AID empfangenden) Entwicklungsländern.

Eine von vielen Gelegenheiten, bei denen Harry Victor in der einen oder anderen tropischen Hauptstadt landete und sich daranmachte, offizielle Versicherungen einzuholen, dass die Menschenrechte in dem betreffenden (US-AID empfangenden) Entwicklungsland unverletzt blieben.

Eine von mehreren Gelegenheiten in jenen Jahren, nachdem Harry Victor sich zum ersten Mal in den Kongress hatte wählen lassen, bei denen Inez Victor in der einen oder anderen tropischen Hauptstadt aus dem Flugzeug stieg und von Jack Lovett abgeholt wurde.

Vorübergehend der Botschaft zugeteilt.

Mit Sonderauftrag beim Militär.

In Ausübung einer Beraterfunktion im privaten Sektor.

»Genau das, was wir hier brauchen, einen Kongressabgeordneten.« Inez erinnerte sich, dass Jack Lovett das an dem Abend im Zollschuppen des Flughafens von Djakarta gesagt hatte. Der Zollschuppen war überfüllt und stickig gewesen, und Inez war durch den Kopf gegangen, dass zu viele Amerikaner darin waren. Da war Inez, da war Harry, da waren Jessie und Adlai. Da war Billy Dillon. Da war Frances Landau, in demselben sorgfältig gebügelten Drillichanzug und der französischen Fliegerbrille, die sie im Jahr zuvor in Havanna getragen hatte. Da war Janet, von Kopf bis Fuß in Rosa gekleidet, rosa Sandalen, ein rosa Strohhut, ein rosa Leinenkleid mit Zackenlitzenbesatz. »Ich dachte, Rosa sei das Marineblau Westindiens«, hatte Janet in der Wartelounge von Cathay Pacific in Hongkong gesagt.

»Indien«, hatte Inez gesagt. »Nicht Westindien.«

»Indien, Westindien, was auch immer. Man trägt das Gleiche, *n'est-ce pas?*«

»Sie vielleicht«, sagte Frances Landau.

»Was soll das heißen?«

»Es heißt, dass ich nicht ganz verstehe, warum Sie sich herausputzen wie ein Mitglied der englischen Königsfamilie, das die Kolonien bereist.«

Janet hatte Frances' Drillichanzug taxiert, der, zu einer silbrigen Patina gewaschen und gebügelt, lose und verführerisch auf Frances Landaus schimmernder Haut lag.

»Weil ich meinen Kampfanzug nicht mitgebracht habe«, hatte Janet darauf gesagt.

Inez erinnerte sich weder genau, weshalb Janet mit dabei war (irgendeine häusliche Krise, Knatsch mit Dick Ziegler oder ein Zerwürfnis mit Dwight Christian, ein Sperrfeuer dringender Telefonanrufe und eine Proforma-Einladung), noch erinnerte sie sich genau, unter welchem Vorwand Frances Landau mit dabei war (Assistentin in Gesetzesfragen, offizielle Fotografin, Verfasserin des einen oder anderen vorläufigen Berichts über den Gebrauch von Bahasa-Indonesisch in der Grundschulerziehung auf Sumatra, die Auswirkungen des zivilrechtlichen Durcheinanders, das die Holländer auf Java hinterlassen hatten), auf jeden Fall waren sie im Zollschuppen des Flughafens von Djakarta mit dabei gewesen, zusammen mit neunzehn Gepäckstücken und zwei Büchertaschen und zwei Tennisschlägern und den Surfbrettern, die Janet unbedingt als Geschenk aus Honolulu für Jessie und Adlai hatte mitbringen müssen. Jack Lovett hatte die Tennisschläger genommen und sie dem

Botschaftsfahrer gegeben. »Ein Tennisparadies hier, man macht sich nichts daraus, dass die Balljungen Maschinenpistolen tragen.«

»Damit es gleich klar ist, ich möchte nicht, dass dieser Besuch manipuliert wird«, hatte Harry Victor gesagt.

»Keine Choreografie durch die Botschaft«, sagte Billy Dillon.

»Keine Einsatzbesprechung«, sagte Harry Victor.

»Keine Berichterstattung«, sagte Billy Dillon.

»Ich möchte, dass das klar ist«, sagte Harry Victor. »Ich verspreche bedingungslose Vertraulichkeit.«

»Harry möchte, dass das klar ist«, sagte Billy Dillon. »Er repräsentiert nicht die Botschaft.«

Jack Lovett öffnete die Tür von einem der Botschaftswagen, die in Zweierreihe vor dem Zollschuppen parkten. »Wenn Sie eines Nachts mit einem dieser Straßenkreuzer mit CD-12-Schild durch die Stadt spazieren fahren, und ein Lieferwagen versperrt Ihnen den Weg, dann erklären Sie das den Jungs, die rausspringen. Erzählen Sie's ihnen. Vielleicht hören Sie dann auf, ihre Uzis zu schwenken. Sie sind *ein* Amerikaner, der nicht die Botschaft repräsentiert. Das wird Eindruck auf sie machen. Sie werden sich glatt zurückziehen.«

»Ein Punkt sollte hervorgehoben werden«, sagte Frances Landau.

»Wetten, dass Sie das tun«, sagte Janet.

Frances Landau ignorierte Janet. »Harry! Billy! Stimmt ihr mir nicht zu? Der Punkt –«

»Sie legen ihre Uzis hin und ziehen sich salutierend zurück«, sagte Jack Lovett.

»Das klingt nach etwas, für das Frances richtig angezogen ist«, sagte Janet.

»– Punkt, den ich hervorheben möchte, ist der«, sagte Frances Landau. »Kongressabgeordneter Victor ist nicht an Konfrontation interessiert.«

»Das kann er ihnen auch erzählen.« Jack Lovett schaute Inez an. »Irgendein Punkt, den Sie hervorheben möchten? Etwas, das Sie klarstellen wollen? Mrs Victor!«

»Also dieser Freund von Inez«, hatte Frances Landau später an dem Abend im Hotel gesagt.

Inez lag auf dem Bett in der Suite, die schließlich für sie und Harry und die Zwillinge gefunden worden war. Es hatte ein Hin und Her darüber gegeben, ob sie im Hotel oder der Residenz des Botschafters wohnen würden, und als Harry auf dem Hotel bestanden hatte, mussten die Taschen wieder aus der Residenz geholt werden. »Wir bringen Codels immer in der Residenz unter«, hatte der politische Attaché dauernd gesagt. »Dieser Codel repräsentiert nicht die Botschaft«, hatte Jack Lovett gesagt, und die zusätzlichen Zimmer waren an der Rezeption des Hotels Borobudur organisiert worden, und Jack Lovett war gegangen, und der politische Attaché hatte unten auf das Gepäck mit einem Walkie-Talkie gewartet und einem der zehn signierten Taschenbuchexemplare von *Der Blick von der Straße: Ursachen, radikale Lösungen und ein bescheidener Vorschlag*, die Frances Landau vorsorglich in ihrem Handgepäck mitgebracht hatte.

»Welcher Freund von Inez genau?«, sagte Inez.

»Jack-wie-immer-er-heißt.«

»Lovett.« Janet betrachtete prüfend die Vorhänge. »Er heißt Jack Lovett. Das ist so ungefähr das hässlichste Druckmuster, das ich je gesehen habe.«

»Batik«, sagte Frances Landau. »Ein nationales Kunstgewerbe. Lovett also.«

»Frances kann einem so viel beibringen«, sagte Janet. »Batik. Ein nationales Kunstgewerbe. Es gibt Batik, und es gibt Batik, Frances. Zu Ihrer Information.«

Frances Landau leerte einen Eiswürfelbehälter in einen Plastikkühler. »Was macht er?«

Inez stand auf. »Ich glaube, er baut ein Export-Kreditprogramm auf, Frances.« Sie sah Billy Dillon an. »Das unabhängig von Pertamina arbeitet.«

»Finanzierung von Entwicklungshilfe«, sagte Billy Dillon. »Erforschung von Möglichkeiten. Und so weiter.«

»Das hat er jedenfalls gesagt.« Frances Landau warf drei Eiswürfel in ein Glas. »Mit genau den Worten.«

»Ich dachte, er wäre in der Flugzeugbranche«, sagte Janet. »Inez? Oder nicht? War er das nicht? Als er mit Betty Bennett verheiratet war? Ich wäre ein klein wenig vorsichtig mit den Eiswürfeln, wenn ich Sie wäre, Frances. Eiswürfel sind kein nationales Kunstgewerbe.«

»Wirklich, die Flugzeugbranche«, sagte Frances Landau. »Boeing? Douglas? Welche Flugzeugfirma?«

»Ich würde das nicht weiterverfolgen, Frances«, sagte Harry Victor.

»Ich würde es ganz bestimmt auf sich beruhen lassen«, sagte Billy Dillon. »Unter uns.«

»Es ist nicht so ganz klar festgelegt«, sagte Harry Victor.

»Aber das ist ja absurd«, sagte Frances Landau.

»Nicht schwarz-weiß«, sagte Harry Victor.

»Ziemlich grau, um die Wahrheit zu sagen«, sagte Billy Dillon. »Unter uns.«

»Aber das ist ja genau das, was ich verachte.« Frances Landau sah Harry Victor an. »Das, was du verachtest.«

Inez sah Billy Dillon an.

Billy Dillon zuckte die Achseln.

»Harry, wenn du dich hören könntest. ›Nicht so ganz klar festgelegt.‹ ›Nicht schwarz-weiß.‹ Das ist nicht der Harry Victor, den ich –«

Frances Landau brach ab.

Es wurde still.

»Ihr vier seid wirklich eine amüsante Gesellschaft«, sagte Janet.

»Von dieser Unterhaltung«, sagte Frances Landau, »wird mir ganz schlecht.«

»Entweder davon oder von den Eiswürfeln«, sagte Janet.

Wenn Inez sich an die Woche in Djakarta 1969 erinnerte, erinnerte sie sich hauptsächlich an die Wolkendecke, die tief über der Stadt hing und die Ausdünstungen von Abwässern und Autoabgasen und faulenden Pflanzen wie in einem übel riechenden Gewächshaus einschloss. Sie erinnerte sich an die Wolkendecke, und sie erinnerte sich an die Blitze, die vor Morgengrauen am Horizont zuckten, und sie erinnerte sich an den Regen, der wilde Orchideen in die milchigen Abwässergräben spülte.

Sie erinnerte sich an die Gerüchte.

Jeden Tag gab es neue Gerüchte.

Den zensierten Zeitungen gelang es, diese Gerüchte wiederzugeben, indem sie Berichte veröffentlichten, in denen sie die Verbreitung von Gerüchten bedauerten oder – wie die Zeitungen es ausdrückten – die Propagierung von der öffentlichen Sicherheit abträglichen Unwahrheiten. Um die Unwahrheiten bedauern zu können, musste man sie natürlich ausführlich beschreiben, und das war der Trick. Unter den bedauerten Unwahrheiten war eines Tages das Gerücht, ein amerikanischer Tourist sei bei den Krawallen in Surabaya getötet worden, wobei die Krawalle in Surabaya nur ein weiteres Gerücht waren, das am Tag zuvor bedauert worden war. Noch ein Gerücht besagte, die *Straits Times* in Singapur berichte, dass nicht nur ein amerikanischer Tourist, sondern auch ein deutscher Geschäftsmann umgekommen sei, und es nicht nur in Surabaya Krawalle gebe, sondern auch in Solo. Aber selbst die Existenz des Berichtes in der *Straits Times* konnte nicht bestätigt werden, weil die *Straits Times* angeblich vom Zoll konfisziert worden war. Das Gerücht, die *Straits Times* sei vom Zoll konfisziert worden, konnte selbst wiederum nicht bestätigt werden – eine weitere Unwahrheit, die der öffentlichen Sicherheit abträglich war –, aber für den Rest der Woche gab es in Djakarta keine *Straits Times*.

Inez erinnerte sich, dass Harry eine Pressekonferenz gab und den dazu erschienenen Agenturreportern erzählte, die Krawalle in Surabaya spiegelten die normalen Unruhen einer Demokratie im Status Nascendi wider.

Inez erinnerte sich, dass Billy Dillon mit den Agenturreportern verhandelte, um Harrys Pressekonferenz rechtzeitig vor Redaktionsschluss am Freitag bei der *New York Times* und der *Washington Post* rauszuschicken. »Ich habe ihn hergebracht, jetzt tut mir einen Gefallen«, sagte Billy Dillon. »Ich will nicht, dass er so spät über den Ticker geht, dass er erst am Sonntagnachmittag in die Zeitungen kommt, wenn ihr versteht, was ich meine.«

Inez erinnerte sich, dass Jack Lovett Billy Dillon fragte, ob er die Krawalle für die *Los Angeles Times* verschoben haben wolle.

Inez erinnerte sich:

An den Empfang für Harry in der Universität an dem Abend, ehe die Granate im PX-Laden der Botschaft explodierte. Sie erinnerte sich, dass Harry immer wieder sagte, Amerikaner bekämen in Südostasien wichtige Lektionen erteilt. Sie erinnerte sich, dass Jack Lovett schließlich sagte, ihm falle nur eine Lektion ein, die die Amerikaner in Südostasien erteilt bekämen. Was das für eine sei, sagte jemand.

Nicht Harry, Harry war zu vorsichtig, um das gesagt zu haben. Billy Dillon war zu vorsichtig, um das gesagt zu haben. Es musste Frances Landau oder Janet gewesen sein. Was das für eine sei, sagte Frances Landau oder Janet, und Jack Lovett schnitt eine Zigarrenspitze ab, bevor er antwortete.

»Dass eine einmal gezündete Claymore-Mine senkrecht hochgeht«, sagte Jack Lovett.

Über einem Tisch mit Tabletts voll Gläsern gesüßten Granatapfelsaftes blendeten nackte Glühbirnen, zierliche Goldstühle waren in Reihen aufgestellt, draußen gab es irgendwie Unruhe: Soldaten erschienen an den

Türen, und gelegentlich krachte ein Gewehrschuss, der Kongressabgeordnete sagt, der Kongressabgeordnete glaubt, wichtige Lektionen für die Amerikaner in Südostasien.

»Lasst uns abhauen«, sagte Jack Lovett.

»Verdammt noch mal, ich bin noch nicht fertig«, sagte Harry Victor.

»Ich glaube, draußen auf der Veranda werden gerade ein paar Menschenrechte verletzt«, sagte Jack Lovett.

Harry hatte sich wieder dem Direktor der Islamischen Union zugewandt.

Janets Hand hatte über dem gesüßten Granatapfelsaft gezaudert, als erwartete sie, dass er sich in einen Wodka-Martini verwandelte.

Inez hatte Jack Lovett beobachtet. Sie hatte nie zuvor gesehen, dass Jack Lovett Abneigung oder Gereiztheit zeigte. Abneigung und Gereiztheit waren zwei von den vielen Gefühlen, die Jack Lovett aus Prinzip nicht zeigte, aber nun zeigte er sie.

»Ihr Typen interessiert mich wirklich«, sagte Jack Lovett. Er sagte es zu Billy Dillon, aber er sah Harry an. »Ihr seht wirklich nicht, was vor eurer Nase passiert. Ihr seht es erst, wenn ihr es lest. Erst wenn ihr es in der *New York Times* lest, fangt ihr an, darüber zu sprechen. Eine Rede zu halten. Nach einer Untersuchung zu rufen. Vielleicht könnt ihr in ein oder zwei Jahren hier runterkommen und untersuchen, was heute Abend vor sich geht.«

»Du verstehst nicht«, hatte Inez gesagt.

»Ich verstehe, dass er seine Bahn mit Scheuklappen zieht, Inez.«

Inez erinnerte sich:

Jack Lovett kam am nächsten Morgen zu ihnen in die Cafeteria des Borobudur, nachdem die Granate in den PX-Laden der Botschaft geworfen worden war. Der Botschafter, sagte er, habe einen Bungalow in Puncak. In den Bergen. Inez und Janet und die Kinder sollten dort oben warten. Bis die Lage sich klärte. Ein paar Stunden, nicht weit, über Bogor, eine Art Ferienort, er würde sie hinbringen. »Eine HILL STATION«, sagte Janet. »Göttlich.«

»Nennen Sie es nicht *hill station*«, sagte Frances Landau. »*Hill station* ist ein imperialistischer Ausdruck.«

»Lasst uns mit der Politik warten, bis wir oben sind«, sagte Jack Lovett.

»Ich will nicht fahren«, sagte Frances Landau.

»Niemand kümmert sich einen Rattenarsch darum, ob Sie fahren oder nicht«, sagte Jack Lovett. »Sie sind keine Angehörige mit Priorität.«

»Unser kleiner Bangemacher«, sagte Harry Victor. Harry schlug ein gekochtes Ei auf. Jack Lovett sah zu, wie er das Ei auslöffelte, bevor er antwortete.

»Das war eine glänzende Wahl für einen Familienurlaub«, sagte Jack Lovett dann. »Ein richtiges Waikiki. Ich frage mich, warum die Pauschalreisenden noch nicht hier sind. Ich frage mich auch, ob Sie wissen, was es uns kosten würde, das Kind eines Kongressabgeordneten zurückzubringen.«

Jack Lovetts Stimme war liebenswürdig und Harrys auch.

»Ach«, sagte Harry. »Nein. Nicht, solange es nicht in der *New York Times* gestanden hat.«

Inez erinnerte sich:

Der grüne Rasen um den Bungalow des Botschafters in Puncak, die Gardenienhecken.

Die verblichenen Schonbezüge aus Chintz in dem Bungalow in Puncak, die duftenden Himmelschlüssel, das Gewirr aus Bambus und Orchideen in der Schlucht.

Die Nebel, die über Puncak zogen.

Wie sie mit Jack Lovett auf dem grünen Rasen in Puncak stand und die Nebel über den gesprungenen Beton des leeren Swimmingpools zogen, über die Schlucht, über das Gewirr aus Bambus und Orchideen, über die Himmelschlüssel.

Wie sie mit Jack Lovett dastand.

Daran erinnerte sich Inez.

Inez erinnerte sich auch, dass der einzige Mensch, der getötet wurde, als die Granate im PX-Laden der Botschaft explodierte, ein indonesischer Fahrer von der Fahrbereitschaft war. Die Nachricht war in Puncak übers Radio gekommen, während Inez und Jack Lovett im Dunkeln auf der Veranda saßen und auf eine Nachricht warteten, dass es ungefährlich sei, die Kinder nach Djakarta zurückzubringen. Es gab Glühwürmchen, erinnerte sich Inez, und Moskitos surrten. Jessie und Adlai waren im Bungalow und versuchten, Singapur im Fernsehen zu bekommen, und Janet war im Bungalow und versuchte, dem Hausdiener beizubringen, wie man Kokospunsch machte. Die Telefone gingen nicht. Aus dem Radio kamen hauptsächlich Störgeräusche. Laut Radio waren weitere indonesische und amerikanische Angestellte leicht verletzt worden, aber das Gebiet um die Botschaft war sicher. Der Botschafter wurde interviewt und drückte seine Überzeugung aus, dass die Bombe im PX-Laden der Botschaft ein isolierter Einzelfall sei und nicht die Stimmung im Lande widerspiegelte. Harry wurde interviewt und drückte seine Überzeugung aus, dass dieser isolierte Einzelfall nur die normalen Unruhen einer Demokratie im Status Nascendi widerspiegele.

Jack Lovett hatte das Radio ausgeschaltet.

Eine Zeit lang war nur das Surren der Moskitos zu hören gewesen.

Jack Lovett hatte den Arm über den Stuhlrücken geworfen, und in dem Licht, das aus dem Bungalow fiel, konnte Inez das feine helle Haar auf der Oberseite seines Handgelenks sehen. Das Haar war weder blond noch grau, aber es war heller als Jack Lovetts Haut. »Du verstehst ihn nicht«, sagte Inez schließlich.

»O doch, das tu ich«, sagte Jack Lovett. »Er ist ein Kongressabgeordneter.«

Inez sagte nichts.

Das Haar auf der Oberseite von Jack Lovetts Handrücken war schimmernd, fast durchsichtig, hatte überhaupt keine Farbe.

»Das heißt, er ist ein Schauspieler«, sagte Jack Lovett. »Ein Zivilist.«

Inez konnte Janet im Bungalow mit dem Hausdiener reden hören. »Ich sagte Kokosmilch«, sagte Janet dauernd, »nicht Ziegenmilch. Ich habe das Gefühl, Sie dachten, ich hätte Ziegenmilch gesagt. Ich habe das Gefühl, Sie haben mich falsch verstanden.«

Inez rührte sich nicht.

»Wer ist Frances?«, sagte Jack Lovett.

Inez antwortete nicht sofort. Inez hatte schon früh genau das akzeptiert, was Billy Dillon ihr gesagt hatte: Mädchen wie Frances brachte das Leben mit sich. Das Leben brachte Frances mit sich, wie es Parteispenden-Veranstaltungen mit sich brachte. Manchmal waren die Veranstaltungen groß und in einem Hotel, und manchmal waren die Veranstaltungen klein und bei jemandem zu Hause, und manchmal ging es um etwas Spezielles und manchmal um die Sache allgemein, aber im Grunde war es immer das Gleiche. Immer senkte sich für einen Augenblick der Geräuschpegel, wenn Harry hereinkam, und immer waren die jungen Männer da, die mit Inez redeten, um sich bei Harry einzuschmeicheln, und immer waren da die sehr schönen Frauen des Typs, der das Leben in der Öffentlichkeit aufregend fand. Immer war eine Frances Landau da oder eine Connie Willis. Frances Landau war ein reiches Mädchen, und Connie Willis war eine Sängerin, aber sie glichen sich absolut.

Sie lauschten Harry auf die gleiche Art. Sie hatten die gleiche Art, ihren eigenen Anspruch, gehört zu werden, herunterzuspielen.

Es ist bloß ein Mittel zum Zweck, sagte Frances über ihr Geld.

Ich schnupfe bloß zwei Linien Koks und kreische los, sagte Connie über ihr Singen.

Wenn es weder eine Frances noch eine Connie gab, war eine Meredith oder Brooke oder Binky oder Lacey da. Inez überlegte, ob sie versuchen sollte, das Jack Lovett zu erklären, entschied sich aber dagegen. Sie wusste Bescheid über gewisse Dinge, die ihr Leben mit sich brachte, und Jack Lovett wusste Bescheid über gewisse Dinge, die sein Leben mit sich brachte, und nichts davon hatte etwas mit diesem Augenblick auf der Veranda zu tun. Jack Lovett langte nach seiner leichten Leinenjacke und zog sie an, und Inez beobachtete ihn. Sie konnte hören, wie Janet Jessie und Adlai von der Ziegenmilch im Kokosmilchpunsch erzählte. »Es gehört zu der übertriebenen Höflichkeit dieser Leute«, sagte Janet. »Sie geben nie zu, dass sie dich nicht verstanden haben. Das würde heißen, man hätte sich nicht klar ausgedrückt, und das geht nicht.«

»Entweder das, oder er hatte keine Kokosmilch«, sagte Jack Lovett.

Frances hatte nichts mit diesem Augenblick auf der Veranda zu tun und Janet auch nicht.

Inez schloss die Augen.

»Wir sollten wieder hinunterfahren«, sagte sie schließlich.

»Ich glaube, wir sollten wieder hinunterfahren.«

»Ich wette, du meinst, das wäre das ›Korrekteste‹«, sagte Jack Lovett. »Oder nicht, du Ehrpusselige?«

Inez blieb ganz still sitzen. Durch die offene Tür sah sie Janet auf die Veranda zukommen.

Jack Lovett erhob sich. »Wir haben's immer noch«, sagte er. »Oder nicht?«

»Was?«, sagte Janet, als sie herauskam.

»Nichts«, sagte Inez.

»Jede Menge Nichts«, sagte Jack Lovett.

Janet sah von Jack Lovett zu Inez.

Inez dachte, Janet würde ihre Geschichte mit dem Kokosmilchpunsch erzählen, aber das tat Janet nicht. »Untersteht euch bloß, durchzubrennen und mich mit Frances allein in Djakarta zu lassen«, sagte Janet.

Das war 1969. Zwischen 1969 und 1975 sah Inez Victor Jack Lovett nur noch zweimal, einmal auf einer großen Party in Washington und einmal bei Cissy Christians Beerdigung in Honolulu. Nach dem Abend auf der Veranda des Bungalows in Puncak war es Inez ein paar Monate lang so vorgekommen, als könne sie Harry Victor tatsächlich verlassen, sich zumindest vorläufig von ihm trennen – beispielsweise ein kleines Studio mieten oder diskret darauf bestehen, nicht mit nach Washington zu gehen und in Amagansett zu bleiben, wenn er in New York war –, und eine Weile tat sie das auch, aber nur zwischen Wahlkämpfen.

Sicher erinnern Sie sich an Inez Victor im Wahlkampf.

Inez Victor lächelt in einem Schnellimbiss in Manchester, New Hampshire, ihre Gabel schwebt über einem Teller mit Rührei auf Toast.

Inez Victor lächelt bei der Einweihung eines Gemeindezentrums in Madison, Wisconsin. Ihre Augen tränen in der hellen Sonne, denn man hatte beschlossen, dass sie mit Sonnenbrille nicht gewinnend genug aussah.

Inez Victor spricht ihr berühmtes Spanisch auf einem Straßenfest in East Harlem. *Buenos días*, sagte Inez Victor bei dieser und ähnlichen Gelegenheiten. *Yo estoy muy contenta a estar aquí hoy con mi esposo.* In achtundzwanzig Staaten und mindestens vier Sprachen sagte Inez Victor, dass sie glücklich sei, heute Abend mit ihrem

Mann hier zu sein. In achtundzwanzig Staaten sagte sie auch, gewöhnlich in Englisch, aber für *La Opinion* in Los Angeles und *La Prensa* in Miami in Spanisch, dass die Zeit, die sie und ihr Mann getrennt gewesen seien, für beide eine wichtige Zeit der Erneuerung und erneuter Zuwendung gewesen sei (*vida nueva*, sagte sie zu *La Opinion*, was nicht ganz richtig war, aber da der Reporter Inez mit dem Interview auf Spanisch nur einen Gefallen tun wollte, bekam er mit, was gemeint war), die ihre Ehe nur gefestigt habe. Ach Scheiße, Inez, sagte Jack Lovett am 30. März 1975 in Wahiawa zu Inez Victor. Harry Victors Frau.

3

Seiltänzer wissen, dass man fällt, wenn man nach unten schaut.

Schriftsteller wissen das auch.

Man schaut nach unten, und der anhaltende Zustand des außer Kraft gesetzten Urteilsvermögens, in dem ein Roman geschrieben wird, bricht zusammen, und um ihn wiederzuerlangen, müsste man Magie anwenden. Wir konzentrieren uns auf das Seil, planen lange Spaziergänge, einsame Abende, knapp bemessene Drinks bei Sonnenuntergang und sorgfältig geplante Mahlzeiten zu sorgsam überlegten Stunden. Wir vermeiden es, uns der Angelegenheit zu weniger günstigen Tageszeiten zuzuwenden. Wir räumen unser Arbeitszimmer auf, ordnen gewisse Gegenstände, Talismane, Requisiten immer wieder neu. Hier einige Requisiten, die ich heute Morgen neu ordnete.

Gegenstand (1): Eine alte Ausgabe vom *Who's Who*, aufgeschlagen bei Harry Victors Eintrag.

Gegenstand (2): Ein gerahmtes Titelblatt von *Newsweek* vom 21. April 1975, ein Schwarz-weiß-Foto, das den amerikanischen Botschafter in Kambodscha, John Gunther Dean, zeigt, wie er mit der Flagge unter dem Arm Phnom Penh verlässt. Die Titelzeile lautet: »DAS FELD WIRD GERÄUMT«. Im Hintergrund des Fotos sind mehrere Männer zu sehen, von denen einer, glaube ich (der Hintergrund ist unscharf), Jack Lovett ist. Das Foto muss zu der Zeit aufgenommen worden sein, in der Inez Victor in Hongkong auf Jack Lovett wartete.

Gegenstände (3) und (4): Zwei verblasste Kodacolor-Schnappschüsse, die ich gemacht habe und die beide gebrochene Regenbögen über dem Rasen des Hauses zeigen, das ich in dem Jahr in Honolulu mietete, als ich begann, Notizen über diesen Sachverhalt zu machen.

Andere Totems: Ein Briefbeschwerer aus Kristall, der Farben an die Wand wirft, nicht unähnlich den gebrochenen Regenbögen über dem Rasen (dichtes, federndes Bermudagras, ich erinnere mich, wie stachlig es vor dem gemieteten Haus in Honolulu unter meinen nackten Füßen war). Eine Karte von Oahu, auf der ein X die ungefähre Lage dieses Hauses im Bezirk Kahala markiert und Stecknadeln mit roten Köpfen die Lage von Dwight und Ruthie Christians Haus an der Manoa Road und Janet und Dick Zieglers Haus an der Kahala Avenue angeben. Eine Ansichtskarte, die ich an dem Morgen kaufte, als ich von Singapur nach Kuala Lumpur flog, um Inez Victor zu besuchen, und die den damals neuen Internationalen Flughafen von Kuala Lumpur in Subang zeigt. Auf dieser Aufnahme des Internationalen Flughafens von Kuala Lumpur sind keine Flugzeuge zu sehen, sondern an der Aussichtsplattform des Abfertigungsgebäudes hängt ein Spruchband mit der Aufschrift »WIR BEGRÜSSEN DIE TEILNEHMER DES DRITTEN HOCKEY-WORLDCUPS«. Der Morgen, an dem ich diese Ansichtskarte kaufte, war einer von wenigen Morgen – es gab nicht allzu viele, vier oder fünf über einen Zeitraum von ein paar Jahren –, da ich glaubte, ich hätte diesen Roman im Griff.

Ein paar Notizen über jene Jahre.

Das Jahr, in dem ich das Haus in Honolulu mietete, war 1975, im Sommer, als jeder außer Janet noch lebte und die Sache sich noch nicht zu einer Geschichte verdichtet hatte, zu der die Hauptakteure jeden Kommentar ablehnen konnten. Im Sommer 1975 hatte jeder der Haupt- und Nebendarsteller noch ein Interesse an seiner oder ihrer Version der vorausgegangenen Ereignisse, und ich verbrachte den Sommer damit, diese Versionen, von denen viele widersprüchlich, die meisten eigennützig waren, zu sammeln und zu vergleichen, ein im Wesentlichen journalistisches Vorgehen. Das Jahr, in dem ich nach Kuala Lumpur flog, um Inez Victor zu besuchen, war auch 1975, nach Weihnachten. Ich erinnere mich besonders daran, dass es nach Weihnachten war, weil Inez bei unserer ersten Begegnung viel Zeit damit verbrachte, das Silberlametta von einem künstlichen Weihnachtsbaum im Verwaltungsbüro des Flüchtlingslagers abzunehmen, in dem sie damals arbeitete. Sie nahm einen Strang nach dem anderen ab, glättete die Silberfolie mit dem Daumennagel und legte die Strähnen eine nach der anderen in eine flache Schachtel, und während sie das tat, redete sie mit leiser und weitgehend tonloser Stimme über bestimmte Probleme, die Harry Victor damals mit der Allianz für Demokratische Institutionen hatte. Die Allianz für Demokratische Institutionen war, sagte Inez, ursprünglich von Leuten unterstützt worden, die das besondere Ideengerüst, die besondere politische Dynamik in Gang halten wollten, die Harry Victor mittlerweile repräsentierte (sie sagte »Harry Victor«, nicht »Harry«, als sei die Person des öffentlichen Lebens ein ganz anderes Wesen als »Harry«, von dem sie später erzählte, dass er sie in der vergangenen Woche jeden Abend angerufen habe). Vor Kurzem aber hatte es unter gewissen wichtigen Sponsoren eine ideologische Spaltung gegeben, und diese interne Meinungsverschiedenheit bedrohte das Fortbestehen der Allianz per se.

Inez glättete einen weiteren Strang Lametta und legte ihn in die Schachtel. Die Wände des Büros waren mit Diagrammen bedeckt, die den Strom von Flüchtlingen durchs Lager zeigten (oder besser den Strom von Flüchtlingen ins Lager, da viele kamen, aber wenige gingen), und durch eine offene Tür konnte ich im Nebenzimmer einen indischen Arzt sehen, der sich daranmachte, eines von mehreren kleinen Kindern zu untersuchen. Alle Kinder hatten flammenden Ausschlag auf den Wangen, und der kleine Junge auf dem Untersuchungstisch, ein Kind von ungefähr vier (in einem viel zu großen Sweatshirt mit dem Aufdruck OHIO WESLEYAN) schrie und hustete abwechselnd, ein trockener, tuberkulöser Reizhusten, der den Klang von Inez' Stimme durchschnitt.

Die Allianz *qua* Allianz.

Hinzu kommen die vorhersagbaren Schwierigkeiten, in Friedenszeiten eine Unterstützung auf breiter Basis zu mobilisieren.

Hinzu kommen noch die üblichen Versuche des Finanzamts, den Status der Allianz als gemeinnützige Organisation aufzuheben.

Hinzu kommen schließlich die einhellige Auffassung, dass Harry Victor als einstiger und zukünftiger Kandidat ein gewisses Maß an Durchschlagskraft eingebüßt hat. Durchschlagskraft liegt ganz in der Auffassung von Durchschlagskraft. Und jede Auffassung von Durchschlagskraft hätte natürlich gelitten unter all dem, was geschehen war.

Ich erinnere mich, bei »all dem, was geschehen war« nachgehakt zu haben, weil ich hoffte, Inez von der Allianz für Demokratischen Fortschritt weglotsen zu können, aber Inez ließ sich an dem ersten Nachmittag nicht ablenken. Wenn die Durchschlagskraft nachlässt, sagte sie, und pflückte mittlerweile die letzten abgebrochenen Lamettafäden von den künstlichen Nadeln, versiegt auch das Geld.

Das Kind auf dem Untersuchungstisch stieß einen durchdringenden Schrei aus.

Der indische Arzt sprach scharf auf Französisch und zog eine Spritze aus der Haut.

Inez blickte kein einziges Mal auf, und mir wurde klar, dass ich einer wahrhaft unentschlüsselbaren Vorführung beigewohnt hatte. Diese Vorführung war vielleicht nicht beabsichtigt gewesen, aber man konnte sie genauso gut als vorsätzlichen, bemühten Versuch deuten, jede Hoffnung meinerseits zu zerstreuen, dass Inez Victor je darüber reden würde, wie sie Honolulu mit Jack Lovett verlassen hatte.

4

Ich verkneife mir hier das Erzählen.

Zwei Dokumente lassen sich einsetzen.

Eine Kopie des ersten bekam ich im August 1975 von Billy Dillon, nicht in Honolulu, sondern in New York, als ich ein paar Tage dort und auf Martha's Vineyard verbrachte, um mit ihm und Harry Victor zu reden.

EINHEIT TRAF AM 25. MÄRZ 1975 UM 7:32 AM TATORT EIN. AM TATORT, ABER VOR DEM WOHNSITZ BEMERKTEN DIE BEAMTEN, DASS AUTOMATISCHES TOR IN »OFFEN«-STELLUNG, AUTOMATISCHE SPRINKLERANLAGE IN BETRIEB, AUTOMATISCHE POOL-REINIGUNGSANLAGE IN BETRIEB WAR. BEAMTE STELLTEN ZWEI FAHRZEUGE IN DER EINFAHRT FEST: EINE 1975ER FORD-SEDAN-LIMOUSINE (FARBE SCHWARZ), HDMV-SCHILD »OYL-644« MIT US-REGIERUNGSPLAKETTE, UND EIN 1974ER MERCEDES 230 SL (FARBE BEIGE), HDMV-SCHILD »JANET«.

BEAMTE BETRATEN HAUS DURCH OFFENE TÜR, BEMERKTEN KEIN ANZEICHEN VON UNORDNUNG ODER KAMPF UND GINGEN WEITER AUF LANAI, ENTDECKTEN WEIBLICHES OPFER, SPÄTER IDENTIFIZIERT ALS JANET CHRISTIAN ZIEGLER, MIT DEM GESICHT NACH UNTEN AUF DEM TEPPICH LIEGEND. WEIBLICHES OPFER LAG IN DER NÄHE EINER LAVASTEIN-MAUER, DIE ZU EINEM FLACHEN BEcken führte, in dem Beamte Koi und entsprechende Pflanzen feststellten. Weibliches Opfer war bekleidet mit beiger Hose, weisser Bluse, beiger Windjacke, Mokassins, keine Strümpfe. Eine lederne Umhängetasche auf dem Rand des Lavastein-Beckens enthielt den Pass des weiblichen Opfers, verschiedene Kreditkarten, verschiedene persönliche Gegenstände, 94 Dollar Bargeld und war offensichtlich unberührt.

Beamte bemerkten männliches Opfer, später identifiziert als Wendell Justice Omura, mit sichtbarer Schusswunde im Oberbauch in der Nähe der Couch auf dem Rücken liegend. Männliches Opfer war bekleidet mit beiger Hose, Hawaiihemd, baumwollener Sportjacke, weissen Socken und Segeltuchschuhen.

Männliches Opfer hatte keinen Pulsschlag oder Atemtätigkeit.

Weibliches Opfer hatte niedrigen Pulsschlag und unregelmässige Atemtätigkeit.

Notarztwagen und Feuerwehr mit Beatmungsgerät trafen gleichzeitig um 7:56 ein, zur gleichen Zeit Ankunft von Mrs Rose L. Hayakawa, 1173 21. Avenue, die sich als ständige Teilzeit-Haushaltshilfe auswies und zu Protokoll gab, sie habe weibliches Opfer zuletzt am vorhergehenden Tag gesehen, weibliches Opfer habe einen gesunden und munteren Eindruck gemacht. Mrs Rose L. Hayakawa gab zu Protokoll, männliches Opfer kenne sie nur als Redner beim kürzlich abgehaltenen

NISEI-TAG-BANKETT ZU EHREN DER SPORTLER JAPANISCHER HERKUNFT AN DER ALL-OAHU-HIGHSCHOOL, ZU DENEN AUCH DER SOHN DER ZEUGIN, DANIEL M. HAYAKAWA, GEHÖRE (GLEICHE ADRESSE, NICHT AM TATORT ANWESEND).

KRANKENWAGEN MIT WEIBLICHEM OPFER FUHR UM 8:04 ZUM QUEEN'S MEDICAL CENTER AB.

DEUTLICHE BLUTFLECKEN, DURCH ENTFERNUNG DES WEIBLICHEN OPFERS ZUTAGE GETRETEN, ÄNDERTEN SICH BETRÄCHTLICH, ALS MRS ROSE L. HAYAKAWA VERSUCHTE, DEN TEPPICH MIT KALTEM WASSER ZU BEHANDELN. BEAMTE ÜBERZEUGTEN MRS ROSE L. HAYAKAWA, DIES ZU UNTERLASSEN.

MÄNNLICHES OPFER WURDE AM TATORT FÜR TOT ERKLÄRT UND WIEDERBELEBUNGSVERSUCH NACH EINTREFFEN DES STELLVERTRETENDEN AMTSARZTES DR. FLOYD LIU UM 8:25 AUFGEGEBEN. ABTRANSPORT DES LEICHNAMS VERSCHOBEN BIS ZUM EINTREFFEN VON UNTERSUCHUNGSBEAMTEN UND WEITEREN LEICHENBESCHAUERN ETWA GEGEN 9:00.

DOPPEL AN: AMTLICHEN LEICHENBESCHAUER

DOPPEL AN: MORDDEZERNAT

Das zweite Dokument, ein am 2. Oktober 1975 von Honolulu abgeschicktes Telegramm, bekam ich von seiner Empfängerin, Inez Victor, gezeigt, als ich sie in jenem Dezember in Kuala Lumpur besuchte.

SIEG STOP DACHTE AN DICH IN UNSERER STUNDE DES TRIUMPHS STOP (UNTERSCHRIFT) DWIGHT

Trotz der Unterschrift sei das Telegramm, sagte Inez, nicht von Dwight Christian abgeschickt worden, sondern von ihrem Vater, Paul Christian – an dem Morgen, an dem er in Honolulu offiziell in eine staatliche Einrichtung zur Pflege und Behandlung von Geisteskranken eingewiesen wurde.

5

Billy Dillon brachte es Inez bei.

In der Küche des Hauses in Amagansett.

Er war dorthin gefahren, sofort nachdem er den Anruf von Dick Ziegler bekommen hatte, zwei Stunden im Regen auf dem Long Island Expressway und eine weitere auf dem Montauk Highway, als Erstes prompt eine Überschwemmung im Tunnel und dann eine Baustelle auf dem L. I. E., kein Zuckerschlecken, kein Vergnügen.

Dick Ziegler hatte im Büro angerufen und versucht, Harry zu erreichen.

Dick Ziegler war noch nicht ins Spiel gebracht worden. Dick Ziegler war seit zwei Tagen auf Guam und versuchte, einen Bericht über Umwelteinflüsse durch die Agana-Mariana-Planungskommission zu bekommen.

Janet war noch nicht tot. Es war wichtig, sich ins Gedächtnis zu rufen, dass Janet noch nicht tot war. Janet war schwer verletzt, ja, um die Wahrheit zu sagen, Janet wurde im Queen's Medical Center künstlich beatmet, aber Janet war nicht tot.

Wendell Omura war tot.

Inez musste sich an Wendell Omura erinnern, Inez musste Wendell Omura in Washington getroffen haben. Wendell Omura war einer jener Niseis aus dem 442. Er studierte Jura nach dem G.-I.-Erlass und verbrachte die nächsten zwanzig Jahre damit, im Flugzeug zwischen Washington und seinem Wahlbezirk Geschäfte anzukurbeln. Silverstar-Medaille. Verdienstkreuz. Echt kampfeslustiger Typ, bekam vor ein paar Jahren einen dreifachen Bypass im Walter-Reed-Krankenhaus, war gerade eine Woche aus dem Krankenhaus, da versucht dieser Schwarze ihn auszurauben, Omura schlägt den Kerl zu Boden. Der Typ, der die Arno-Front und einen dreifachen Bypass mit heiler Haut übersteht, ganz zu schweigen von dem Schwarzen. Er rechnete wahrscheinlich nicht damit, auf Janets Lanai den Löffel abzugeben.

Als er gerade ein Plunderteilchen aß.

Setz alles auf eine Karte, sieh zu, was es dir bringt. Die Einzelheiten lagen ein wenig im Dunkeln.

Erstens, frag mich nicht, wieso Wendell Omura auf Janets Lanai war.

Zweitens, frag mich nicht, wieso Paul Christian mit einer .357 Magnum in der zusammengerollten Strandmatte beim Verlassen von Janets Haus gesehen wurde.

Der Zeitungsjunge sah ihn.

Der Zeitungsjunge erkannte Paul Christian zufällig, weil Janets Zeitungsjunge auch Paul Christians Zeitungsjunge war. Frag mich nicht, wieso der Zeitungsjunge die .357 Magnum erkannte, vielleicht ist der Zeitungsjunge auch gekauft. So weit sind wir nun. Paul Christian ist eindeutig ins Spiel gebracht worden, aber niemand kann Paul Christian ausfindig machen.

Paul Christian war der dunkle Teil.

Paul Christian war ein verdammter Wirbelwind, da brauchte man nur Billy Dillon zu fragen.

Inez erinnerte sich, all das angehört zu haben, ohne etwas zu sagen.

»Ich habe für Harry in Florida eine Nachricht hinterlassen, damit er uns anruft, sobald er eincheckt«, sagte Billy Dillon. »Es geht natürlich übers Radio, aber Harry hört es vielleicht nicht.«

Inez zündete sich eine Zigarette an und rauchte, auf die Küchentheke gelehnt und in den Regen hinausschauend, der auf das graue nachmittägliche Meer fiel. Harry war unterwegs nach Bal Harbour, um auf einem Treffen von Lkw-Fahrern zu sprechen. Adlai war bei Harry und sammelte anrechnungsfähige Punkte für das, was das alternative College in Boston, das ihn schließlich angenommen hatte, ein Volontariat in Öffentlichkeitsarbeit nannte. Jessie, zu der Zeit in Seattle, würde gerade im King Crab's Castle ihre Stechkarte stempeln, die Schürze umbinden und die bestellten Schalen in eine Reihe stellen, Kopfsalat zerpflücken, drei Finger hoch Krebsfleisch, King Crab's Spezialsauce und einen Zitronenschnitz an die Seite. Inez kannte Jessies genaue Routine im King Crab's Castle, weil Inez Weihnachten mit Jessie in Seattle verbracht hatte. Jessie hatte sich das Haar abgeschnitten, zehn Pfund zugenommen und schien – auf Methadon im Großen und Ganzen fröhlich zu sein.

»Ich hab mal so drüber nachgedacht, irgendwohin zu gehen und mir 'nen Job zu suchen«, hatte Jessie gesagt, als Inez fragte, ob sie schon einmal in Erwägung gezogen habe, wieder zur Schule zu gehen, vielleicht mit ein oder zwei Kursen an der NYU anzufangen. »Ich habe gehört, dass es in Vietnam ein paar hübsche Jobs gibt.«

Inez hatte sie angestarrt.

Jessies Information über die Jobs in Vietnam war vage, aber sie nahm an, es ginge dabei um »Kochen für einen Bautrupp, Erste Hilfe, so was«.

Inez hatte versucht, zu überlegen, wie sich am besten etwas dagegen sagen ließe.

»Ich hab die Idee von dem Typen, den ich kenne, der für Boeing arbeitet. Er hängt immer im Castle herum, du kennst ihn nicht.«

Mit einer Stimme, die so neutral war, wie sie es nur fertigbrachte, hatte Inez gesagt, sie glaube nicht, dass Vietnam ein geeignetes Land sei, um dort einen Job zu suchen. Jessie hatte die Achseln gezuckt.

»Wie geht's dem Junkie?«, hatte Adlai gesagt, als Inez ein paar Tage nach Weihnachten in die Wohnung am Central Park West kam.

»Das ist nicht nötig«, hatte Harry gesagt.

Inez hatte die Jobs in Vietnam weder Harry noch Adlai gegenüber erwähnt.

»Dick hat angerufen, er ist immer noch auf Guam«, sagte Billy Dillon. Er hatte einen Hühnerschenkel im Kühlschrank gefunden und aß. »Er sagt, er ›glaubt‹, er kann heute Abend einen Flug nach Honolulu bekommen. Ich sage, was heißt denn da ›glauben‹? Er sagt, Air Micronesia streikt, und PanAm und TW sind ausgebucht, aber er ›bosselt‹ an einer Reservierung. Er ›bosselt‹ an einer Scheiß-Reservierung. Ein bedeutender Tüftler, dein Schwager. Ich sage, Dick, schaff deinen Arsch nach Anderson rüber, soweit ich weiß, hat die Strategic Air Command noch eine Route nach Honolulu. ›Was soll ich denen sagen‹, sagt Dick. ›Sag ihnen, dein Schwiegervater hat einen Kongressabgeordneten ins Jenseits befördert.‹ ›Moment mal, Junge‹, sagt Dick. ›Nicht so rasch.‹ Dann sagt er, hör zu, wörtliches Zitat: ›Es besteht ein sehr starkes Gefühl, dass wir das bei einem Unfall belassen können.‹«

Inez sagte nichts.

»Das sind wohl Schneewittchen und die sieben kleinen Idioten da unten. ›Bei einem Unfall belassen.‹ ›Ein sehr starkes Gefühl.‹ Wo ist dieses ›sehr starke Gefühl‹, von dem er redet? Auf Guam? Ich versuche ihm klarzumachen: ›Dick, geht nicht‹, und Dick sagt: ›Warum?‹ ›Warum‹, sagt er. Ein Kongressmitglied ist umgebracht worden, auf Dicks eigene Frau ist geschossen worden, man zeigt mit dem Finger auf seinen Schwiegervater, seinen Schwiegervater, der, das sollten wir nicht vergessen, auch der Schwiegervater von einem ehemaligen Präsidentschaftskandidaten ist, und Dick spricht von ›belassen‹. ›Dick‹, sage ich, ›glaub's mir, das wird an die große Glocke gehängt.‹«

Inez sagte nichts. Sie hatte eine mit Kreide geschriebene Telefonnummer auf der Tafel über dem Telefon entdeckt und begann zu wählen.

»Wir sind auf der Mitternachts-PanAm von Kennedy, haben eine Stunde Aufenthalt in LAX, das heißt, wir sind ungefähr bei Morgengrauen in Honolulu. Ich habe Dick gesagt, wir würden nicht –«

Billy Dillon brach ab. Er sah zu, wie Inez wählte.

»Inez«, sagte er schließlich, »entschuldige, ich sehe,

dass du Seattle wählst. Ich hoffe wirklich, du rufst nicht Jessie an. Noch nicht.«

»Natürlich tue ich das. Ich will es ihr sagen.«

»Meinst du nicht, wir hätten schon genug verstreut liegende Bälle auf dem Tisch? Meinst du nicht, Jessie könnte warten, bis wir wenigstens einen Stoß auf die Reihe gebracht haben?«

»Sie wird es lesen.«

»Nicht, wenn es nicht in *Tiger Beat* steht.«

»Sag das nicht. *Hallo?*« Inez' Stimme war plötzlich munter. »Hier ist Inez Victor. Jessica Victors Mutter. Jessies Mom, ja. Ich rufe aus New York an. Amagansett genau –«

»Ja, gut«, sagte Billy Dillon. »Das machst du großartig. Amagansett an King Crab.«

»Jessie? Liebling? Hörst du mich? Nein, es ist ein bisschen grau. Regnet sogar. Hör mal. Ich –«

Inez warf plötzlich Billy Dillon den Hörer zu.

»Fang nie mit dem Wetter an«, sagte Billy Dillon, als er den Hörer nahm. »Jessie? Jessie, Liebes? Onkel William hier. Deine Mutter und ich fliegen heute Abend nach Honolulu runter, wir wollten dir bloß Bescheid sagen. Hast du 'ne Minute Zeit? Also, sag den Krabbenbechern, sie sollen in Rührt-euch-Stellung steh'n, Jess. OK?«

»Ach, Scheiße«, sagte Billy Dillon am Telefon in der Pan-American-Wartelounge auf dem Flughafen von Los Angeles, als Dick Ziegler ihm erzählte, dass Paul Christian aus dem YMCA von Honolulu die Polizei angerufen und verlangt habe, dass sie ihn holten. »Ach, du großer

Gott, verdammte Scheiße, das sollte ich Harry wohl besser sagen.« Um diese Zeit hatte Harry schon zu den Lkw-Fahrern in Bal Harbour gesprochen und war unterwegs zu einem Arbeitsfrühstück in Houston. Billy Dillon hatte nach dem Gespräch mit Dick Ziegler eingehängt und drei Nummern in Florida und fünf in Texas probiert, aber Harry war irgendwo dazwischen, und sie hatten keine Zeit zu warten, weil sie an Bord mussten. »Ach, du Scheiße«, sagte Billy Dillon immer wieder auf dem Flug über den Pazifik, während er in der leeren Bar oben eine Patience nach der anderen legte. Inez lag auf der gebogenen Wandbank und sah ihm zu. Inez hatte Billy Dillon in vielen Flugzeugen Patiencen legen sehen. »Warum führst du nicht mal dein Lächeln aus und gehst ungezwungen durch die Kabine«, sagte er irgendwann einmal auf jedem Flug, und am nächsten Tag erschien Inez so in den Presseberichten, die Frau des Kandidaten »ging ungezwungen durch die Kabine« und »wehrte Fragen mit einem Lächeln ab«.

»Ich muss zugeben, auf deinen Vater hätte ich nicht getippt«, sagte Billy Dillon jetzt. »Ich wusste, dass er eine Ecke abhatte, aber ich dachte, das beträfe nur ihn selbst. Um die Wahrheit zu sagen, dachte ich, er suche immer noch nach seinem Ich in Tanger. Oder Sardinien. Oder wo immer er verdammt noch mal war, als er ständig *Time* mit Briefen bombardierte, in denen er Harrys Amtsenthebungsverfahren durch das Repräsentantenhaus verlangte.«

»Tunis«, sagte Inez. »Er war in Tunis. Er ist letztes Jahr nach Honolulu zurückgezogen. Ein Mystiker hatte ihm erzählt, Janet brauche ihn. Ich hab's dir erzählt. Hör mal! Erinnerst du dich noch, wie du, Harry und ich vor der Vorwahl in Illinois durch die Leichenhalle von Cook Country geführt wurden?«

»Achtundzwanzig Auftritte in zwei Tagen in Chicago, und die Clowns von der Vorhut zwingen uns, dem amtlichen Leichenbeschauer die Hand zu schütteln, und ob ich mich daran erinnere. Irgendeine Metapher. Was ist damit?«

»In dem Autopsieraum war ein Geräusch wie von einer elektrischen Säge.«

»Richtig.«

»Was war das?«

»Es war eine elektrische Säge.« Billy Dillon mischte und hob die Karten ab. »Halt dich nicht damit auf.«

Inez sagte nichts.

»Greif nicht vor. Das macht es nicht besser, wenn du versuchst, dem Schicksal in die Karten zu gucken. Denk doch einmal mehr wie Jessie. Ich erzähle Jessie, dass Janet angeschossen ist, Janet im Koma liegt, wir nicht genau wissen, was passieren wird, und weißt du, was Jessie sagt? Jessie sagt: ›Ganz gleich, was auch passiert, es ist ihr Karma, nehme ich an.‹«

Inez sagte nichts.

»Ihr … Karma.« Billy Dillon legte eine weitere Patience. »Das ist das Glaubensbekenntnis von King Crab. He, Inez! Wein nicht. Schlaf ein bisschen.«

»Vorsicht mit dem Alkohol!«, sagte Billy Dillon gegen drei Uhr morgens, und ein wenig später sagte er zu der

Stewardess, die nach oben kam und sich neben ihn setzte: »Ich sage das nur einmal, meine Süße, wir wollen keine Gesellschaft haben.« Als es gerade hell wurde und das Flugzeug zum Landeflug ansetzte, griff Billy Dillon über den Tisch und nahm Inez' Hand und hielt sie. Inez hatte in Amagansett zu Billy Dillon gesagt, es brauche niemand mit ihr zu fliegen, aber Billy Dillon flog automatisch immer mit Inez. Es gehörte zum Management für Harry dazu, und er hielt Inez' Hand, bis sie landeten. Auf einer von weichem, warmem Regen überspülten Landebahn am 26. März 1975 um 5:37 morgens nach hawaiischer Ortszeit.

6

Mir wurde beigebracht, den Versionen anderer Leute zu misstrauen, aber wir müssen mit dem auskommen, was wir haben.

Wir gehen die Berichterstattung von allen Seiten an. Stellen Tendenzen in Rechnung.

Kalkulieren Vorlieben, Voreingenommenheiten ein, die besonderen Umstände, die das Spektrum verändern, in dem jeder Beobachter eine Situation sieht.

Überlegen, welcher Filter auf der Linse ist. Sozusagen. Das Folgende ist hauptsächlich durch Billy Dillons Filter gesehen.

»So ein Luder«, hatte Dick Ziegler in Billy Dillons Erinnerung immer wieder gesagt. Dick Ziegler trug noch den zerknitterten Baumwollanzug, in dem er aus Guam gekommen war, und er saß in Dwight und Ruthie Christians Wohnzimmer auf dem Boden und strich Krabbenpaste auf einen Cracker, bedeckte die ganze Oberfläche, schrägte sie an den Rändern ab.

An den Cracker erinnerte Billy Dillon sich besonders gut. Er konnte sich nicht entsinnen, je zuvor gesehen zu haben, dass ein Cracker ein solches Maß an Aufmerksamkeit bekam. »Ein richtiges Luder. Die ganze Geschichte. Es ging ihr rundherum gut, als ich nach Guam abreiste.«

»Warum auch nicht?«, sagte Inez.

Dick Ziegler schaute nicht auf. »Sie wollte Freitag nach San Francisco fliegen. Um die Jungs zu besuchen. Chris und Tommy sollten von der Schule dorthin kommen. Sie hatte alles geplant.«

»Ich meine, es ist doch keine schlummernde Krankheit«, sagte Inez. »Erschossen zu werden.«

»Inez«, sagte Dwight Christian, »sieh mal, ob das nicht jeden Martini schlägt, den du in New York bekommst.«

»Man zeigt keine Symptome«, sagte Inez.

»Inez«, sagte Billy Dillon.

»Ich tue einen Tropfen Glyzerin rein«, sagte Dwight Christian. »Alter orientalischer Trick.«

»Sie hatte schon einen Tisch bestellt«, sagte Dick Ziegler. »Für sie drei. Bei Trader's.«

»Man verliert auch nicht den Appetit«, sagte Inez.

»Inez«, wiederholte Billy Dillon.

»Ich habe dich beim ersten Mal gehört«, sagte Inez.

»Wo ist denn das Problem?«, sagte Dick Ziegler.

»Wendell Omura«, sagte Inez.

»Ruthie kümmert sich darum.« Dwight Christian schien sich aufs Organisieren verlegt zu haben. »Blumen zum Bestattungsunternehmen. Etwas nach Hause. Tiefstes Beileid. Tragischer Unfall, hervorragende Leistungen. Und so weiter. Ruthie?«

»Millie macht ihr Hummer-Dingsda«, Ruthie begann, Cracker mit der Krabbenpaste zu bestreichen. »Um's zum Trauerhaus zu schicken.«

»Das habe ich nicht gemeint«, sagte Inez.

»Ich kannte den Typen kaum, offen gesagt«, sagte Dick Ziegler. »So privat.«

»Irgendjemand muss ihn gekannt haben«, sagte Inez. »So privat.«

Dwight Christian räusperte sich. »Ist Adlai immer noch so ein großer Mets-Fan, Inez?«

Inez sah Billy Dillon an.

Billy Dillon stand auf. »Ich glaube, was Inez meint –«

»Ist Jessie noch immer so *horse crazy*?«, sagte Ruthie.

»*Horse crazy*«, wiederholte Billy Dillon. »Ja, ist sie. Könnte man so sagen. Also. Wenn ich Inez richtig verstehe – korrigiere mich, wenn ich danebenliege, Inez –, ist Inez sich noch ein klein wenig im Unklaren über –«

Billy Dillon kam aus dem Konzept.

Nun arrangierte Ruthie Christian die bestrichenen Cracker so, dass sie einer Chrysantheme ähnelten.

»Das ist ein heikler Bereich«, sagte Billy Dillon schließlich. Inez setzte ihr Glas ab. »Inez ist sich noch ein klein wenig im Unklaren darüber, was Wendell Omura morgens um sieben auf Janets Lanai tat«, sagte sie. »Punkt eins. Punkt zwei –«

»Sag Jessie, wir haben einen neuen Araber auf der Ranch«, sagte Dwight Christian. »Eine blaue Pereira-Stute, Spitze.«

»Zwei, ist Inez sich noch ein klein wenig im Unklaren darüber, was Daddy mit einer Magnum auf Dicks und Janets Lanai tat.«

»Dein Vater wurde nicht auf der Lanai gesehen«, sagte Dick Ziegler. »Er wurde beim Verlassen des Hauses gesehen. Lasst uns nicht die Fakten verdrehen.«

»Dick«, sagte Inez, »er hat *gesagt*, dass er auf der Lanai war. Er hat *gesagt*, dass er gefeuert hat. Das weißt du.«

Es wurde still.

»Sie sollten Inez überreden, dass sie Ihnen die Ranch zeigt, Billy.« Ruthie Christian sah nicht auf. »Bittet Millie, dass sie euch etwas zum Lunch einpackt, macht euch einen schönen Tag.«

»Punkt drei«, sagte Inez, »wenn auch nicht ganz so entscheidend, ist Inez sich noch ein klein wenig darüber im Unklaren, was Daddy im YMCA machte.«

»Wenn ihr über die Windseite führet, könntet ihr Dicks neues Projekt sehen«, sagte Ruthie Christian. »Seeranch? Seeberg? Wie immer er es nennt.«

»Er nennt es Seeweide«, sagte Dwight Christian. »Im wahrsten Sinne des Wortes.«

»Lasst uns nicht damit anfangen!«, sagte Dick Ziegler. »Gottverdammter Sumpf, so wie's aussieht.«

»Das war die Innenstadt von Honolulu auch, Dwight. So wie es aussah.«

»Seeweide. Das nenne ich wirklich eine wahrheitsgemäße Namensgebung. Gutes Weideland für Krabben.«

»Erstklassiges Bauland, Dwight. Wie du weißt.«

»Erstklassiger Sumpf. Entschuldige. *Heiliger* erstklassiger Sumpf. Es hat sich herausgestellt, dass Dick sich eine alte Kahuna-Begräbnisstätte gekauft hat. Strickt *Kapu* für Investoren.«

»*Kapu*, weiß Gott! *Kapu* erst, nachdem du mit Wendell Omura angebandelt hattest.«

»Wo wir gerade von Wendell Omura sprechen«, sagte Inez. »Wenn ihr um die Windseite herumführet, könntet ihr auch in Lanikai haltmachen.« Ruthie Christian schien alles um sie herum vergessen zu haben, ganz auf ihre

Chrysantheme aus Crackern konzentriert zu sein. »Gib Billy eine Kostprobe von unserem wirklichen Leben hier.«

»Ich glaube, er kriegt gerade eine«, sagte Inez.

Dwight Christian fischte die Zitronenschale aus seinem Martini und betrachtete sie.

Dick Ziegler starrte an die Decke.

»Lasst uns einmal davon ausgehen, dass Daddy auf der Lanai war«, sagte Inez.

»Inez«, sagte Dwight Christian, »ich beschäftige zweiunddreißig Rechtsanwälte. In der Firma. Wenn ich jemanden wie einen Rechtsanwalt reden hören wollte, könnte ich einen anrufen und ihn herüberbitten. Ihm einen Drink anbieten. Wo ich gerade davon spreche –«

Dwight Christian hielt sein Glas hin.

»Wenn ich es recht verstehe, will Dwight auf Folgendes hinaus«, sagte Ruthie Christian. Sie füllte Dwight Christians Glas aus dem Shaker auf dem Tisch, führte es an die Lippen und verzog das Gesicht. »Warum die dreckige Wäsche der Familie waschen?«

»Genau«, sagte Dwight Christian. »Warum verdammt noch mal das Schlechte hervorheben?«

»*Kapu*, weiß Gott!«, sagte Dick Ziegler.

Weil Billy Dillons Filter zum Komischen tendiert, ist sein Gedächtnis vielleicht großzügig. Ein paar Monate später erzählte er von diesem ersten Abend in Honolulu, dass er ihm einen »neuen Aspekt« von den Krisenbewältigungs-Techniken der amerikanischen Unternehmerschicht vermittelt habe. »Sie tun es mit Crackern«, sagte er. »Alter abendländischer Trick. Alle schlauen Burschen kennen ihn.« In seinem ursprünglichen Bericht von dem Abend und den vier folgenden Tagen unterließ es Billy Dillon, Jack Lovett zu erwähnen. Das war sein Trick.

7

Ich habe auch Inez' Bericht.

Inez' Bericht widerspricht dem von Billy Dillon nicht wirklich, aber entspricht ihm auch nicht gerade. Inez' Version von dem ersten Abend in Honolulu hat weniger mit den anwesenden Mitgliedern ihrer Familie zu tun als mit denen, die offensichtlich nicht da waren.

Hatte weniger mit, sagen wir, Dick Ziegler als mit Janet zu tun.

Hatte weniger mit Dwight und Ruthie Christian als mit Paul Christian und sogar Carol zu tun.

In Inez' Version zum Beispiel wurde zumindest das mit Paul Christians Zimmer im YMCA klargestellt.

Das Zimmer im YMCA hätte eine frühe Warnung sein sollen, darauf konnten sich selbst Dick Ziegler und Dwight Christian einigen.

Sicher hatte einer von ihnen Inez früher schon vom Zimmer ihres Vaters im YMCA erzählt.

Sein berühmtes Einzelzimmer im Y.

Paul Christian hatte dieses Zimmer gemietet, als er aus Tunis zurückkam. Soweit man wusste, hatte er nie wirklich eine Nacht dort verbracht, aber er erwähnte das Zimmer ständig. »Zurück in mein Einzelzimmer im Y«, sagte er, wenn er abends den Tisch bei Dwight und Ruthie oder Dick und Janet oder in einem anderen Haus in Honolulu verließ, und wie vorauszusagen war, erhoben sich ein oder zwei andere Gäste und bedrängten ihn mit Angeboten: ein Torhäuschen hier, ein separater Eingang dort, die Strandhütte, der Kinderflügel, absurd, ihn leer stehen zu lassen. Das Haus wohnlich machen, es nutzen. Sie tun uns einen Gefallen, ehrlich. Zum Zeichen der Einwilligung zuckte Paul Christian die Achseln und hielt die leeren Hände hoch. »Ich fürchte, meine Situation ist jedem bekannt«, murmelte er nachgiebig.

Paul Christian hatte in dem Jahr oft von seiner Situation gesprochen.

Sicher hatte Inez ihren Vater von seiner Situation sprechen hören.

Er empfand seine Situation als »unten« oder »in der Talsohle«, das duldende Opfer des Schicksals und der Selbstbezogenheit seiner Familie. (»Dwight ist jetzt ganz oben, er kann meine Situation nicht ermessen«, sagte er zu einer Reihe von Leuten, darunter Dick Ziegler.) Ein paar Monate zuvor hatte er ein Haus zur Verfügung gestellt bekommen, das so lag – in Sichtweite von Janets und Dicks Haus an der Kahala Avenue und des Golfplatzes, auf dem Dwight Christian jeden Morgen in der Frühe spielte –, dass es dieser Vorstellung vollkommen entsprach.

»Die Ironie ist, dass ich zusehen kann, wie Dwight abschlägt, während ich mir meinen Nescafé mache«, sagte er manchmal. »Die Ironie ist, dass ich sehen kann, wie Janet ihren Gärtnern Anordnungen erteilt, während ich bei meinem bescheidenen Mittagsmahl Thunfisch aus der Büchse esse«, sagte er ein andermal.

Die Lage des Hauses passte ideal zu der anhaltenden selbstbezogenen Stimmung, in der Paul Christian aus Tunis zurückgekommen war, und im Januar und Februar schien er immer weniger Anlass gefunden zu haben, das Haus, in dem er wohnte, zu verlassen. Mehreren Leuten hatte er erzählt, er schreibe seine Autobiografie. Anderen hatte er erzählt, er trage gewisse Dokumente zusammen, die eine Anklageschrift gegen die Familie und ihre Geschichte auf den Inseln ergeben würde, »restlos alles über die Christians, ohne Rücksicht auf Verluste«, wie er es nannte. Er hatte Einladungen von gerade den Gastgeberinnen ausgeschlagen (Witwen, Geschiedenen, Frauen aus San Francisco, die Häuser auf Diamond Head mieteten und dahinter in weißen Gazekaftans zur Schau saßen), an deren Tafel er als maßgebliche Zierde betrachtet wurde.

»Ich bin nicht in der Lage, mich zu revanchieren«, sagte er, wenn er bedrängt wurde, und mindestens eine Frau, zu der er das gesagt hatte, hatte Ruthie Christian erzählt, sie habe sich von Paul beschämt gefühlt, als sei ihre ganze Einladung vermessen gewesen, ein Versuch, den Glanz eines verarmten Edelmannes auszubeuten. Er hatte das Galadiner ausgeschlagen, das Dwight und Ruthie Christian jeden Februar am Vorabend des Hawaiian Open gaben. Er hatte mindestens zwei Einladungen ausgeschlagen, die komplett mit Flugtickets gekommen waren (die erste zu einer Hausparty in Pebble Beach anlässlich des Crosby-Pro-Am, die zweite zu einem Maskenball in einem neuen Resort südlich von Acapulco), und erklärt, sein Anstandsgefühl erlaube ihm nicht,

Flugtickets erster Klasse anzunehmen, wenn er sich in einer Situation befinde, die ihn zwinge, sich von Thunfisch aus der Büchse zu ernähren.

»Offen gestanden, Daddy, alle sind ein bisschen verwirrt über die Geschichte mit dem Thunfisch aus der Büchse«, hatte Janet anscheinend eines Tages im Februar gesagt.

»Ich wüsste gar nicht, warum. Schließlich sind doch nicht ›alle‹ gezwungen, sich davon zu ernähren.«

»Aber ich meine, du doch auch nicht. Dwight sagt –«

»Ich bin sicher, dass es für Dwight peinlich ist.«

Janet hatte es anders probiert.

»Daddy, vielleicht ist es das mit den ›Büchsen‹. Ich meine, was gibt es sonst noch für Thunfisch?«

»Frischen. Wie du weißt. Aber darauf kommt es nicht an, oder?«

»Worauf kommt es an?«

»Mir wäre es lieber, wenn du und Dwight nicht meine Angelegenheiten diskutieren würdet, ehrlich. Ich bin überrascht.«

Tränen der Frustration stiegen Janet bei solchen Wortwechseln in die Augen. »Thunfisch aus der Büchse«, hatte sie schließlich gesagt, »ist noch nicht einmal billig.«

»Vielleicht kannst du etwas Billigeres vorschlagen«, hatte Paul Christian gesagt, »für deinen Vater.«

Von da an sprach Paul Christian nicht mehr mit Janet. »Schick ihm einen ganzen Thunfisch«, riet Dwight Christian, als Janet ihm von dieser Entwicklung berichtete. »Lass ihm einen schicken. In Eis gepackt. Eine halbe Tonne Bluefin. Verdammt noch mal, ich mach es selber.«

Mit Dwight hatte Paul Christian einen Monat vorher aufgehört zu sprechen, nachdem er in seinem Büro vorbeigeschaut hatte, um zu sagen, dass das alljährlich stattfindende Galadiner am Vorabend des Hawaiian Open von seinem Standpunkt aus eine geschmacklose Extravaganz sei.

»›Geschmacklos‹«, hatte Dwight Christian wiederholt.

»Geschmacklos, ja. Von meinem Standpunkt aus.«

»Warum sagst du nicht, vom Standpunkt eines kambodschanischen Waisenkindes aus?«

»Ich verstehe nicht.«

»Den Standpunkt eines kambodschanischen Waisenkindes könnte ich verstehen. Ich könnte die Einstellung dieses Waisenkindes zu Galadiners in Honolulu nachvollziehen. Ich würde vielleicht nicht aus ganzem Herzen zustimmen, aber ich könnte sie respektieren. Ich könnte –«

»Du könntest was?«

Wie Dwight Christian Inez erklärte, hatte er in dem Augenblick erkannt, dass diese Begegnung für ihn nicht zu gewinnen war. Diese besondere Begegnung war von dem Zeitpunkt an nicht mehr zu gewinnen gewesen, als Paul Christian auf die List verfallen war, nicht ins Haus, sondern ins Büro zu kommen. Er war unangemeldet gekommen, mitten am Tag, und hatte wie irgendein Bohrspitzenvertreter brav am Empfang gesessen, als Dwight Christian vom Mittagessen zurückkam.

»Ihr Bruder wartet schon fast eine Stunde«, hatte die Empfangsdame gesagt, und Dwight hatte den vorwurfsvollen Ton in ihrer Stimme gehört.

Wie das mit Taktiken so ist, war diese unauffällig, aber wirksam gewesen, ein Schritt weiter, als Einladungen mit der Begründung auszuschlagen, sich nicht revanchieren zu können, und ihre Wirkung auf Dwight Christian war schwer zu beschreiben gewesen. Dwight Christian glaubte, dass er sie selbst Ruthie gegenüber nicht erwähnt hatte. In Wahrheit hatte er sie verdrängt. Sie war ihm albern vorgekommen. Dwight Christian hatte in dem Augenblick im Büro erkannt, dass Paul Christian nicht länger als zufälliges Opfer der Selbstbezogenheit seiner Familie auftrat. Er trat nun als auserwähltes Opfer der Boshaftigkeit seiner Familie auf.

»Den Standpunkt des Waisenkindes könnte ich kaufen«, hatte Dwight Christian schließlich gesagt. »Deinen nicht.«

»Die Wortwahl ist entlarvend.«

Dwight Christian hatte nichts gesagt.

»Ständig versuchst du zu ›kaufen‹, nicht wahr, Dwight?«

Dwight Christian legte die Papiere auf seinem Schreibtisch Kante auf Kante, ehe er sprach. »Ruthie wird dich vermissen«, hatte er dann gesagt.

»Ich bin sicher, du kannst einen deiner orientalischen Freunde dazu bekommen, den leeren Platz zu füllen«, hatte Paul Christian erwidert.

Später an dem Tag hatte die Empfangsdame Dwight Christians Chefsekretärin – die es ihm nach angemessener Zeit weitererzählte – gegenüber erwähnt, sie finde es »ein wenig traurig«, dass Mr Christians Bruder im YMCA wohnen müsse.

Das war im Januar.

Zuerst sagte Dwight Februar, aber Ruthie korrigierte ihn: Es musste Januar gewesen sein, weil die Einladungen zum Ball gerade verschickt worden waren.

Der Ball selbst war im Februar.

Das Open war im Februar.

Im Februar waren der Ball und das Open und der Bruch mit Janet wegen dem Thunfisch aus der Büchse gewesen. Im Februar war auch die Jahresversammlung von Chriscorp gewesen, bei der Paul Christian jeden in Verlegenheit gebracht hatte, sich selbst (Ruthie zufolge) am meisten, indem er einen Antrag eingebracht hatte, der die Gesellschaft aufforderte, »sich zu rechtfertigen«. Natürlich hatten die Zeitungen das aufgegriffen. »Nicht spezifizierte Anschuldigungen von abtrünnigem Familienmitglied, doch überwältigende Stimmenmehrheit für Management auf der gestrigen Chriscorp-Versammlung«, hatte es im *Honolulu Advertiser* geheißen, »VERÄRGERTER CHRISTIAN VERLANGT AUFDECKUNG«, lautete die Schlagzeile im *Star-Bulletin.*

Die Chriscorp-Versammlung war am 15. Februar. Am 1. März war Paul Christian zum zweiten Mal im *Advertiser* in Erscheinung getreten, mit einem Leserbrief, in dem er den Rückruf eines Fotos verlangte, das Janet zeigte, wie sie dem Abgeordneten Wendell Omura (D-Hawaii) eine Umweltschutzmedaille des Outdoor Circle für besondere Verdienste bei der Blockierung von Bebauungsprojekten verlieh. Paul Christians Einwand gegen das Foto schien nicht auf der Tatsache zu beruhen, dass Wendell Omura damals Dick Zieglers Bebauungsprojekt blockierte. Seine Beschwerde war allgemeiner gehalten und endete mit der Phrase »damit wir nicht vergessen«.

»Ich bin mir nicht sicher, ob man tatsächlich ein Foto ›zurückrufen‹ kann, Paul«, hatte Ruthie Christian gesagt, als er anrief – zu einer Stunde, da er Dwight auf dem Golfplatz wusste –, um zu fragen, ob sie den Brief gesehen habe.

»Ich möchte bloß, dass Janet es weiß«, hatte Paul Christian gesagt. »Für mich ist sie unten durch.«

Das Gleiche hatte er zu Dick Ziegler gesagt. »Eine Beleidigung für dich«, hatte er bei dem Telefongespräch hinzugesetzt. »Wie kann sie nur.«

»Ich respektiere deine Argumente«, hatte Dick Ziegler vorsichtig gesagt, »aber ich frage mich, ob der *Advertiser* der richtige Ort war, sie zum Ausdruck zu bringen.«

»Sie sind zu weit gegangen, Dickie.«

Nach dem Brief an den *Advertiser* hatte Paul Christian begonnen, Dick Ziegler mehrmals am Tag mit der einen oder anderen geheimnisvollen Beteuerung anzurufen. »Unser Tag wird kommen«, sagte er beispielsweise oder »Harte Zeiten, Dickie, lass nicht locker«. Da es für Dick Ziegler ein ziemlich schwieriges Jahr war, mit gewissen Rückschlägen, gewissen Differenzen mit Dwight Christian (Dwight Christians Weigerung, die Ausschachtungsarbeiten für die Mall zu übernehmen, die das Zentrum des Bauprojektes auf der Windseite werden sollte, war bloß ein Beispiel) und gewissen Spannungen mit Janet (dass Janet sich gemeinsam mit Dwight für den Aufschub der Mall auf der Windseite stark machte, war nicht gerade hilfreich gewesen), konnte er schon irgendwie sehen, dass die Anrufe seines Schwiegervaters als Ausdruck der Unterstützung gemeint waren.

Trotzdem, sagte Dick Ziegler zu Inez, hätten ihn die Anrufe gestört.

Er hatte sie irgendwie übertrieben gefunden.

Er hatte sie sonderbar gefunden.

»Ich bin vielleicht nicht der einsichtigste Mann auf der Welt, wenn es um menschliche Psychologie geht«, sagte Dick Ziegler, »aber ich glaube, dein Dad ist übergeschnappt.«

»Vollkommen gaga«, sagte Dwight Christian.

»Das ist eine zu späte Einsicht«, sagte Ruthie Christian.

»Was, zum Teufel, soll das heißen?« Dwight Christian hatte aufgehört, Martinis zu trinken, und zeigte sich nun tief erregt. »Natürlich ist die Einsicht zu spät. Lieber Gott. ›Zu späte Einsicht‹.«

»Janet liebt dich, Inez«, sagte Dick Ziegler. »Vergiss das nie. Janet liebt dich.«

8

Während der Zeit, die ich in Kuala Lumpur verbrachte, um mit Inez Victor zu reden, kam sie immer wieder auf diesen ersten Tag in Honolulu zurück. Sie berichtete aber nicht der Reihe nach. Zum Beispiel erzählte sie mir zuerst – vielleicht weil ich ihr erzählt hatte, was Billy Dillon über die Cracker gesagt hatte – von ihren Gesprächen mit Dwight und Ruthie Christian und Dick Ziegler, dabei hatte sie erst spät am Tag mit Dwight und Ruthie Christian und Dick Ziegler gesprochen.

Zuerst war sie im Krankenhaus gewesen.

Sie und Billy waren direkt vom Flughafen zum Krankenhaus gefahren, aber Janet wurde für eine Notoperation fertig gemacht, bei der Flüssigkeit aus dem Gehirn abgesaugt werden sollte, und Inez hatte sie nur durch die Glasscheibe der Intensivstation sehen können.

Dann waren sie ins Gefängnis gefahren.

»Ich schätze, Dwight lässt heute Abend die Korken knallen«, hatte Paul Christian im Sprechzimmer des Gefängnisses gesagt.

Inez hatte Billy Dillon angeschaut. »Warum?«, sagte sie schließlich.

»Du weißt schon.« Paul Christian lächelte. Er schien entspannt, sogar heiter, kippte seinen Holzstuhl zurück und stützte die nackten Fersen auf den kunststoffbeschichteten Tisch im Sprechzimmer. Seine Hosen waren bis über die sonnengebräunten Knöchel hochgekrempelt. Das blaue Gefängnishemd war in der Taille flott geknotet. »Ihr seid dort. Ich bin hier. Ihr könnt feiern. Warum nicht?«

»Sag das nicht.«

»Was nicht? Ich bin tatsächlich froh, dass du hier bist.« Paul Christian lächelte immer noch. »Ich habe mich nämlich gefragt, was aus Leilani Thayers Koa-Sofa geworden ist.« Inez dachte darüber nach. »Ich habe es in Amagansett«, sagte sie schließlich. »Wegen Janet –«

»Komisch, ich habe es nicht gesehen, als ich dich besuchte.«

»Du hast mich in New York besucht. Das Sofa ist in Amagansett. Daddy –«

»Viel habe ich eh nicht von deiner Wohnung gesehen. So wie ich zu dieser sogenannten Party gehetzt wurde.«

Inez schloss die Augen. 1972 hatte Paul Christian auf der Rückreise nach Honolulu, ohne sich anzumelden, in New York mit jemandem Station gemacht, den er auf Sardinien kennengelernt hatte, einem Schauspieler, der sich nur als »Mark« vorstellte. *Ich kann es nicht fassen, was Du Dir gedacht hast,* hatte Paul Christian später Inez geschrieben, *als ich einen guten Freund mitbrachte. Anstatt die Gelegenheit zu begrüßen, ihn kennenzulernen, schlepptet ihr mich (unter völliger Ignorierung von Marks Angebot, Paella zu kochen, was übrigens nicht unkommentiert blieb) zu der zweifellos schrecklichsten Party, auf der ich je war, auf der sich niemand auch nur im Geringsten um irgendeine Form von Kommunikation bemühte …*

»Das war in Wirklichkeit gar keine Party«, hörte Inez sich sagen.

»Inez«, sagte Billy Dillon, »falsche Karte.«

»Nicht nach dem, was ich unter einer Party verstehe«, sagte Paul Christian. »Nein, ganz gewiss nicht.«

»Es sollte auch keine sein. Es war eine Parteispenden-Veranstaltung. Du erinnerst dich sicher, dass Harry eine Rede hielt.«

»Und ob ich mich erinnere. Ich habe zugehört. Mr – ist es Diller? Dillman?«

»Dillon«, sagte Billy Dillon. »Auf Kanal zwei.«

»Mr Dillman wird hier bezeugen, dass ich zugehört habe. Als dein Mann eine Rede hielt. Ich erinnere mich auch, dass kein Mensch, mit dem ich sprach, auch nur den Anflug von einer Meinung zu dem hatte, was dein Mann sagte.«

»Du hast mit den Leuten vom Geheimdienst gesprochen.«

»Mit wem auch immer. Sie trugen alle braune Schuhe. Ich bin überrascht, dass du Leilanis Sofa hast. Wo du sie doch gar nicht richtig gekannt hast.«

Billy Dillon schaute Inez an. »Passe!«

»Jeder nannte sie ›Kanaka‹, als wir an der Cal waren«, sagte Paul Christian. »Kanaka Thayer.«

Inez sagte nichts.

»Sie war eine Pi Phi.«

Inez sagte nichts.

»Leilani und ich waren wie Bruder und Schwester. Partys Tag und Nacht. Leilani sang *scat.* Ich sollte sie heiraten. Nicht deine Mutter.« Er summte ein paar Takte von

The Darktown Strutters' Ball und brach ab. »Ich galt als gute Partie, ob du's glaubst oder nicht. Komisch, nicht?«

Inez machte ihre Armbanduhr ab und betrachtete das Zifferblatt.

»Mein Leben hätte ganz anders verlaufen können. Wenn ich Leilani Thayer geheiratet hätte.«

Inez stellte ihre Uhr von New Yorker auf Honolulu-Zeit um. »Das Sofa hat mich immer daran erinnert.«

»Ich möchte es dir überlassen«, sagte Inez vorsichtig.

»Das ist sehr großzügig von dir, aber nein. Nein, danke.«

»Ich könnte es hierhin verschiffen lassen.«

»Natürlich ›könntest‹ du das. Ich weiß, dass du das ›könntest‹. Es geht wohl kaum darum, ob du das ›könntest‹, oder?«

Inez wartete.

»Mit all dem bin ich fertig«, sagte Paul Christian.

Billy Dillon öffnete seinen Aktenkoffer. »Sie meinen, weil Sie hier sind.«

»Mit diesem ganzen Leben«, sagte Paul Christian. »Die elenden Missionskinder und ihre paar armseligen, schlechten Möbel. Diese schäbigen kleinen Paravents, um die sie sich raufen. Das kostbare Sofa, auf das du so stolz bist. Das ist doch alles Quatsch, wirklich. Drittklassig. Armselig. Wenn du die Wahrheit wissen willst.«

Billy Dillon zog einen Schreibblock aus dem Aktenkoffer. »Ich frage mich, ob wir einmal die näheren Umstände durchgehen könnten. Bloß ein paar Details, die vielleicht dazu beitragen –«

»Und wenn du nicht weißt, was du mir damit angetan hast, Inez, mich zu zwingen, um das Sofa zu betteln –«

»– einen Zeitablauf festzulegen –«

»– mich zu demütigen, wenn ich ganz unten bin –«

»– Zeiten, Ortsveränderungen –«

»– dann tut es mir leid, Inez, dann will ich das nicht erörtern.«

Im Verlauf der nächsten halben Stunde gelang es Billy Dillon, die folgenden Informationen herauszubekommen. Irgendwann zwischen 6:45 und 7:10 am vorangegangenen Morgen hatte Paul Christian irgendwo in der Mitte zwischen Koi-Becken und Außentür von Janets Lanai fünf Schüsse aus der Smith & Wesson .357 Magnum abgefeuert, die er in seiner zusammengerollten Strandmatte bei sich trug. Dann hatte er die Magnum wieder in die Strandmatte gesteckt und, ohne seinen Namen zu nennen, dem Polizeinotruf Janets Adresse gegeben.

Es war ihm bewusst gewesen, dass Wendell Omura am Boden lag, ja.

Es war ihm auch bewusst gewesen, dass Janet am Boden lag.

Ja.

Weder Inez noch Mr Dillman würden verstehen können, wie er sich deswegen fühlte.

Als er Janets Haus verließ, war er nicht zu dem Haus gegangen, in dem er wohnte, sondern direkt in die Innenstadt, zum YMCA. Er war fünfzig Bahnen im YMCA-Pool geschwommen, dreißig in Rückenlage und zwanzig im Kraulstil.

»Schreiben Sie auf jeden Fall ›Kraul‹«, sagte er. »Ich glaube, das wird heute ›Freistil‹ genannt, aber nicht von mir, nein.«

»›Kraul‹«, sagte Billy Dillon. »Ja.«

Nach dem Schwimmen hatte sich Paul Christian in der YMCA-Cafeteria Tee und Joghurt zum Frühstück bestellt. Es hatte »einen kleinen Zwischenfall« mit dem Kassierer gegeben. »Was für einen Zwischenfall?«, sagte Billy Dillon.

»Wenn jemand zu mir sagt: ›Wünsche Ihnen einen schönen Tag‹, sage ich immer: ›Tut mir leid, habe andere Pläne.‹ Das weist sie gewöhnlich in ihre Schranken, aber nicht diesen Kerl. ›Sie sind ja komisch‹, sagte der. Na, ich habe ihn bloß angeschaut.«

»Das war der Zwischenfall«, sagte Billy Dillon.

»Wenn jemand einem unverschämt kommt, gibt man besser keine Antwort.«

»Ich verstehe«, sagte Billy Dillon.

Dann war Paul Christian auf sein Zimmer gegangen und hatte den Rest des Tages damit verbracht, die wenigen Besitztümer einzupacken, die er dort aufbewahrte. An jede Kiste hatte er ein Inhaltsverzeichnis geheftet. Er hatte eine Hauptliste gemacht, auf der er angab, was mit jeder Kiste geschehen sollte. Er hatte mehrere Briefe geschrieben, darunter einen an Janet, in denen er erklärte, dass er zu »seinen Taten stehe«, und diese Briefe am frühen Abend, ehe er die Polizei anrief und sich zu erkennen gab, mit genauen Anweisungen für ihre Zustellung beim Nachtportier unten gelassen. Es hatte »einen kleinen Zwischenfall« mit dem Nachtportier gegeben.

»Er kam Ihnen unverschämt«, sagte Billy Dillon. »Vollkommen ungebührlich. Genau wie die Polizei.«

»Die Polizei verhielt sich ungebührlich.«

»Sie haben mich wie einen gewöhnlichen Verbrecher behandelt.«

»Was Sie nicht sind.«

»Was ich ganz bestimmt nicht bin. Das habe ich ihnen gesagt. Genau wie ich es Janet gesagt habe. Ich habe ihnen gesagt, dass ich zu meinen Taten stehe.«

»Sie sagten der Polizei, dass Sie zu Ihren Taten stehen.«

»Voll und ganz.«

»Genau wie Sie es Janet sagten.«

»Richtig.« Paul Christian schaute Inez an. »Du bist so still. Soll ich dein Stillschweigen als Missbilligung auffassen?«

Inez sagte nichts.

»Jetzt, wo ich wie ein gewöhnlicher Verbrecher eingesperrt bin, wirst du mir den Gnadenstoß geben? Mir das Genick brechen?« Paul Christian wandte sich wieder an Billy Dillon. »Janet und ich waren uns immer sehr nah. Die da nicht.«

Es wurde still.

»Sie werden Janet vermissen«, sagte Billy Dillon.

Paul Christian sah wieder Inez an. »Ich hätte wissen sollen, dass du zum Feiern herkämst«, sagte er.

Nachdem Paul Christian aus dem Raum geführt worden war, zündete sich Inez eine Zigarette an und drückte sie aus, ehe sie oder Billy Dillon etwas sagten. Billy Dillon machte sich Notizen auf seinem Schreibblock und sah nicht auf. »Was hältst du davon?«, sagte er schließlich.

»Ganz ehrlich gesagt, ich mag keine verrückten Leute. Sie interessieren mich nicht.«

»So kann man's sicherlich auch angehen, Inez.« Billy Dillon steckte den Schreibblock in den Aktenkoffer und verschloss ihn. »Geradeheraus. Knallhart. Kein verquastes Getue. Aber ich glaube, der Ton, den wir heute treffen wollen, liegt ein wenig am traurigen Ende der Skala. Dein Vater ist ›ein kranker Mann‹. Er hat ›eine Krankheit wie jede andere‹. Er ›braucht ärztliche Behandlung‹.«

»Er muss eingewiesen werden.«

»Genau das nennen wir ja ›Behandlung‹, Inez. Wir nennen es ›Behandlung‹, wenn wir mit den Leuten vom Morddezernat reden, und wir nennen es ›Behandlung‹, wenn wir mit den Seelendoktoren reden, und wir nennen es ›Behandlung‹, wenn wir mit Frank Tawagata reden.«

»Ich kenne Frank Tawagata noch nicht einmal.«

»Du kennst auch die vom Morddezernat nicht, Inez. Tu einfach so, als verbrächten wir den Rest des Tages auf Streife. Ich habe die Nase im Wind.« Billy Dillon sah Inez an. »Alles in Ordnung mit dir?«

»Ja.«

»Dann führ mal dein Lächeln aus und geh ungezwungen durch die Kabine, Baby. OK?«

9

»Ich brauche dir nicht zu sagen, Frank, dass Harry zu würdigen weiß, was du in Miami für ihn getan hast«, sagte Billy Dillon um zwei Uhr an dem Nachmittag in Frank Tawagatas Büro. Billy Dillon und Inez hatten schon die Kommissare gesprochen, denen die Ermittlungen in dem Fall übertragen worden waren, und sie hatten schon die Psychiater gesprochen, denen die Untersuchung Paul Christians übertragen worden war, und dann war es Zeit, Frank Tawagata aufzusuchen. In Wahrheit kannte Inez Frank Tawagata. Sie hatte ihn auf dem Parteitag 1972 kennengelernt. Er war Delegierter gewesen. Er war Rechtsanwalt, doch sein Beruf, hatte Billy Dillon gesagt, war nicht der Grund für ihren Besuch. »Das ist ein Bursche, der tatsächlich glaubt, man braucht bloß seine Beziehungen bei Gericht spielen zu lassen, wenn man seine Großmutter in den Himmel bringen will«, hatte Billy Dillon gesagt. »Das ist seine starke Seite.«

»Sie haben sich 1972 für uns ins Zeug gelegt«, sagte Billy Dillon jetzt. »Harry weiß das.«

»Harry hat ein- oder zweimal etwas für Wendell getan.« Frank Tawagata sah Inez nicht an. »Alles, was ich für Harry getan habe, habe ich für Wendell getan. Ganz klar.«

»Das weiß Harry. Harry weiß Ihren Standpunkt zu schätzen. Wenn's hart auf hart kommt, gehören Sie hier zu Wendells Mannschaft. Deshalb drängen wir Sie auch nicht, Frank. Wenn Sie mit Harry oder mir reden, Frank, reden Sie *in camera.* Ganz klar.«

»Ganz klar *in camera*«, sagte Frank Tawagata. »Ich kann Ihnen trotzdem nicht helfen.«

»Wenn Sie nicht können, können Sie nicht. Sie brauchen's nur zu sagen!«

»Habe ich ja gerade getan.«

Inez beobachtete Billy Dillon. Sie war müde. Sie hatte seit dem Frühstück am Vortag in Amagansett nichts mehr gegessen. Sie wusste nicht, was Billy Dillon von Frank Tawagata wollte, aber sie wusste, er würde es bekommen. Sie konnte es an seinen ein wenig angespannten Schultern sehen, der totalen Konzentration, mit der er sich dem, was er wollte, hingab.

»Wendell war ein sehr beliebter Mann«, sagte Billy Dillon. »In der Gemeinde. Ich weiß das.«

»Sehr beliebt.«

»Sehr angesehene Familie. Die Omuras. Hier in der Gegend.«

»Sehr angesehen.«

»Den Christians vergleichbar. Komisch.« Billy Dillon sah aus dem Fenster. »Einer der Omuras hat sogar mit Dwight Christian zu tun, nicht? Durch Wendell? Irgendein Geschäft? Ein Geschäft auf Gegenseitigkeit oder so etwas?«

Frank Tawagata hatte nicht sofort geantwortet.

Billy Dillon sah immer noch aus dem Fenster.

»Ich würde es nicht Geschäft auf Gegenseitigkeit nennen«, sagte Frank Tawagata dann.

»Natürlich nicht, Frank. Würde ich auch nicht.«

Es wurde still.

»War Ihre Frau nicht eine Omura?«, sagte Billy Dillon. »Oder irre ich mich da?«

»Nein«, sagte Frank Tawagata nach einer kurzen Pause.

»Ihre Frau war keine Omura?«

»Ich meinte, nein, Sie irren sich nicht.«

Billy Dillon lächelte.

»Es gäbe also eindeutig einen Konflikt«, sagte Tawagata, »wenn Sie mich bäten, die Verteidigung zu übernehmen.«

»Wir sprechen nicht von ›Verteidigung‹, Frank. Wir reden über einen Fall, bei dem es nicht zum Prozess kommen sollte.«

»Ich verstehe.«

»Wir sprechen von einem kranken Menschen. Der Hilfe braucht.« Billy warf einen Blick auf Inez. »Der Behandlung braucht. Und sie auch bekommt.«

»Ich verstehe«, sagte Frank Tawagata. »Ja.«

»Sehen Sie, Frank. Sie brauchen uns die Geschichte bloß zu entschlüsseln. Sie brauchen uns bloß darzulegen, wer wem verpflichtet ist, welche Schachzüge zu erwarten sind. Sie kennen die Gemeinde. Sie kennen das Büro des Bezirksstaatsanwalts.«

Frank Tawagata sagte nichts.

»Ich glaube nicht, dass irgendjemand so kurzsichtig ist und sich eine Karriere davon verspricht, wenn er das in den Medien ausspielt. Aber ich kenne die Leute nicht. Es kann ja sein, dass ein Typ da Mist baut. Irgendein

Typ, der meint, er kann sich einen Namen machen, wenn er vor Gericht geht und die Christians in Verlegenheit bringt.«

Frank Tawagata sagte nichts.

»Harry in Verlegenheit bringt. Denn seien wir ehrlich, der, den man treffen kann, ist Harry.«

»Ich würde sagen, ›war‹ Harry.«

»Erklären Sie mir das mal.«

»Harry hat's doch schon getroffen, nicht? '72?«

»Freistoß, Frank. Sie verdienen ihn. Einer von Wendells Vettern, nicht? Dieser Deal mit Dwight Christian?«

Frank Tawagata nahm einen silbernen Füllfederhalter vom Schreibtisch und balancierte ihn zwischen den Zeigefingern. Inez beobachtete Billy Dillons Schultern. *Killermick*, sagte Harry immer über Billy Dillon, eine Auszeichnung.

Billy Dillon beugte sich fast unmerklich vor.

Inez kam in den Sinn, dass Harry nur deshalb selber kein Killer war, weil es ihm an Konzentration mangelte. Ein Teil seiner Aufmerksamkeit war immer auf ihn selbst gerichtet. Ein Politiker, hatte Jack Lovett in Puncak gesagt. Ein Schauspieler.

»Habe ich darüber nicht etwas in *Business Week* gelesen?«, sagte Billy Dillon. »Erst neulich? Etwas über das Containergeschäft? Stimmt das? Einer von Wendells Vettern?«

»Einer von Wendells Brüdern.« Frank Tawagata steckte den Füller in den Onyxhalter zurück, ehe er wieder sprach. »Meine Frau ist eine Cousine.«

»Da haben wir's«, sagte Billy Dillon. »Ich liebe Städte dieser Größe.«

Um drei an jenem Nachmittag war man dann übereingekommen und konnte Harry Victor pflichtgemäß mitteilen, dass Frank Tawagata dem Bezirksstaatsanwalt auf den Zahn fühlen würde, wie man Paul Christian letztendlich so diskret und rasch wie möglich zur Behandlung einweisen könne.

Man war übereingekommen, dass Frank Tawagata mit bestimmten Schlüsselfiguren der politischen Nisei-Gemeinde erörtern würde, wie ratsam dieser Plan war.

Man war übereingekommen, dass Frank Tawagata seine besonderen Kenntnisse sowohl des Büros des Bezirksstaatsanwalts als auch der Gemeinde jedem Rechtsanwalt zur Verfügung stellen würde, der Paul Christian bei dem idealerweise gegenseitig abgestimmten Verfahren vertreten sollte.

»Sie haben keinen Strafrechtsspezialisten im Sinn«, sagte Frank Tawagata.

»Ich habe einen gottverdammten Vertrauensspezialisten im Sinn«, sagte Billy Dillon. »Einen der Typen alter Schule. Einen von den Typen, die noch nicht einmal genau wissen, wo im Gericht das Scheißhaus ist. Das habe ich Ihnen doch gesagt. Wir bauen hier keine strafrechtliche Verteidigung auf.«

Über all das war man übereingekommen, und vor allem war man übereingekommen, dass es niemandem und nichts nützte, wenn man weiter diskutierte, warum Wendell einen Gesetzesantrag eingebracht hatte, der die Erschließung von Dick Zieglers Seeweide blockierte, wie dieser Antrag zum Nutzen von Dwight Christian gewirkt haben könnte oder welches Interesse Wendell Omuras Bruder seit Kurzem an der Chriscorp-Container-Gruppe gefunden haben könnte.

»Woher wusstest du das eigentlich?«, sagte Inez, als sie und Billy Dillon Frank Tawagatas Büro verließen.

»Wie ich schon sagte. *Business Week.* Etwas, was ich auf dem Flug hierhin gelesen habe.«

»Über Dwight?«

»Nicht direkt.«

»Über Dick?«

»Über irgendeinen Omura, der ins Containergeschäft einsteigt. Zwei Zeilen. Eine Überschrift. Das ist alles.«

»Du wusstest noch nicht einmal, dass es Wendell Omuras Bruder war?«

»Ich wusste, dass er Omura hieß, nicht?«

»Omura ist ein Name wie Smith.«

»Inez, man bekommt keine Strafpunkte fürs Raten«, sagte Billy Dillon. »Du kennst die Schachzüge.«

10

Als Inez und Billy Dillon an jenem ersten Tag in Honolulu wieder ins Queen's Medical Center kamen, war es beinahe vier Uhr, und Janets Zustand war unverändert. Dem diensthabenden Arzt auf der Intensivstation zufolge machte die Patientin nicht die Fortschritte, die man gern gesehen hätte. Die Körpertemperatur der Patientin schwankte. Dass die Körpertemperatur der Patientin schwankte, ließ auf einen schweren Schaden am Hirnstamm schließen.

Die Patientin war nicht klinisch tot, nein.

Das Elektroenzephalogramm der Patientin zeige noch Impulse.

Der klinische Tod würde erst eintreten, wenn nicht nur eins, sondern drei in Abständen von je acht Stunden aufeinanderfolgende EEGs ohne Impulse wären.

Das sei klinischer Tod, ja.

»Klinisch im Gegensatz wozu?«, fragte Inez.

Der diensthabende Arzt schien verwirrt. »Was wir klinischen Tod nennen, ist Tod im Gegensatz zu, na ja –«

»Im Gegensatz zu tatsächlichem Tod?«

»Im Gegensatz zu, na ja, Nicht-Tod.«

»Klinisches Leben? Meinen Sie das?«

»Es ist nicht unbedingt eine Entweder-oder-Situation, Mrs Victor.«

»Leben und Tod? Sind nicht unbedingt entweder – oder?«

»Inez«, sagte Billy Dillon.

»Ich möchte das klarstellen. Meint er das?«

»Ich meine, es gibt eine gewisse Grauzone, die vielleicht oder auch nicht –«

Inez sah Billy Dillon an.

»Er sagt, sie schafft's nicht«, sagte Billy Dillon.

»Das wollte ich wissen.«

Inez stand neben dem Metallbett und sah zu, wie Janet am Sauerstoffgerät atmete.

Billy Dillon wartete einen Augenblick, drehte sich dann weg. »Sie hat mich angerufen«, sagte Inez schließlich. »Sie hat mich letzte Woche angerufen und gefragt, ob ich mich an etwas erinnerte. Und ich sagte Nein. Aber ich erinnere mich.«

Als Inez mir in Kuala Lumpur erzählte, wie sie Janet am Beatmungsgerät gesehen habe, erwähnte sie mehrmals diesen Telefonanruf Janets, einen der üblichen mitternächtlichen Anrufe Janets, in New York oder Amagansett oder wo immer Inez gerade war.

Erinnerst du dich, fragte Janet bei diesen Anrufen immer. Erinnerst du dich an die Fledermaus aus Jade, die Cissy auf dem Tisch in der Diele hatte. Dem Ebenholztisch in der Diele. Der Ebenholztisch, von dem Lowell Frazier sagte, er sei schwarz gestrichenes Ahornfurnier. Aber du kannst Lowell Frazier nicht vergessen haben, du musst dich erinnern, wie Cissy an die Decke ging, als Lowell und Daddy zusammen auf die Fidschi-Inseln fuhren. Als Daddy das Hotel kaufen wollte. Inez, das Zehn-Zimmer-Hotel. In Suva. Nachdem Mutter weggegangen war. Oder war es vorher? Du musst dich erinnern. Konzentrier dich! Jetzt, wo ich dich an der Strippe habe. Ich bin, ehrlich gesagt, erstaunt, dass du abgenommen hast. Gewöhnlich bist du nicht zu Hause. Ich beobachte einen wirklich paradiesischen Sonnenuntergang, und du?

»Hier ist es Mitternacht«, hatte Inez bei diesem letzten Anruf von Janet gesagt.

»Ich habe gewählt, und du hast abgenommen. Erstaunlich. Gewöhnlich kriege ich deinen Anrufdienst. Also. Konzentrier dich! Ich habe über Mutter nachgedacht. Erinnerst du dich, wie Mutter auf meiner Hochzeit oben im Haus geweint hat?«

»Nein«, hatte Inez gesagt, aber sie tat es wohl.

An dem Tag, an dem Janet Dick Ziegler in Lanikai heiratete, hatte Carol Christian beim Frühstück angefangen, Champagner zu trinken. Sie hatte in dem Jahr einen Job, bei dem sie berühmte Persönlichkeiten für eine Radiosendung in San Francisco zu Interviews verpflichten musste, und gegen Mittag meldete sie Telefongespräche mit Entertainern in den Hotels von Waikiki an und bat sie zu, wie sie es nannte, Gastauftritten bei Janets Hochzeit.

Wie Sie sich vielleicht erinnern oder auch nicht, ich bin die Mutter der Braut, sagte Carol Christian anstelle einer Begrüßung auf dem Empfang zu den Gästen.

Ich würde bei den Drinks eine langsamere Gangart einschlagen, wenn ich du wäre, hatte Paul Christian gesagt.

I should worry, I should care, sang Carol Christian mit der Combo, die zum Tanz auf dem Podium aufspielte, das eine Mannschaft von Chriscorp erst an dem Morgen auf dem Strand aufgebaut hatte.

Deine Mutter hat eine Party für die Rose Bowl auf die Beine gestellt, sagte Harry Victor.

Carol ist ein richtiger Feger, sagte Dwight Christian.

I should marry a millionaire.

Doch als Janet nach oben ging, um ihr weißes Brautkleid aus Batist auszuziehen, begann Carol Christian zu weinen. Euer Onkel Dwight kann nichts dafür, sagte sie immer wieder, während sie auf dem Bett saß, auf dem sie vor fünfzehn Jahren mit Inez und Janet Mittagsschlaf gehalten hatte. Wollte nur unser Bestes. Nicht seine Schuld. Eure Großmutter. Cissy. Wirklich. Zu viel. Egal, egal. Ende im Bett, alles gut. Altes Sprichwort aus San Francisco. Ich habe meine wunderbar aufregende Karriere, die ich *nie* gehabt hätte, und ihr habt –

Inez, zu der Zeit hochschwanger, setzte sich aufs Bett und versuchte, ihre Mutter zu trösten.

Wir haben geheiratet, soufflierte Janet.

Vergesst das Heiraten, sagte Carol Christian. Ihr habt Pferde bekommen, Kabrioletts, als es soweit war. Tennisstunden.

Ich hätte noch nicht einmal die Bespannung eurer Schläger bezahlen können, wenn ich euch mitgenommen hätte. Ganz zu schweigen von den Trainerstunden.

Vergesst die weißen Kleidchen.

Schlagt euch die Kaschmir-Twinsets und die goldenen Armbänder und Kamelhaarmäntel aus dem Kopf.

Ich erlaube mir, anderer Meinung zu sein, Janet Christian, Mrs Ziegler, du hattest wohl einen Kamelhaarmantel.

Du trugst ihn, als du Ostern 1950 zu Besuch kamst.

Mon cher Paul: Wen f… Du, um von dieser Insel wegzukommen? (Nur ein Scherz natürlich) XXXX, C.

Weder Inez noch Janet hatten ein Wort gesagt. Im Schlafzimmer standen alle Fenster offen, und die Geräusche der Party wurden im schwindenden Licht nach oben geweht. Unten am Strand spielten die Brautjungfern in ihren Gingang-Kleidern Volleyball. Die Combo spielte ein Potpourri aus *My Fair Lady*. Bruder Harry, hörte Inez Dick Ziegler direkt unter den Schlafzimmerfenstern sagen, lass dir vom Bräutigam einen richtigen Drink brauen.

Wo ist Inez?, sagte Harry Victor. Ich möchte nicht, dass Inez sich überanstrengt.

Schluss mit dem Blubberwasser, Zeit für was Hartes, sagte Dick Ziegler.

Entschuldige, aber ich suche meine Frau, sagte Harry Victor. Brr, halt, Mann, entschuldige, sagte Dick Ziegler. Ich glaube kaum, dass sie verloren gegangen ist.

Oben im dunkler werdenden Schlafzimmer hatte Janet ihren Stephanotis-Lei abgenommen und ihrer Mutter über die Schultern gelegt.

I should worry, I should care.

I should marry a millionaire.

Inez erinnerte sich daran.

Inez erinnerte sich auch, dass Janet, als sie und Janet vierzehn und zwölf waren, Schnappschüsse von Carol

Christian studiert und sich das Haar genauso geschnitten hatte. Inez erinnerte sich auch, dass Janet, als sie und Janet fünfzehn und dreizehn waren, die Ansichtskarten aus San Francisco und Lake Tahoe und Carmel gegen ihre Schreibtischlampe gestützt und Carol Christians Handschrift geübt hatte.

»Partner in einer überraschend modernen Ehe, in der jeder dem anderen die Freiheit gewährte, sehr unterschiedliche Interessen zu verfolgen«, hatte Billy Dillon das Rätsel um Paul und Carol Christian für Harry Victors Wahlkampfbiografie gelöst. Der Verfasser hatte es nicht richtig hingekriegt, und Billy Dillon selbst hatte die Angabe so zurechtgeschustert.

Aloha oe.

Ich glaube, eure Mutter möchte in Nachtklubs gehen.

Neunzehn Tage nach Janets Hochzeit war Carol Christian tot, umgekommen beim Absturz einer Piper Apache in der Nähe von Reno, und dort auf der Intensivstation im dritten Stock des Queen's Medical Center würde auch Janet bald tot sein. Janet hatte Inez gebeten, sich zu erinnern, und Inez hatte so getan, als erinnere sie sich nicht, und nun war Janet in eine gewisse Grauzone zwischen Entweder-oder gegangen.

Aloha oe.

Inez hatte Janets Hand berührt, sich dann abgewandt.

Das Klappern ihrer Absätze auf dem Krankenhausboden kam ihr nicht im Takt mit ihren Schritten vor.

Der Klang ihrer Stimme, als sie dem diensthabenden Arzt dankte, kam ihr körperlos, unangemessen vor.

Draußen vor dem Krankenhaus fiel noch immer Regen, und auf dem Lunalilo Freeway staute sich der Verkehr. Im Autoradio kam die letzte Nachricht über Janets kritischen Zustand im Queen's Medical Center durch sowie die Zahl der Kongressabgeordneten und anderen Persönlichkeiten des öffentlichen Lebens, die Telegramme und auf Band aufgezeichnete Botschaften geschickt hatten, um ihr Mitgefühl und ihre tiefe Betroffenheit über den Tod Wendell Omuras zum Ausdruck zu bringen. Unter den Tonbandbotschaften war auch eine von Harry, die nicht nur sein Mitgefühl und seine tiefe Betroffenheit, sondern auch seine Überzeugung zum Ausdruck brachte, dass dieser Anlass zur Trauer für alle Amerikaner auch ein Anlass zur Entschlossenheit sein könne (Inez erkannte Billy Dillons Stil in den ausgewogenen »Anlässen«), Entschlossenheit, Trennlinien und Differenzen zu überwinden, die durch diesen Vorfall im fernen Pazifik heute tragisch bewusst geworden seien.

»Aber nicht so fern, als dass man einer kostenlosen Radiowerbung widerstehen könnte«, sagte Inez zu Billy Dillon.

Als Inez und Billy Dillon an jenem Nachmittag um fünf Uhr in Dwight und Ruthie Christians Haus ankamen, bemerkte Inez als Erstes ein Foto von Janet auf dem Tisch in der Diele, aufgenommen an dem Tag, an dem Janet Dick Ziegler geheiratet hatte. Janet barfuß am Strand von Lanikai in ihrem weißen Brautkleid aus Batist. Das Foto gehörte nicht auf den Tisch in der Diele, deshalb fiel es Inez auf. Das Foto hatte immer auf Ruthie Christians Toilettentisch gestanden, und jetzt war es hier, der Silberrahmen frisch geputzt, der Tisch, auf dem es stand, gerade erst von Autoschlüsseln und Schals und Lackdosen und Malachitfröschen leer geräumt. Das Foto war eine Opfergabe, eine versöhnlich stimmende Botschaft an die unermessliche Vorsehung, und die Botschaft, die es bestätigte, war die, dass Janet dem Tod zu Gebote stand.

»Ich habe heute Morgen St. Andrew's angerufen und Chip Kinsolving gesagt, was wir wollen«, sagte Dwight Christian gerade im Wohnzimmer. »Wenn es soweit ist. Nur die übliche Andacht, hinein und heraus, die Asche-zu-Asche-Geschichte. Und vielleicht ein paar, wie sagt man noch, Psalmen. Nicht den mit dem der Herr ist mein gottverdammter Hirte. Habe ich ihm ausdrücklich gesagt. Dick? So willst du es doch auch?«

»Greif nicht vor«, sagte Dick Ziegler. »Wie soll ich wissen, was ich will. Sie ist noch nicht tot.«

»Passive Scheiße, der Herr ist mein Hirte«, sagte Dwight Christian. »In dieser Familie gibt's keine Schafe.«

»Ich sage euch, was ich will«, hörte Inez sich sagen, als sie die paar Stufen ins Wohnzimmer hinunterging. Entfernt, wie unter Demerol, war sie sich der Heftigkeit ihrer Stimme bewusst. »Ich will, dass ihr das Foto dahin zurückstellt, wohin es gehört.«

Als Inez Victor ins Wohnzimmer des Hauses an der Manoa Road trat, trug sie immer noch den kurzen Strickrock und das T-Shirt aus Baumwolljersey und den Plumeria Lei, worin sie vor zehn Stunden den Flughafen verlassen hatte.

Sie hatte noch nicht geschlafen.

Sie hatte noch nicht gegessen.

Sie hatte noch nicht Jack Lovett gesehen, obwohl Jack Lovett sie gesehen hatte.

»Holt sie aus dem verdammten Regen rein«, hatte Jack Lovett gesagt.

11

So viel weiß man nun, wie Jack Lovett die paar Monate vor Inez Victors Ankunft in Honolulu verbrachte: Er hatte jene Monate damit verbracht, zwischen Saigon und Hongkong und Honolulu hin und her zu fliegen. Unzählige Einzelheiten, Kleinigkeiten mussten erledigt, Abmachungen getroffen werden. Papiere für den Transport außer Landes mussten ausgestellt werden. Bargeld musste transferiert werden. Kundenbescheinigungen für gewisse Waffenladungen mussten geändert, Einreisevisa gekauft, Verhandlungen eröffnet, Kontakte geknüpft und für vertriebene vietnamesische Offiziere und Beamte Häuser gefunden werden. (Selbst diese wirklich geringfügige Angelegenheit war delikat, denn in jenen Monaten wusste jeder, dass der Krieg zu Ende ging, aber jeder tat so, als ginge er nicht zu Ende, und Jack Lovett handhabte solche Käufe persönlich, mit Bargeld und unter Erwähnung überseeischer Geschäftspartner.) Das ganze Gewirr von Fäden, das notwendig war, um das Scheingeschäft zu transferieren, beruhte auf der Fortdauer der Hilfeleistung. Dass man in Kriegszeiten Geld machen kann, verstehen wir theoretisch alle. Nur wenige von uns verstehen jedoch den Krieg selbst als ein im Wesentlichen kommerzielles Unternehmen. Jack Lovett tat das, nicht theoretisch, sondern mit Haut und Haar, und sein

Hauptanliegen in den Monaten, bevor Inez Victor wieder direkt in sein Blickfeld trat (am Rande war sie immer da gewesen, ein unregelmäßig auftauchender Schatten, ein Bild, das in den Vordergrund trat, wenn er sich allein in einem Hotelzimmer oder in 12 000 Meter Höhe befand), war es gewesen, das geheime Fortbestehen bestimmter Geschäftsinteressen sicherzustellen. Zum Beispiel beobachtete Jack Lovett an dem Morgen, an dem er Inez' Ankunft auf dem Flughafen von Honolulu beobachtete, auch die Ankunft und Zollabfertigung einer gewissen Menge von Goldbarren aus Saigon in Kisten und auf Paletten, die mit »Hausrat« beschriftet waren, und ihre sofortige Umexpedierung nach Genf über Vancouver. Als er später dieses Gold Inez gegenüber erwähnte, beschrieb er es als »einen Gefallen, den ich jemandem tat«. Jack Lovett tat im Frühjahr 1975 vielen Leuten viele Gefallen, und viele Leute wiederum taten Jack Lovett einen Gefallen.

Als Leser sind Sie hier der Erzählung voraus.

Als Leser wissen Sie bereits, dass Inez Victor und Jack Lovett in jenem Frühjahr Honolulu gemeinsam verließen. Zum einen wissen Sie es, weil ich es früher bereits sagte. Hätte ich es nicht gesagt, wüssten Sie es auch: Sie hätten es erraten, denn die meisten Leser sind um einiges schneller als die meisten Erzählungen. Oder Sie hätten sich vielleicht sogar daran erinnert, aufgrund der Geschichten, die in den Zeitungen und im Fernsehen erschienen, als Jack Lovetts Operation scheiterte.

Sie hätten vielleicht sogar den Filmausschnitt gesehen, den ich erwähnte.

In dem Inez Victor auf dem St. Regis Roof tanzte. Nichtsdestotrotz.

Ich könnte immer noch Inez Victors vier verbleibende Tage in Honolulu Schritt für Schritt nachvollziehen, könnte vom Wohnzimmer des Hauses an der Manoa Road ins Esszimmer gehen und Ihnen genau erzählen, was an dem ersten Abend in Honolulu geschah, als Inez und Billy Dillon und Dick Ziegler und Dwight und Ruthie Christian sich endlich zum Essen setzten.

Ich könnte Ihnen Jack Lovett zeigen, der unangemeldet durch die französischen Fenster, die sich zum Swimmingpool hin öffneten, ins Esszimmer trat.

Ich könnte Ihnen Inez zeigen, die aufschaute und ihn dort stehen sah.

»Die verdammten Fotografen kampieren auf dem Rasen im Vorgarten«, würde Dwight Christian sagen. »Jack. Du kennst Inez. Du kennst Janets Mann. Dick. Kennst du Billy hier?«

»Wir waren beide vor ein paar Jahren in Djakarta.« Jack Lovett würde Dwight Christian ansprechen, aber Inez ansehen. »Inez war dort. Inez war mit Janet in Djakarta.«

»Inez war auch mit ihrem Mann in Djakarta.« Billy Dillons Stimme würde liebenswürdig sein. »Und mit ihren zwei Kindern.«

»Die Geier sind da draußen auf dem Rasen«, würde Dwight Christian sagen, »weil Janet nicht durchkommt.«

»Sprich nicht davon, dass Janet nicht durchkommt«, würde Dick Ziegler sagen. »Du solltest nicht hier sitzen und Hühnerfrikassee essen und davon reden, dass Janet nicht durchkommt.«

»Themawechsel«, würde Dwight Christian sagen. »Für Dick. Während ich mein Hühnerfrikassee aufesse. Jack, was würdest du davon halten, wenn ich dir sagte, dass Chriscorp ein Angebot für eine Generalüberholung in Cam Ranh Bay macht?«

»Ich würde sagen, dass Chriscorp es Ho Chi Minh machen müsste.« Jack Lovett würde immer noch nur Inez ansehen. »Wie geht es dir?«

Inez würde nichts sagen, den Blick auf Jack Lovett gerichtet.

»Möchtest du irgendwohin fahren?«, würde Jack Lovett sagen, die Stimme leise und vollkommen gleichbleibend. Es würde still werden am Tisch.

Inez würde ihre Gabel nehmen und sie sofort wieder hinlegen.

»Millie hat noch Nachtisch«, würde Ruthie Christian zaghaft sagen.

»Inez!«, würde Billy Dillon sagen.

Jack Lovett würde von Inez weg und auf Billy Dillon schauen. »Hier ist das Angebot«, würde er mit derselben leisen, gleichmäßigen Stimme sagen. »Ich habe keine Zeit, es auszureizen.«

Nun, da haben Sie's.

Ich könnte es ganz sicher tun.

Ich kenne die Gepflogenheiten und weiß, wie ich sie einhalten, wie ich die Leinwand füllen muss, die ich schon gespannt habe; weiß, wie ich Ihnen erzählen muss, was er sagte und was sie sagte, und weiß vor allem – da das Herzstück einer Erzählung eine gewisse kalkulierte

Leerstelle ist, eine stillschweigende Übereinkunft zwischen Autor und Leser, zu überraschen und überrascht zu werden –, dass ich Ihnen nicht sagen darf, was Sie noch nicht wissen wollen. Ich erkenne die Rolle an, die das Besondere in dieser Art von Erzählung spielt: nicht bloß das Hühnerfrikassee und auch nicht bloß das Wetter (zufällig mag ich Wetter, aber Wetter ist leicht), nicht bloß die Art, wie sich am nächsten Morgen die Wolken auf der Koolau-Kette ballten, und nicht bloß das Knattern der Palmen hinter Janets Haus im Nachmittagspassat (jeder kann Palmen im Nachmittagswind beschreiben), als Inez das Kleid holte, in dem Janet begraben werden sollte.

Ich meine mehr als Wetter.

Ich meine das Besondere im Charakter, im Milieu, im anscheinend unwichtigen Detail.

Die Tatsache, dass Harry und Adlai Victor, als sie am Morgen des 28. März, dem Karfreitagmorgen, dem Morgen, an dem Janets Leichnam für die Autopsie zum amtlichen Leichenbeschauer gebracht wurde, mit der G-2 der Warner Communications in Honolulu eintrafen. Die häufigen Gelegenheiten, die Adlai während des langen Osterwochenendes vor Janets Beerdigung fand, die G-2 der Warner Communications zu erwähnen. Die delikaten Überlegungen, die zu der Entscheidung führten, dass Harry und Adlai, nicht aber Inez, Wendell Omuras Witwe besuchen sollten. Der Zank um die Vorbereitungen für Janets Beerdigung (Dick Ziegler wollte schließlich doch den Herrn als Janets Hirten, und sei es nur, weil Dwight Christian ihn nicht haben wollte). Die Art, in der Ruthie Christian den Zeitraum zwischen Janets Tod und Janets Beerdigung als besonders herausfordernde Übung im Quartiermachen ansah. Der kleine Wutanfall, als Inez Dick Ziegler riet, er könne die Aufgabe, Chris und Tommy in der Schule anzurufen und ihnen zu sagen, dass ihre Mutter tot sei, nicht an Ruthie delegieren.

»Ehrlich gesagt, Inez, was den Umgang mit den Kindern betrifft, halte ich dich nicht für die letzte Autorität«, sagte Dick Ziegler. »Man denke nur an Jessie.«

»Lass Jessie aus dem Spiel«, sagte Inez. »Ruf an!«

Das kleine Problem am Samstagmorgen, als Chris und Tommy von der Schule angeflogen kamen und die Flughafenhunde in einer ihrer Reisetaschen Marihuana herausschnüffelten. Der genaue Text des Briefes von Paul Christian an den *Advertiser* über »die Schmach«, dass er nicht an Janets Beerdigung teilnehmen durfte. Die genaue Lage der Arkade in Waianae, zu der Jack Lovett Inez mitnahm, damit sie den Radarexperten traf, von dem es hieß, er habe Jessie gesehen. Jessie.

Jessie ist der Joker in dieser Erzählung.

Ich habe vor, mich gleich Jessie zuzuwenden, aber erst möchte ich eine Warnung aussprechen: Wie Jack Lovett und (wie sich herausstellte) auch Inez Victor habe ich nicht mehr die Zeit, es auszureizen.

Nennen Sie es Ratschläge für Reisende.

Ein erzählerisches Alarmsignal.

12

Das erste EEG ohne Impulse, das anzeigte, dass Janets Gehirn alle Aktivität eingestellt hatte, lag am Mittwoch, dem 26. März, kurz vor sechs Uhr abends vor, nicht lange nachdem Inez und Billy Dillon im Haus an der Manoa Road angekommen waren. Dieses EEG wurde vom Chefneurologen zu ungefähr der Zeit ausgewertet, da Inez und Billy Dillon und Dick Ziegler und Dwight und Ruthie Christian sich zum Hühnerfrikassee niederließen. Der Neurologe unterrichtete die Beamten vom Morddezernat, dass zum ersten Mal keinerlei Impulse mehr gemessen worden seien, und rief in dem Bemühen, Dick Ziegler zu erreichen, in der Manoa Street an. Dort war besetzt, und er verließ das Krankenhaus, nicht ohne eine Anordnung für den diensthabenden Arzt der Station zu hinterlassen, er solle weiterhin versuchen, Dick Ziegler anzurufen. Zehn Minuten später kam ein bei einer Messerstecherei Verletzter von der Notaufnahme hoch, und der diensthabende Arzt übersah die Anordnung, Dick Ziegler anzurufen.

Das wirft eine der Fragen auf, die nur etwas mit der Auffassung von Ursachen zu tun haben: Hätte es die Ereignisse entscheidend beeinflusst, wenn der Anruf vom Krankenhaus gekommen wäre, ehe Inez vom Esstisch aufstand und mit Jack Lovett durchs Wohnzimmer zur

Vordertür hinausging? Ich glaube nicht, aber ein Anruf vom Krankenhaus hätte zumindest als »Grund« dafür ausgelegt werden können, warum Inez den Tisch verließ.

Ein anderer Grund als Jack Lovett.

Ein Grund, den sie alle vorgeblich akzeptieren konnten.

Wie die Dinge lagen, konnten sie nur so tun, als sei Inez überreizt. Ruthie Christian war die Erste, die auf diese neue Entwicklung kam. »Sie ist bloß überreizt«, sagte Ruthie Christian, und Billy Dillon nahm es auf, »Überreizt«, wiederholte er. »So ist es. Natürlich. Sie ist überreizt.« Wie die Dinge lagen, ging Inez bloß fort.

»Du könntest den Lei eigentlich abnehmen«, sagte Jack Lovett, als sie in seinem Auto vor dem Haus an der Manoa Road saßen. Die meisten Reporter auf dem Rasen schienen gegangen zu sein. Ein einziger Kameramann war noch auf der Treppe zurückgeblieben, als Inez und Jack Lovett aus dem Haus kamen, und er hatte mechanisch ein paar Meter gedreht und sich dann zurückgezogen. Jack Lovett hatte zweimal den Motor angelassen und ihn zweimal wieder abgestellt.

Inez nahm den zerdrückten Lei vom Hals und warf ihn zwischen sie beide auf den Sitz.

»Ich weiß nicht, wo wir hinfahren sollen«, sagte Jack Lovett, »offen gestanden.«

Inez sah Jack Lovett an, und dann begann sie zu lachen. »Zum Teufel, Inez! Woher sollte ich wissen, dass du kommen würdest?«

»Du hattest zwanzig Jahre Zeit. Um dir auszudenken, wo wir hinfahren würden.«

»Ja, klar. Hör auf zu lachen. Ich dachte immer, ich könnte dich mit nach Saigon nehmen. *Citron pressé* trinken und beim Tennisspielen zusehen. Vergiss es. Willst du ins Krankenhaus?«

»Tu so, als führen wir nach Saigon. Tu so, als täten wir das alles. Stell es dir vor. Es ist sowieso alles im Kopf.«

»Nicht ganz«, sagte Jack Lovett.

Inez sah ihn an und dann weg. Der Kameramann auf der Treppe zündete sich eine Zigarette an und schnippte sie gleich über den Rasen. Er hob seine Minicam auf und kam auf den Wagen zu. Inez hob den Lei auf und ließ ihn wieder fallen. »Fahren wir ins Krankenhaus oder nicht?«, sagte sie schließlich.

So kam es, dass Inez Victor und Jack Lovett gemeinsam auf der Intensivstation im dritten Stock des Queen's Medical Center erschienen, als – wie der ältere der beiden Kriminalbeamten es ausdrückte – Janets Uhr bereits ablief.

»Aber ich verstehe nicht ganz«, sagte Inez immer wieder zu dem diensthabenden Arzt und den beiden Kriminalbeamten. Die Beamten waren bloß im Krankenhaus, um eine Aussage von einer Krankenschwester einzuholen, und wollten nichts damit zu tun haben, wie Inez den diensthabenden Arzt befragte. »Sie haben um sechs Uhr eine Nulllinie gehabt. Haben Sie das nicht gesagt?«

»Richtig.«

»Und Sie brauchen drei. Im Abstand von acht Stunden. Haben Sie mir das nicht gesagt? Heute Nachmittag? Von wegen klinischem Tod?«

»Auch richtig.« Das Gesicht des diensthabenden Arztes war rot vor Ärger. »Im Abstand von mindestens acht Stunden.«

»Warum sagen Sie mir dann, Sie hätten das zweite EEG für morgen früh um neun Uhr angesetzt?«

»Im Abstand von *mindestens* acht Stunden. Mindestens.«

»Vergessen Sie das ›Mindestens‹. Sie könnten es diese Nacht um zwei tun.«

»Das wäre nicht das normale Verfahren.«

Inez sah die beiden Kriminalbeamten an.

Die beiden Kriminalbeamten sahen weg.

Inez sah Jack Lovett an.

Jack Lovett zuckte die Achseln.

»Machen Sie's um zwei«, sagte Inez. »Sonst kommt sie irgendwohin, wo sie's um zwei machen.«

»Wenn Sie die Patientin verlegen, könnten Sie die Todesursache verwischen.« Bestätigung heischend sah der diensthabende Arzt die Kriminalbeamten an. »Sie verschleiern. Im rechtlichen Sinne.«

»Die Todesursache ist mir scheißegal«, sagte Inez.

Es wurde still.

»Ich würde sagen, machen Sie's um zwei«, sagte der ältere der beiden Kriminalbeamten.

»Ich sehe, du kriegst immer noch, was du willst«, sagte Jack Lovett zu Inez.

Sie machten ein EEG um zwei und noch einmal eines um zehn Uhr morgens, und beide Male waren keine Impulse zu sehen, aber nach Beratung mit den Beamten vom Morddezernat und den Rechtsanwälten des Krankenhauses sagte der Chefneurologe, mit einer vierten Messung würde sich jeder sicherer fühlen. Eine vierte Messung ohne Impulse würde garantieren, dass das Abschalten des Beatmungsgerätes nicht als Todesursache angeführt werden könnte. Mit einer vierten Messung ohne Impulse könne jeder leben.

»Jeder außer Janet«, sagte Inez, aber sie sagte es nur zu Jack Lovett.

Acht Stunden später maßen sie noch einmal, und wieder kam eine Nulllinie heraus, und um 19:40 am Donnerstag, dem 27. März, wurde Janet Christian Ziegler für tot erklärt. Fast die ganzen vierundzwanzig Stunden vor dieser Verlautbarung hatte Inez auf einer großen Liege in einem leeren Operationsvorraum gewartet. Während dieser Zeit war Jack Lovett viel bei ihr. Von all dem, was Jack Lovett Inez in diesen fast vierundzwanzig Stunden erzählte, konnte sie sich später mit Genauigkeit nur noch an eine Geschichte erinnern, die er ihr von einer Frau erzählt hatte, die 1970 in Saigon für ihn gekocht hatte. Diese Frau hatte über einen Zeitraum von ein paar Monaten versucht, ausgewählte Essensgäste mit Oleanderblättern zu vergiften. Sie hatte die Blätter in bestimmte Suppentassen gehackt, ganz fein, eine Chiffonade von Hemotoxinen. Obwohl keiner der Gäste starb, erkrankten mindestens zwei, ein Reuters-Korrespondent und ein Entwicklungshilfeexperte, doch wurde die Köchin nicht verdächtigt, bis ihr Schwiegersohn, der sich von der Tochter der Frau betrogen fühlte, mit der Geschichte zu Jack Lovett kam.

»Was steckte dahinter?«, sagte Inez.

»Bei wem?«

»Bei der Köchin.« Inez trank eine Flasche Bier, die Jack Lovett ins Krankenhaus mitgebracht hatte. »Was war das Motiv der Köchin?«

»Ihr Motiv.« An diesem Teil der Geschichte schien Jack Lovett nicht interessiert zu sein. »Es stellte sich heraus, dass sie einfach eine Ecke abhatte. Eine rein persönliche Geschichte. Enttäuschend, eigentlich. Erst hatte ich geglaubt, ich sei etwas auf der Spur.«

Inez hatte das Bier ausgetrunken und betrachtete Jack Lovetts Gesicht. Sie überlegte, ob sie ihn fragen sollte, wem oder was *er* auf der Spur gewesen zu sein glaubte, entschied sich aber dagegen. Nach diesem kleinen Vorfall mit der Köchin hatte er es aufgegeben, ein Haus zu führen, sagte er. Nach diesem kleinen Vorfall mit der Köchin war er wieder im Duc abgestiegen. Immer, wenn er in Saigon zu tun hatte.

»Dir hat es da gefallen«, sagte Inez. Das Bier hatte sie entspannt, und sie schlief langsam ein, während sie Jack Lovetts Hand hielt. »Du hast es geliebt, nicht?«

»Na ja, wie das eben so ist.« Jack Lovett ließ Inez' Hand los und legte sein Jackett über ihre nackten Beine. »Na, klar«, sagte er dann, »es war ein Ort, an dem sich leben ließ.«

Manchmal in dieser Nacht und an diesem Tag kam Dick Ziegler ins Krankenhaus, aber insgesamt schien er erleichtert, die Sache mit der Wache Inez zu überlassen. »Janet weiß noch nicht einmal, dass wir hier sind«, sagte Dick Ziegler jedes Mal, wenn er ins Krankenhaus kam.

»Ich bin nicht wegen Janet hier«, sagte Inez schließlich, aber Dick Ziegler nahm das nicht zur Kenntnis.

»Weiß noch nicht einmal, dass wir hier sind«, wiederholte er.

Ziemlich oft in dieser Nacht und an diesem Tag kam Billy Dillon ins Krankenhaus. »Natürlich bist du überreizt«, sagte Billy Dillon jedes Mal, wenn er ins Krankenhaus kam. »Deshalb nehme ich das nicht ernst. Wenn man mich fragt, was ich von Inez' Tun halte, würde ich sagen, kein Kommentar. Sie ist überreizt.«

»Hör mal«, sagte Billy Dillon, als er zum letzten Mal ins Krankenhaus kam, »wir haben Probleme auf der King-Crab-Flanke. Harry nimmt das Warner-Flugzeug nach Seattle, um Jessie zur Beerdigung abzuholen, und Jessie teilt Harry mit, sie gehe nicht zu Beerdigungen.«

Inez sah Billy Dillon an.

»Na?«, sagte Billy Dillon.

»Na was?«

»Was soll ich Harry sagen?«

»Sag ihm, er hätte sein Anliegen besser vorbringen sollen«, sagte Inez Victor.

13

Ich sollte Ihnen etwas von Jessie Victor erzählen, was nur sehr wenige Leute begriffen. Harry Victor zum Beispiel begriff es nie. Inez begriff es nur andeutungsweise. Das ist es: Jessie hielt sich nie für einen Problemfall. Sie betrachtete ihren Heroinkonsum nie als Akt des Aufbegehrens oder als Lebensart, noch nicht einmal als besonders erwähnenswerte schlechte Gewohnheit; sie betrachtete ihn als Konsumentscheidung. Jessie Victor nahm Heroin einfach, weil sie es Kaffee, Aspirin und Zigaretten vorzog, ebenso wie Kino, Schallplatten, Kosmetik, Kleidern und Lunches. Sie war wiederholt den üblichen Tests unterzogen worden, und jeder hatte sie als gutwillig, hochbegabt, intelligenter als Adlai und nicht zu Verfälschungen neigend gezeigt. Vielleicht, weil ihr der Hang zu Verfälschungen fehlte, hatte sie keinen ausgeprägten Sinn für Humor. Sie hatte wohl eine gewisse leuchtende Unergründlichkeit, eine Art glänzender Tiefe, und es war immer bewegend, wenn man hörte, wie sie mit dieser ernsten, leisen Stimme, die Inez, als Jessie achtzehn war, genauso heftig erregte, wie als Jessie zwei war, jemanden als »Arschloch« abtat. »Du Arschloch« nannte Jessie Adlai an dem Abend, als er und Harry Victor in Seattle ankamen, um sie zu Janets Beerdigung abzuholen, und Jessie nicht mitkommen wollte. Jessie willigte ein, mit ihnen zu Abend zu essen, während die G-2 der Warner Communications aufgetankt wurde, aber das Essen war nicht gut gelaufen.

»Die Krux dabei ist, einen Weg zu finden, wie man Antikriegsgefühle auf ein Mehrzweckprogramm überträgt«, sagte Adlai beim Essen. Er erzählte Harry Victor von einem Artikel, den er für die Leserbrief-Seite der *New York Times* schreiben wollte. »Das haben wir in Cambridge von allen Seiten beleuchtet.«

»Interessant«, sagte Harry Victor. »Lass es mich ventilieren. Was meinst du, Jessie?«

»Ich meine, er sollte nicht ›Cambridge‹ sagen«, sagte Jessie. »Wahrscheinlich warst du mal wieder auf 'nem Trip, als ich dorthin ging«, sagte Adlai, »aber ich studiere nun mal in Cambridge.«

»Kann ja sein«, sagte Jessie, »aber nicht in Harvard.«

»OK, Leute, ihr habt beide nicht fair gespielt.« Harry Victor wandte sich an Adlai. »Ich könnte mal jemandem bei der *Times* auf den Zahn fühlen. Wenn du es ernst meinst.«

»Ich meine es ernst. Es ist an der Zeit. Bring meine Generation ins Gespräch, wenn du verstehst, worauf ich hinauswill.«

»Du Arschloch«, sagte Jessie.

»Na«, sagte Harry Victor, nachdem Adlai den Tisch verlassen hatte, »wie geht's sonst?«

»Ich bin soweit, ich kann gehen.«

»Du hast doch gesagt, du gingest nicht. Du hast ein Prinzip. Du gehst nicht zu Beerdigungen. Das ist ein neues Prinzip für mich, aber macht nichts, du hast deine Gründe dargelegt. Ich akzeptiere das. Aus Prinzip.«

»Ich meine nicht Janets Beerdigung. Ich meine wirklich gehen. Schluss. Diese Anstalt. Seattle.«

»Du bist doch noch nicht fertig mit dem Programm.«

»Das Programm«, sagte Jessie, »ist für Arschlöcher.«

»Moment mal«, sagte Harry.

»Ich habe die Entziehungskur hinter mir. Ich bin clean, ich weiß nicht, was du willst.«

»Was meinst du, du hast die Entziehungskur hinter dir? Hier hat man doch nicht auf Entziehung gesetzt, sondern Methadon.«

»Ich mag kein Methadon.«

»Warum nicht?«

»Weil«, antwortete Jessie geduldig, »ich mich dabei nicht wohlfühle.«

»Du fühlst dich dabei schlecht?«

»Ich fühle mich dabei nicht schlecht, nein.« Jessie schenkte der Frage ihre ganze Aufmerksamkeit. »Ich fühle mich einfach nicht wohl dabei.«

Es wurde still.

»Was genau möchtest du machen?«, sagte Harry dann.

»Ich möchte –« Jessie untersuchte ein Stück Brot, das sie zu einer Kugel gerollt hatte, »– mit meinem normalen Leben vorankommen. Fortschritte machen, weißt du?«

»Das ist schön. Gute Nachrichten. Bewundernswert.«

»Mit meinem Beruf anfangen.«

»Welchem genau?«

Jessie zerbröselte die Brotkugel in viele kleine Kügelchen.

»Versteh mich nicht falsch, Jessie. Das ist alles bewundernswert. Mein einziger Einwand ist, dass du ein Programm brauchst.« Harry Victor merkte, wie er sich für die Idee eines möglichen Programms erwärmte. »Einen Plan. Zwei Pläne eigentlich. Die miteinander zusammenhängen. Einen langfristigen Plan und einen kurzfristigen. Was ist dein langfristiger Plan?«

»Ich kandidiere nicht für den Kongress«, sagte Jessie. »Wenn du das meinst.«

Harry glaubte darin einen so traurigen Ton zu hören, dass er es durchgehen ließ. »Nun ja. Gut. Was planst du als Nächstes?«

Jessie nahm sich noch ein Stück Brot.

Harry Victor riss der Geduldsfaden. Die ganze letzte Stunde hatte er versucht, nicht darüber nachzudenken, warum Inez am Abend zuvor mit Jack Lovett Dwight Christians Haus verlassen hatte. Billy Dillon hatte es ihm gesagt. »Du musst bedenken, dass sie überreizt ist«, hatte Billy Dillon gesagt. »Ich muss bedenken, dass sie ein verrücktes Gefühl für Timing hat«, hatte Harry Victor gesagt. Zu Beginn des Essens hatte er die Version der Überreiztheit bei Jessie und Adlai ausprobiert. »Ich wäre nicht überrascht, wenn eure Mutter ein bisschen überreizt wäre«, hatte er gesagt. Adlai hatte die Speisekarte hingelegt und gesagt, er wolle einen Krabbencocktail und den New York Stripper medium blutig, eine Kartoffel mit Rahm und Schnittlauch. Jessie hatte die Speisekarte hingelegt und ihn, bildete Harry sich ein, unter dem geflochtenen Tennis-Visor, den sie zum Essen trug, ausdruckslos angestarrt.

Jessie hatte ihn ausdruckslos unter ihrem Tennis-Visor angestarrt, und Adlai hatte den New York Stripper medium blutig haben wollen, und Inez hatte Dwight Christians Haus mit Jack Lovett verlassen, und jetzt zerbröselte Jessie ihr Brot in hühnerscheißegroße Kügelchen.

»Kannst du mir einen Gefallen tun, Jessie? Kannst du das Brot entweder essen oder liegen lassen?«

Jessie legte die Hände in den Schoß.

»Ich bastele noch an dem Plan für sofort«, sagte sie nach einer Weile. »Um die Wahrheit zu sagen.«

Um die Wahrheit zu sagen, hatte Jessie Victor an dem Donnerstagabend in Seattle einen Plan für sofort, denselben, den sie Weihnachten etwas weniger direkt Inez gegenüber erwähnt hatte, den Plan, den Inez absichtlich nicht erwähnt hatte, als sie Harry und Adlai ihren Besuch bei Jessie beschrieb: den Plan – wenn man das Zusammentreffen von Sehnsucht und Gerüchten und Isolierung, nach dem Jessie in Seattle handelte, einen Plan nennen konnte –, sich einen Job in Vietnam zu suchen.

Inez hatte diesen Plan Harry gegenüber nicht erwähnt, weil sie nicht glaubte, dass er im Rahmen des Möglichen lag.

Jessie erwähnte diesen Plan Harry gegenüber nicht, weil sie nicht glaubte, dass es die Art von Plan war, die Harry verstand.

Ich begreife Jessies Standpunkt in diesem Fall. Harry hätte über besondere Umstände geredet. Harry hätte Jessie gefragt, ob sie in letzter Zeit eine Zeitung gelesen hätte. Harry hätte nicht begriffen, dass die besonderen Umstände für Jessie keinen Unterschied machten. Sich einen Job in Vietnam zu suchen schien für Jessie ein erster Schritt zu sein, der sich tatsächlich anbot, eine Chance, endlich das Glück beim Schopf zu packen. Und weil sie glaubte, dass alles, was dort passierte, nur Politik und dass Politik für Arschlöscher war, hätte sie an jenem Abend im März 1975, dem Abend, an dem die amerikanische Evakuierung von Dà Nẵng in unkontrollierten Tumult umschlug, nichts abhalten können, was sie gehört oder gesehen oder in einer Zeitung gelesen hätte.

Falls Jessie überhaupt je eine Zeitung las.

Was sowohl Inez als auch Harry Victor zweifelhaft schien.

Am folgenden Sonntagabend, Ostersonntag 1975, dem Abend vor Janets Beerdigung, erhielten sie in Honolulu die Nachricht, dass Jessie drei Stunden nachdem die G-2 der Warner Communications Seattle verlassen hatte, um Harry und Adlai Victor nach Honolulu zu bringen, aus der Spezialklinik für die Behandlung chemischer Abhängigkeit bei Jugendlichen abgehauen war und sich in einen C-5-A-Transport eingeschmuggelt hatte, der siebzehneinhalb Stunden später (nach zweimaligem Auftanken während des Fluges) in Tan Son Nhut, Saigon, landete. »Vielleicht hat sie gehört, dass sie dort Stoff einsacken könnte«, sagte Adlai, und Inez gab ihm eine Ohrfeige.

14

Sie schaffte es ohne Pass (ihr Pass war in ihrem sonst leeren Safe in der Wohnung am Central Park West), mit einem Jux-Presseausweis, den jemand von *Life* beim Wahlkampf 1972 für sie gemacht hatte. Mit diesem Presseausweis war es Jessie Victor mit fünfzehn nicht gelungen, bei einem Konzert der Pink Floyd hinter die Bühne im Nassau Coliseum zu kommen, aber mit achtzehn kam sie damit auf die C-5 A nach Saigon. Das scheint jetzt erstaunlich, aber wir vergessen, wie wirr und fieberhaft diese wenigen Wochen 1975 in der Tat waren, die »Neueinschätzung« und die »kalkulierten Risiken« und die Gerüchte von zusätzlicher Hilfe, die, schon während darüber berichtet wurde, den gespenstischen Bildern von Luftbrücken und Marines auf dem Dach und gestrandetem Botschaftspersonal und mit Schuhen und zerbrochenem Spielzeug übersäten Rollfeldern Platz machten. Im unmittelbaren Streufeuer der offen zutage getretenen Krise geschahen viele Dinge, die ein paar Monate früher oder später nicht hätten geschehen können, und was Jessie Victor geschah, gehörte dazu. Eindeutig hätte ein amerikanisches Mädchen, das in Tan Son Nhut landete, dort festgehalten werden müssen, doch Jessie Victor wurde nicht festgehalten. Eindeutig hätte ein amerikanisches Mädchen, das ohne Pass in Tan Son Nhut landete, nicht nach Vorlage eines New Yorker Führerscheins die Einwanderungsbehörde passieren dürfen, doch Jessie Victor wurde durchgelassen. Eindeutig hätte ein amerikanisches Mädchen ohne Pass, mit einem New Yorker Führerschein und einem geflochtenen Tennis-Visor nicht aus dem verdreckten, behelfsmäßigen Terminal von Tan Son Nhut hinausgelangen und – von mehreren Leuten beobachtet, die nichts taten, um sie aufzuhalten – einen Bus nach Cholon besteigen dürfen, doch genau das hatte Jessie Victor getan. Oder so schien es jedenfalls.

Als Jack Lovett an jenem Ostersonntag in dem Haus an der Manoa Road mit der Geschichte von dem amerikanischen Mädchen ankam, das anscheinend Jessie war, dem blonden amerikanischen Mädchen, das anstelle eines Visums einen New Yorker Führerschein in Tan Son Nhut hinterlassen hatte, sprachen Inez und Harry Victor nur noch im Beisein anderer miteinander.

Sie waren bei den erforderlichen Mahlzeiten höflich, aber gingen sich sonst aus dem Weg.

Sie schliefen im selben Zimmer, aber nicht im selben Bett.

»Du bist überreizt«, hatte Harry am Freitagabend gesagt. »Du bist unter Stress.«

»Um die Wahrheit zu sagen, ich bin kein bisschen überreizt«, hatte Inez gesagt. »Ich bin traurig. Traurig ist etwas anderes als überreizt.«

»Warum trinkst du nicht noch was?« hatte Harry gesagt. »Zur Abwechslung.«

Am Samstagmorgen hatte der Streit wieder einmal auf der entlegenen Steppe des Wahlkampfes von 1972 geschwelt. Am Abend hatte er die Schneise übersprungen und brannte lichterloh. »Weißt du, was ich am wenigsten ausstehen konnte?«, hatte Inez gesagt. »Am wenigsten konnte ich ausstehen, als du in Miami sagtest, du wärest die Stimme der Generation, die auf den Schlachtfeldern von Vietnam und Chicago Feuer gefangen hätte.«

»Ich bin überrascht, dass du nüchtern genug warst, das mitzukriegen. In Miami.«

»Ich würde das Thema fallen lassen, wenn ich du wäre. Ich glaube, du hast alles herausgeholt, was sich da herausholen ließ.«

»Woraus?«

»Harry Victors Bürde. Ich war nüchtern genug, um mitzukriegen, dass du erst nach der zweiten Wähler-Vorversammlung angefangen hast, von dieser Generation zu sprechen. Du warst erst die Stimme einer Generation, die auf den Schlachtfeldern von Vietnam und Chicago Feuer gefangen hatte, nachdem du wusstest, dass du nicht genügend Stimmen hattest. Und so weiter. Und so weiter. In Wirklichkeit war es nie deine Generation. In Wirklichkeit warst du älter.«

Es war still geworden.

»Lass mich hier einen Sprung nach vorn machen«, hatte Harry gesagt. »Da du von ›älter‹ sprichst.«

Inez hatte gewartet.

»Ich habe nicht das Gefühl, dass du eine besonders passende Art gewählt hast, um des Todes deiner Schwester zu gedenken. Vielleicht irre ich mich.«

Inez hatte lange aus dem Fenster geschaut, bevor sie sprach. »Alles in allem hatten du und ich nicht so eine schlechte Zeit miteinander«, hatte sie schließlich gesagt. »Wenn man das Brutto abzieht.«

»Ich soll wohl die Vergangenheitsform bemerken. Ist es das?« Inez drehte sich nicht vom Fenster weg. Es war dunkel. Sie hatte so lange im Norden gelebt, dass sie vergessen hatte, wie schnell das Licht verschwand. Am späten Nachmittag hatte sie das Kleid geholt, in dem Dick Ziegler Janet begraben haben wollte, und es wurde dunkel, als sie noch immer an Janets Strand war. »Such du ein Kleid aus!«, hatte Dick Ziegler gesagt. »Mach du es! Ich kann nicht in ihren Schrank gucken.« Nachdem Inez ein Kleid gefunden hatte, hatte sie sich auf Janets Bett gesetzt und auf Janets antikem Telefon Jack Lovett angerufen. Jack Lovett hatte ihr gesagt, sie solle an Janets Strand warten.

»Hör mal«, hatte Inez gesagt, als sie ihn sah. »Das rosa Kleid, das sie in Djakarta trug, hängt in ihrem Schrank. Sie hat vierzehn rosa Kleider. Ich habe sie gezählt. Vierzehn.« Sie hatte unter Tränen gesprochen. »Vierzehn rosa Kleider, die alle nebeneinanderhängen. Hat ihr nie einer was gesagt? Dass ihr Rosa nicht gut stand?« Dort im letzten Tageslicht am Strand mit Jack Lovett hatte Inez zum ersten Mal in jener Woche geweint, aber als sie zu Harry in dem Haus an der Manoa Road zurückgekehrt war, fühlte sie sich wieder ganz verschlossen, ihr Schaden-Kontrollsystem noch immer intakt.

»Ich meine, ich verdiene ein bisschen was Besseres als einen Tempuswechsel«, hatte Harry gesagt.

»Mach kein Drama daraus«, hatte Inez gesagt.

Oder nicht.

Sie hatte an dem Samstagabend zu Harry entweder »Mach kein Drama daraus« gesagt oder »Ich liebe ihn«. Wahrscheinlicher ist, dass sie gesagt hatte »Mach kein Drama daraus«, aber sie hatte sagen wollen »Ich liebe ihn«, und sie erinnerte sich nicht mehr, was sie gesagt hatte. Sie erinnerte sich, dass die eigentlichen Worte »Jack Lovett« von ihnen beiden bis Sonntagabend nicht ausgesprochen wurden.

»Dein Freund Lovett ist unten«, hatte Harry dann gesagt.

»Jack«, sagte Inez, aber Harry hatte das Zimmer verlassen.

Jack Lovett wiederholte die Einzelheiten der Geschichte von dem amerikanischen Mädchen in Tan Son Nhut zweimal, einmal für Inez und Harry und Billy Dillon und noch einmal, als Dwight Christian und Adlai hereinkamen. Beim zweiten Erzählen klangen die Einzelheiten noch weniger wahrscheinlich. Die C-5 A, der Presseausweis. Der Tennis-Visor. Der Bus nach Cholon.

»Ich verstehe«, sagte Harry immer wieder. »Ja.«

Jack Lovett hatte Jessies Namen zum ersten Mal an dem Sonntagmorgen von einem der Leute gehört, mit denen er auf dem Abfertigungsfeld von Ton Son Nhut regelmäßig sprach. Fünf weitere Anrufe und der Rest des Tages waren nötig gewesen, um den New Yorker Führerschein ausfindig zu machen, der anstelle eines Visums bei der Einwanderungsbehörde hinterlegt worden war.

»Ich verstehe«, sagte Harry. »Ja. Dann haben Sie den Führerschein nicht tatsächlich gesehen?«

»Wie hätte ich den Führerschein sehen können, Harry? Der Führerschein ist in Saigon.«

Inez sah zu, wie Jack Lovett einen Umschlag auseinanderfaltete, der mit gekritzelten Notizen bedeckt war. Lovett. Jack. Dein Freund Lovett.

»Jessica Christian Victor?« Jack Lovett blinzelte auf seine Notizen. »Geboren am 23. Februar 1957?«

Harry sah Inez nicht an.

»Haare blond, Augen grau? Größe 1,62? Gewicht einhundertzehn?« Jack Lovett faltete den Umschlag zusammen und steckte ihn in die Jackentasche. »Die Adresse war die Ihre.«

»Aber die haben Sie nicht aufgeschrieben.«

Jack Lovett sah Harry an. »Weil ich sie kannte, Harry. 135, Central Park West.«

Es wurde still.

»Sie wog mehr, als sie den Führerschein machte«, sagte Inez schließlich. »Sie wiegt nur noch hundertdrei.«

»Die Tatsache, dass jemand Jessies Führerschein hat, heißt nicht unbedingt , dass es Jessie war«, sagte Harry.

»Nicht unbedingt«, sagte Jack Lovett. »Nein.«

»Ich meine, mein Gott, jedes Kind im Land hat einen Tennis-Visor«, sagte Harry.

»Was ist mit einem Tennis-Visor?«, sagte Inez.

»Sie trug einen«, sagte Adlai. »Beim Essen. In Seattle.«

»Vergiss den Scheiß-Tennis-Visor.« Harry hob den Hörer ab. »Hast du die Nummer in Seattle, Billy?«

Billy Dillon zog ein kleines flaches ledernes Notizbuch aus der Tasche und schlug es auf.

»Ich habe sie«, sagte Inez.

»Billy auch.« Harry trommelte mit den Fingern auf den Tisch, während Billy wählte. »Hier ist Harry Victor«, sagte er nach einem Augenblick. »Ich möchte gern Jessie sprechen.« Inez sah Jack Lovett an.

Jack Lovett studierte wieder seinen Umschlag.

»Ich verstehe«, sagte Harry. »Ja. Natürlich.«

»Scheiße«, sagte Billy Dillon.

»Es gibt einen jungen Mann, der heute Morgen von Tan Son Nhut hierhergeflogen ist«, sagte Jack Lovett. »Ein Radarexperte, der für Air America Operations gearbeitet hat.«

»Ihre Tante, ja«, sagte Harry. »Nein, die habe ich. Vielen Dank.« Er hängte ein. Er sah Inez immer noch nicht an. »Sie sind dran«, sagte er nach einer Weile.

»Der Junge hat sie angeblich gesehen«, sagte Jack Lovett.

»Hat er sie gesehen oder nicht?«, sagte Harry.

»Ich weiß es nicht, Harry.« Jack Lovetts Stimme war gelassen. »Ich habe noch nicht mit ihm gesprochen!«

»Dann ist es nicht relevant«, sagte Harry.

»Sie wiegt nur hundertdrei«, wiederholte Inez.

»Das sagst du jetzt zum zweiten Mal«, sagte Harry. »Es ist ungefähr so relevant wie Lovetts Radarexperte. Es bedeutet gar nichts.«

»Ich sage dir, was es bedeutet«, sagte Dwight Christian. »Es bedeutet, dass die Beschreibung genau auf sie passt.«

Harry starrte Dwight Christian an, sah dann Billy Dillon an. »Willkommen in schweren Zeiten, Kumpel«, sagte Billy Dillon. »Versuch mal, die Seewiese zu erwähnen.«

»In Wirklichkeit wird sie mehr wiegen als neun Zehntel von ihnen«, sagte Dwight Christian, »neun Zehntel der Bevölkerung von Saigon.«

»Ich wusste, dass Sie das aufbauschen konnten.« Billy Dillon sah Harry an. »Willst du einen Versuch übers Außenministerium machen? Die üblichen Kanäle?«

»Die üblichen Kanäle, Kinderkram«, sagte Dwight Christian. »Ruf das Weiße Haus an. Sie sollen der Botschaft Feuer unterm Hintern machen. Übe Druck aus. Verlang ihre Freilassung.«

»Ihre Freilassung wovon?«, sagte Harry.

»Von der Bevölkerung von Saigon«, sagte Billy Dillon. »Bleib am Ball!«

Es wurde still.

»Ich drücke mich vielleicht nicht so elegant aus wie ihr zwei, aber ich weiß, was ich will.« Dwight Christians Stimme war hart und bestimmt geworden. »Ich will sie da raushaben. Harry?«

»Ganz so einfach ist das nicht, Dwight.«

»Nicht, wenn man aus Washington ist«, sagte Dwight Christian. »Wahrscheinlich nicht. Da ich nicht aus Washington bin, sehe ich nicht genau, wo das Problem ist.«

»Dwight«, sagte Inez. »Das Problem –«

»Ein Vorarbeiter von mir wurde bei dem Projekt an den Iguaçu-Wasserfällen als Geisel genommen, da habe ich mich auch nicht so elegant ausgedrückt, weil ich ja schließlich nicht aus Washington bin, aber ich habe ihn, verdammt noch mal, rausgeholt.«

»Das Problem ist, Dwight, dass keiner Jessie als Geisel genommen hat.«

Dwight Christian sah Inez an.

»Sie ist einfach hingeflogen«, sagte Inez.

»Das weiß ich, meine Süße.« Die Härte war aus Dwight Christians Stimme verschwunden. »Mir soll ja nur einer sagen, warum.«

Das war, als Adlai sagte, sie habe vielleicht gehört, dass sie dort Stoff einsacken könne.

Das war, als Inez Adlai eine Ohrfeige gab.

Das war, als Harry sagte, lass die Finger von meinem Sohn. Aber Dad, sagte Adlai in der Stille, die folgte, immer wieder. Aber Dad. Mom.

Aloha oe.

Billy Dillon fragte mich einmal, ob ich glaube, dass Inez an dem Abend weggegangen wäre, wenn Jack Lovett nicht da gewesen wäre. Da das menschliche Verhalten für mich im Wesentlichen von Umständen abhängt, habe ich für diese Art von Frage nicht viel übrig. Die Antwort lautet natürlich Nein, aber die Antwort ist irrelevant, denn Jack Lovett war da.

Jack Lovett war einer der Umstände des Abends.

Jack Lovett war da, und Jessie war in Saigon, ein weiterer Umstand des Abends.

Jessie war in Saigon, und der Radarexperte, der sie angeblich gesehen hatte, sollte Jack Lovett in der Playboy-

Arkade in Waianae treffen. Der Radarexperte, der Jessie gesehen hatte oder nicht, traf Jack Lovett in Waianae, und ein Elektriker, der am Bau des Forschungsreaktors in Dalat gearbeitet hatte, traf Jack Lovett in Wahiawa.

Der Forschungsreaktor in Dalat war an dem Abend bloß insofern ein Umstand, als er zufällig eine Karte in dem Spiel war, das Jack Lovett in jenem Frühjahr spielte.

Jack Lovett sah keine direkte Möglichkeit, den Brennstoff herauszuholen, wollte aber für zukünftige Planungen wissen, wie viel von diesem Brennstoff noch da war, in welchem Zustand und für wen.

Der Forschungsreaktor in Dalat war ein Faden, den Jack Lovett noch nicht gesponnen hatte in seinem Bemühen, das auf der Weiterführung der Hilfeleistungen beruhende Scheingeschäft zu transferieren. Deshalb nahm er am Abend des Ostersonntag 1975 Inez erst zu dem Treffen mit dem Radarexperten in der Playboy-Arkade mit und dann über den Kolekole-Pass zu dem mit dem Elektriker in der Happy-Talk-Bar in Wahiawa.

Dem *off-limits* Happy Talk in Wahiawa.

Dem Happy Talk in Wahiawa auf der anderen Seite der Brücke von der Schofield-Kaserne.

Wo Inez mit dem Rücken gegen die Musikbox und den Armen um Jack Lovett dastand.

Wo die Mamas und Papas sangen *Dream a Little Dream of Me.* Der Radarexperte war auf einem Trip gewesen.

»Den Trouble brauch ich nicht auch noch«, hatte der Radarexperte gesagt.

Der Elektriker hatte das Happy Talk schon verlassen, aber beim Barkeeper eine Nachricht hinterlassen.

Dà Nẵng kann man vergessen, der Typ in Dalat mit Sicherheit ein Versager, lautete die Nachricht.

Auf dem Bildschirm über der Bar waren die Hubschrauber.

Die Hubschrauber hoben vom Dach der amerikanischen Botschaft ab, und die Hubschrauber verschwanden in dem Feuerball über der Munitionsverbrennungsanlage, und die Hubschrauber landeten im Wasser auf dem Ölfilm um die *Pioneer Contender.*

»Endlich erschießen die Scheiß-Arvin sich gegenseitig«, sagte der Barkeeper.

»Ach Scheiße, Inez«, sagte Jack Lovett. »Harry Victors Frau.«

»Hör mal«, sagte Inez. »Es ist zu spät für alles Korrekte. Vergiss das Korrekte.«

So kam es, dass Jack Lovett und Inez Victor an jenem Abend des Ostersonntags 1975 den Singapore-Airlines-Flug nahmen, der um Viertel vor vier morgens ab Honolulu fliegt und einen Tag später um zwanzig vor zehn in Kai Tak, Hongkong, landet. Als ich vor Kurzem diesen Flug nahm, dachte ich an Inez, die ihn als eine elfstündige Morgendämmerung beschrieb.

Inez sagte, sie hätte nie die Augen geschlossen.

Inez sagte, sie könne immer noch die Kühle des Fensters gegen ihre Wange spüren.

Inez sagte, der Flug um Viertel vor vier von Honolulu nach Hongkong sei so, wie sie sich den Tod wünsche.

Die ganze Zeit Morgendämmerung.

Etwas, das man gesehen haben muss, wie Jack Lovett im Happy Talk über eine andere Morgendämmerung in einem anderen Jahr gesagt hatte. Etwas, an das man sich erinnern muss.

Mir geht durch den Kopf, dass Inez Victors Verhalten in der Nacht, in der sie nach Hongkong flog, letzten Endes vielleicht doch nicht so von den Umständen abhing.

Sie musste einen Pass bei sich gehabt haben, oder?

Worauf lässt das schließen? Sagen Sie es mir!

Drei

1

An dem Tag, an dem Jack Lovett nach Saigon hinunterflog, begann in Hongkong der Regen. Der Regen machte die Straßen schlammig, machte das einzige Paar Schuhe steif, das Inez bei sich hatte, riss die Blüten von dem Bauhinia-Baum auf dem Balkon der Wohnung ab, in der Jack Lovett ihr zu warten aufgetragen hatte, und verdeckte die Aussicht vom Schlafzimmerfenster auf die Rennbahn von Happy Valley. Der Regen erinnerte sie an Honolulu. Der Regen und der verhangene Horizont und die abgerissenen Blüten und der durchdringende Schimmelgeruch in der kleinen Wohnung erinnerten sie an Honolulu, aber in Hongkong war es kälter. Ihr war immerzu kalt. Jeden Morgen nach Jack Lovetts Abreise erwachte Inez früh in der leichten Kühle, zog die Gummistiefel und den Regenmantel an, die sie in dem sonst leeren Schrank gefunden hatte, und machte einen Spaziergang. Sie hatte bald eine feste Route. Sie ging die Queen's Road hinunter, überquerte sie hinter der anglikanischen Kathedrale und ging die Garden Road zum amerikanischen Konsulat hoch, wo sie sich ins Foyer setzte und Zeitungen las.

Im Foyer des amerikanischen Konsulats an der Garden Road las Inez ziemlich oft etwas über Harry Victors Angehörige. In der *South China Morning Post* las sie, dass

Harry Victors Frau nicht an der Beerdigung von Harry Victors Schwägerin teilgenommen hatte, einer Andacht im Familienkreis, nach der Senator Victor es abgelehnt hatte, mit Reportern zu sprechen. In der Asien-Ausgabe der *International Herald Tribune* las sie, dass Harry Victors Schwiegervater im Stadt- und Bezirksgefängnis wegen leichter Fleischwunden hatte behandelt werden müssen, die er sich anscheinend bei einem Selbstmordversuch mit einem Bic-Rasierer zugefügt hatte. In den internationalen Ausgaben sowohl von *Time* als auch von *Newsweek* las sie, dass Harry Victors Tochter ironischerweise oder mysteriöserweise in Vietnam vermisst war.

»Ironischerweise« hieß es in der *Time* und »mysteriöserweise« in *Newsweek*. Sowohl *Time* als auch *Newsweek* verwendeten das Wort »vermisst«, ebenso die *South China Morning Post*, die Asienausgabe von *Wall Street Journal* und *International Herald Tribune*, die *Straits Times* und die Übersee-Ausgaben von *New York Times* und *Washington Post*, die drei Tage nach Erscheinen im Konsulat eintrafen. »Vermisst« schien Inez nicht ganz das treffende Wort zu sein. Von den Piloten abgeschossener Kampfflugzeuge sagte man, sie seien »vermisst«, und von Korrespondenten, die in einen Hinterhalt geraten waren. »Vermisst« deutete etwas in Richtung von Pflicht an, und dazu gehörte eigentlich nicht, dass man sich in Seattle in einen C-5-A-Transporter schmuggelte und nach Saigon flog, um sich einen Job zu suchen. Vielleicht war das das Ironische oder sogar das Mysteriöse daran.

Wenn Inez die Zeitungen gelesen hatte, war es fast Mittag, und sie wanderte vom amerikanischen Konsulat die

Garden Road weiter hinauf zu einem wohl chinesischen Kindergarten, mit einer Terrasse unter einem gewellten Kunststoffdach, wo die Kinder spielten. Sie stand im Regen da und beobachtete die Kinder, bis sie sich auf das Läuten einer kleinen Glocke hin in einer Reihe aufstellten und hineinmarschierten. Dann nahm sie ein Taxi zurück zur Wohnung und hing den Regenmantel zum Trocknen an die Tür der Dusche und stellte die Gummistiefel hinter die Tür. Sie hatte keine Ahnung, wem die Gummistiefel und der Regenmantel gehörten. Sie hatte keine Ahnung, wem die Wohnung gehörte.

»Irgendjemand in Vientiane«, hatte Jack Lovett auf ihre Frage geantwortet.

Sie nahm an, es war eine Frau, weil Gummistiefel und Regenmantel klein waren. Sie nahm an, die Frau war Amerikanerin, weil das einzige Medikament im Badezimmerschrank, eine Plastikflasche mit Aspirin, aus einem Drugstore stammte, den sie in New York kannte. Sie nahm an, die Amerikanerin war Journalistin, weil auf dem Küchentisch eine Standard-Smith-Corona und eine Ausgabe von *Modern English Usage* standen und in der Schublade des Nachttisches eine Taschenbuchausgabe von *Mein Katalonien* lag. Nach Inez' Erfahrung besaßen alle Journalisten Taschenbuchausgaben von *Mein Katalonien* und bewahrten sie an der Stelle auf, wo sie die Streichhölzer und die Kerze und das Notizbuch für den Fall aufbewahrten, dass das Hotel bombardiert würde. Als sie Jack Lovett fragte, ob die Person in Vientiane, der die Wohnung gehörte, eine amerikanische Journalistin sei, hatte er die Achseln gezuckt.

»Es spielt keine Rolle«, sagte er. »Es ist gut so.«

Danach achtete Inez, wenn sie die Zeitungen im Foyer des amerikanischen Konsulats las, bei jedem Artikel aus Vientiane auf die Verfasserzeile. Sie suchte nach einem Frauennamen, fand aber nie einen.

Das Telefon in der Wohnung klingelte nie. Jack Lovett bekam in Hongkong seine Nachrichten in ein kleines Hotel in einer Seitenstraße der Connaught Road, und diese Nummer hatte Inez Adlai gegeben, als sie ihn am Tag ihrer Ankunft in Honolulu erreichte. Weil Harry mitten im Satz aufgelegt hatte, als sie ihn von Wahiawa aus anrief, um ihm zu sagen, dass sie nach Hongkong fliege, hatte sie diesen Anruf für Adlai persönlich angemeldet, aber Harry war zuerst am Apparat gewesen.

»Ich weiß zufällig, dass du in Hongkong bist«, hatte Harry gesagt.

»Natürlich weißt du, dass ich in Hongkong bin«, hatte Inez gesagt. »Ich habe dir doch gesagt, ich fliege hin.«

»Möchten Sie mit diesem Teilnehmer sprechen?«, hatte die Telefonistin immer wieder gesagt. »Ist das Ihr Teilnehmer?«

»Du hast aufgelegt!«, hatte Inez gesagt.

»Nein«, hatte Harry gesagt, »das ist nicht der richtige Teilnehmer.«

»Das hier hat nichts mit dir zu tun«, hatte Inez gesagt, als Adlai endlich abnahm. »Ich wollte bloß sicher sein, dass du das weißt.«

»Dad hat's mir gesagt.« Adlai hatte das leicht anklagend klingen lassen. »Womit hat es zu tun?«

»Einfach nichts mit dir.«

»Was soll ich Dad sagen?«

Inez hatte darüber nachgedacht. »Sag ihm einen schönen Gruß«, sagte sie schließlich.

Das war am Dienstag in Hongkong und am Montag in Honolulu gewesen.

Es war Mittwoch, der 2. April in Hongkong, als Jack Lovett nach Saigon flog, um Jessie zu suchen.

Zweimal war er in dieser ersten Woche, der Regenwoche, unerwartet nach Hongkong gekommen, einmal in einem Air-America-Transport mit dreiundachtzig Angehörigen von Drittländern, die eng mit amerikanischen Interessen verbunden gewesen waren, und einmal in einer gecharterten Pan American 707 mit den Direktoren und Bargeldreserven der Saigoner Niederlassungen der Bank of America, der First Nationality City Bank und der Chase Manhattan. Beim ersten Mal war er nur für ein paar Stunden gekommen, die er mit Telefonieren in der Wohnung verbrachte, doch beim zweiten Mal war er über Nacht geblieben, und sie waren zur Repulse Bay hinausgefahren und hatten ein Zimmer mit Blick aufs Meer genommen. Sie hatten sich das Essen aufs Zimmer kommen lassen und schliefen und wachten auf und schliefen wieder, und immer wenn sie wach waren, erzählte Jack Lovett. Er betrachtete das Zimmer in der Repulse Bay anscheinend als neutralen Boden, auf dem er reden konnte, wie er es in der Wohnung, die jemandem in Vientiane gehörte, nicht hatte tun können. Er redete die ganze Nacht. Er redete mit Inez, aber wie zu sich selbst. Bestimmte Wörter und Ausdrücke kamen immer wieder vor.

Flugzeug-Phase

Operation Tiger

Schwarzflüge

Abzug

Aktiva

AID war ohne Aktiva

USIA war ohne Aktiva

Mit Aktiva meinte Jack Lovett anscheinend Flugzeuge, Flugzeuge und Geld. Das Defense Attaché Office hatte Aktiva. Es wurde zunehmend dringlicher, sich eigene Aktiva anzulegen, denn ohne private Aktiva konnte niemand für den Abzug garantieren. Niemand konnte für den Abzug garantieren, weil sie da unten in einer Traumwelt lebten. Stunde der Amateure da unten. Schreibtischtäter da unten.

Jedes Mal, wenn Jack Lovett »da unten« sagte, sah er zu den Fenstern, die aufs Wasser blickten, als sei »da unten« zu sehen, neunhundert Meilen Chinesisches Meer, vom Druck seiner Besessenheit ineinandergeschoben. Gegen Morgen sprach er von den Listen, die sie da unten machten. Sie hatten schließlich beschlossen, für den Fall, dass der Abzug nötig würde, eine Aufstellung der vorrangig zu Evakuierenden zu machen.

Für den Fall.

Inez sollte sich das »Für den Fall« merken.

»Für den Fall« war der Beweis, dass die Irrenhäusler das Kommando übernommen hatten.

Da die verschiedenen Behörden unfähig gewesen waren, sich über die Aufstellung zu einigen, machte jede ihre eigene Liste. Manche Leute sagten, die Listen würden sich auf hundertfünfzigtausend vorrangig zu Evakuierende belaufen, andere nannten eine zehnmal höhere Zahl. Niemand schien besonders in Eile, die Zahl definitiv festzulegen. Sie redeten davon, zwanzig Jahre amerikanischer Kontakte zu evakuieren, ganz zu schweigen von ihren eigenen fetten amerikanischen Ärschen, aber sie redeten, als hätten sie noch weitere zwanzig Jahre Zeit. Zwanzig Jahre und den Beifall der einheimischen Bevölkerung. Eine die Behörden koordinierende Arbeitsgruppe war ernannt worden. Um das auf die Reihe zu bringen. Die Arbeitsgruppe hatte sich zum Abendessen in der Residenz getroffen, sich zu einem gottverdammten Abendessen in der gottverdammten Residenz getroffen, um die Ärsche noch ein bisschen fetter zu machen, und als Zigarren gereicht wurden, wussten sie immer noch nicht, ob sie einhundertfünfzigtausend vorrangig zu Evakuierende hatten oder zehnmal so viele, aber sie wussten, was sie brauchten.

Sie brauchten eine Wandkarte.

Sie brauchten eine Wandkarte von dem, was sie beharrlich noch immer Metro Saigon nannten.

Diese Wandkarte war angefordert worden.

Von General Services.

Sie bekämen die Landkarte nun bald jeden Tag, und wenn sie sie bekämen, würden sie Folgendes tun: Sie würden die Bevölkerungsdichte grafisch darstellen. Mit anderen Worten, sie würden mit kleinen farbigen Nadeln den Aufenthaltsort einiger weniger Typen von Leuten abstecken, die sie vielleicht zum endgültigen Abzug einladen wollten.

Für den Fall.

Für den Fall des Falles.

»Typen« von Leuten, ja.

Eine kleine grüne Nadel für jeden Inhaber eines Bezugsscheins von der Botschaft.

Eine kleine gelbe Nadel für jeden Inhaber eines Alkoholbezugsscheins vom DAO.

Eine kleine rote Nadel für jedes vollwertige Mitglied des Cercle Sportif. Man beachte bitte »vollwertig«. Mit den Beitragszahlungen im Rückstand, aus.

Die kleinen weißen Nadeln waren das Tüpfelchen auf dem i. Man stelle sich vor. Es sollte eine Analyse aller Taxi-Fahrtenbücher für die Zeit zwischen dem ersten Januar und dem ersten April gemacht werden. Dann sollte an jeder Stelle in Metro Saigon, wohin ein Taxi geschickt worden war, auf die Karte eine kleine weiße Nadel gesteckt werden. Zu dumm für die Leute, die mit dem eigenen Wagen fuhren. In Metro Saigon. Hätten sie ein Taxi genommen, wären sie auf der Karte. Diese Karte würde ein echtes Kunstwerk werden. Jeder, der da unten an die Nachwelt dachte, würde die Karte rausbringen und sie im Außenministerium unter Glas legen.

Mit heilen Nadeln.

Memento mori Metro Saigon.

Als er aufhörte zu reden, war das Zimmer hell.

Inez saß auf der Bettkante und bürstete sich das Haar.

»Was meinst du also?«, sagte Jack Lovett.

»Ich weiß nicht.«

Durch die halb geschlossenen Läden konnte Inez das

frühe Licht auf dem Wasser sehen. Zum ersten Mal ging ihr durch den Kopf, dass dies dasselbe Meer war, auf das sie mit Jessie an dem Tag geschaut hatte, an dem es dann doch keine Babykobras in dem ihnen überlassenen Garten gab und Harry zur Lagebesprechung in Saigon war. Jetzt würde es bald keine Lage mehr geben, und Jessie war in Saigon, und Jack Lovett würde nach Saigon zurückfliegen, aber es könnte sein, dass Jack Lovett sie nicht fand, bevor es soweit war.

Man wusste noch nicht einmal, was »es« war.

Das war es, was er ihr erzählte.

Sie bürstete sich das Haar fester. »Ich weiß nicht, wie man eine Evakuierung organisiert.«

»Nicht so.«

»Sie ist nicht auf der Liste von irgendjemandem, oder?« Inez merkte, dass sie Jessies Namen nicht aussprechen konnte. »Sie ist nicht auf der Karte.«

Jack Lovett stand auf und öffnete weit die Läden. Eine Zeit lang hatte der Regen aufgehört, aber nun fiel er wieder fest, fiel durch die hier und da durchkommende Sonne, glänzte auf den Palmen vor dem Fenster und überflutete den kaputten Springbrunnen vor dem Hotel.

»Nicht, wenn sie nicht zufällig dem Cercle Sportif beigetreten ist«, sagte Jack Lovett. »Nein.« Er schloss die Läden wieder und drehte sich zu Inez um. »Leg die Bürste hin, und sieh mich an!«, sagte er. »Glaubst du, ich würde sie dalassen?«

»Vielleicht findest du sie nicht.«

»Ich habe dich immer gefunden«, sagte Jack Lovett. »Ich vermute, dann finde ich auch deine Tochter.«

2

Tatsächlich fand Jack Lovett Inez Victors Tochter. Tatsächlich fand Jack Lovett Inez Victors Tochter am selben Tag noch, fand sie durch, wie er sagte, unverschämtes Glück, nahm einfach den normalen Flug der Air Vietnam von Hongkong nach Saigon und landete in Tan Son Nhut, und eine halbe Stunde später sah er Jessie Victor ins Gesicht. Jack Lovett nannte es unverschämtes Glück, aber Sie oder ich hätten vielleicht nicht genauso ein unverschämtes Glück gehabt.

Sie oder ich hätten beispielsweise vielleicht nicht die Bekanntschaft des Wartungsinstrukteurs gemacht, der zufällig an jenem Tag einer der beiden anderen Passagiere in der Air Vietnam 707 nach Saigon war.

Jack Lovett tat es.

Jack Lovett machte die Bekanntschaft des Wartungsinstrukteurs, wie er die Bekanntschaft all der Botschaftsfahrer und Ölbohrer und Stewardessen und Dozenten für englische Literatur, die mit Fulbright-Stipendien reisten, und Tropenlandwirte, die unter der Schirmherrschaft der Rockefeller-Stiftung reisten, und Hotelportiers und Reisebüroangestellten und Vertreter für Reisekonvertoren und Kopratrockner und holländische Pestizide und deutsche Pharmazeutika gemacht hatte.

Automatisch.

Der Wartungsinstrukteur, der zufällig an jenem Tag einer der beiden anderen Passagiere in der Air Vietnam 707 nach Saigon war, war zuletzt 1973 in Saigon gewesen, als sein Vertrag auslief. Er hatte dann in Los Angeles für Hughes gearbeitet, aber kam nun zurück, um nach der Frau und dem kleinen Mädchen zu suchen, die er 1973 zurückgelassen hatte. Die Frau war bei ihrer Familie in Pleiku geblieben, und sie hatte angerufen und gesagt, dass das kleine Mädchen auf der Evakuierung nach Süden in einer C-130 erblindet sei, als eine undichte Hydraulikleitung über ihnen ihr Flüssigkeit ins Gesicht gespritzt habe. Die Frau sagte, Saigon sei noch sicher, aber er meinte, die Zeit sei gekommen, sie zu holen. Sie hatte ihm eine Adresse gegeben, doch laut Auskunft eines Kumpels, zu dem er Kontakt aufgenommen hatte, stimmte sie nicht. Zu Beginn des Fluges hatte der Wartungsinstrukteur einen fröhlichen Eindruck gemacht, aber nach zwei Seagram Seven verdüsterte sich seine Stimmung. Was hatte sie überhaupt gemacht, um in die C-130 hineinzukommen?

Verließen nicht alle anderen Pleiku zu Fuß?

Was war mit der verdammten Adresse?

Jack Lovett bot ihm an, ihn im Auto mit nach Saigon zu nehmen, und der Wartungsinstrukteur wollte unterwegs haltmachen, um die Adresse bei einem Barkeeper zu überprüfen, den er früher im Legion Club mal gekannt hatte.

Dort fand Jack Lovett Jessie Victor.

Sie servierte Getränke und Pommes frites im amerikanischen Legion Club an der Hauptstraße zwischen Tan Son Nhut und Saigon.

Sie trug immer noch ihren Tennis-Visor.

Einen *ao dai* und ihren Tennis-Visor.

»He, da gibt's kein Wenn und Aber, ich bleibe«, hatte Jessie zu Jack Lovett gesagt, als er ihr befohlen hatte, sich von der Schicht abzumelden und ins Auto zu steigen. »Der Typ, der hier Stammkunde ist, hat einen Freund an der Botschaft. Er kriegt Bescheid, wenn sie den Stecker rausziehen.«

Jessie hatte darauf bestanden zu bleiben, doch Jack Lovett wechselte ein paar Worte mit dem Barkeeper.

Jack Lovett sagte, Harry Victors Tochter, verdammt noch mal.

»Du weißt doch, der Stecker, von dem du gesprochen hast«, sagte Jack Lovett dann zu Jessie. »Ich habe ihn gerade rausgezogen.«

3

»Wenn du die Nadel im Heuhaufen suchst, dann suchst du im Legion Club«, sagte Jack Lovett, als er endlich zu Inez in Hongkong durchkam. »Allmächtiger Gott. Der Legion Club. Mimi's habe ich gecheckt, ich weiß nicht, wieso ich den Legion Club ausgelassen habe.«

Er rief aus dem Duc an.

Er hatte Jessie für die Nacht in der Wohnung einer Frau untergebracht, von der er nur als »B. J.« sprach, einer Auswerterin vom Nachrichtendienst im Defense Attaché Office. B. J. würde Jessie bei sich behalten, bis er sie herausbringen konnte.

B. J. würde sich bestens um Jessie kümmern.

B. J. würde schon heute Abend bei den für die Luftbrücke Verantwortlichen der Operation Tiger vorfühlen, ob man Jessie als Waisenbegleiterin auf einem Flug nach Travis unterbringen könnte. Die Waisen hatten alle Begleitpersonen, das war doch klar, das war der Trick. Der Trick war, so viele nicht unbedingt erforderliche Personen wie möglich hinauszuschmuggeln, ohne es Evakuierung zu nennen. Die Waisen waren Waisen oder nicht, aber sie hatten todsicher Begleitpersonal. Das ganze verdammte DAO versuchte, sich mit den Waisen herauszuschmuggeln.

Das wussten sie im Legion Club nicht. Das war der Ort,

wo man suchte, wenn man die Nadel im Heuhaufen suchte.

»Wegen dieser Flüge nach Travis«, sagte Inez.

»Gesucht und gefunden, Teufel!« Jack Lovett konnte anscheinend nicht darüber hinwegkommen, dass es so naheliegend gewesen war, Jessie im Legion Club zu finden. »Das ist es. Der berühmte Heuhaufen. American Legion Post No. 34. Durch diese Pforten schreiten Amerikas stolzeste Kämpfer, heißt es über der Tür zum Lokus. Durch diese Pforten schreitet jeder Deserteur und jeder Cowboy auf Zeit in Südostasien. Typen, die '66 mit der Air Cav kamen. Typen, die '49 China evakuierten. Naivlinge. Naivlinge, die glauben, sie hätten einen Freund an der Botschaft.«

»Das war doch ein Waisenflug nach Travis, der abgestürzt ist«, sagte Inez. Die Verbindung wurde schwächer, und sie hatte Mühe, ihn zu hören. »Letzte Woche.«

»Es gibt andere Möglichkeiten«, sagte Jack Lovett.

»Andere Möglichkeiten abzustürzen?«

»Andere Flüge, Inez. Andere Flugmöglichkeiten. Sie ist bei B. J. gut aufgehoben, es drängt uns nichts. Ich überprüfe es. Ich bringe sie bei einem guten Flug unter.«

Inez sagte nichts.

»Inez«, sagte Jack Lovett, »deine Tochter ist eine der großen Überlebenden dieser Welt. Ich bringe sie um sich tretend und kreischend zu B. J., eine halbe Stunde später teilen sie sich ein Hühnchen und einen Eimer Pommes von Kentucky Fried und vergleichen ihr Augen-Make-up. Das Licht geht aus, und Jessie sagt zu B. J., sie wisse, wo sie einen Generator von der Fernmeldetruppe loseisen könnten. Sie sagt tatsächlich ›loseisen‹. Wäre sie früher hierhergekommen, wäre sie Schieberkönigin geworden.«

Inez sagte nichts. Die Verbindung wurde nun von einem anderen Anruf unterbrochen, und sie konnte Lachen hören und durchdringende Ausrufe in Kantonesisch.

»Sie ist genauso zäh wie du«, sagte Jack Lovett.

»Das hat noch nie ein Flugzeug vorm Absturz bewahrt«, sagte Inez gerade noch, ehe das Freizeichen in der Leitung ertönte.

Nachdem Inez aufgelegt hatte, versuchte sie, Harry in der Wohnung am Central Park West zu erreichen. Harrys Privatapparat war besetzt, und als sie eine der anderen Nummern probierte, meldete sich Billy Dillon.

»Das ist ganz schön komisch«, sagte Billy Dillon, als sie ihm von Jessie erzählte. »Das ist tatsächlich verdammt komisch.«

»Was ist eigentlich komisch daran?«

»Ich weiß nicht, Inez. Wenn du es nicht komisch findest, dass wir Barmädchen nach Saigon schicken, kann ich dir nicht helfen. He, Inez! Tust du uns allen einen Gefallen? Sagst du es Harry selber?«

Inez hatte es Harry selber erzählt.

»Ich verstehe«, sagte Harry. »Ja.«

Es wurde still.

»So«, sagte Inez, »so sieht's aus.«

»Serviert Getränke. Ja. Ich versuche, Adlai in der Schule zu kriegen.«

»Was macht er in der Schule?«

»Was meinst du mit ›was macht er in der Schule‹? Du meinst, Adlai sollte auch Getränke servieren?«

»Ich meine, ich dachte, er absolviert dieses Praktikum bei dir. Ich dachte, er braucht nicht vor Mai zurück.«

»Er wollte etwas organisieren«, sagte Harry. »Aber darum geht es jetzt nicht.«

»Was organisieren?«

»Irgendeine Veranstaltung.«

»Was für eine Veranstaltung?«

Harry zögerte. »Eine Mahnwache für die Befreiung Saigons«, sagte er schließlich.

Inez sagte nichts.

»Er ist achtzehn Jahre alt, Inez«, Harry klang defensiv. »Er wollte ein Zeichen setzen.«

»Ich habe nichts gesagt.«

»Spricht Bände, dein Schweigen.«

Inez sagte nichts.

»Jessie treibt sich in Saigon herum, du bist mit deinem Kriegsliebhaber auf und davon. Adlai versucht, ein Zeichen zu setzen, und du hast nichts zu sagen.«

»Ich werde so tun, als hättest du das nicht gesagt.«

»Auch gut«, sagte Harry. »Tu, was du willst.«

Die ganze Nacht lag Inez in der Wohnung wach, die irgendjemandem in Vientiane gehörte, und hatte das Kurzwellenradio eingeschaltet, das Jack Lovett dagelassen hatte. Auf dem Kurzwellenradio konnte sie Saigon und Bangkok bekommen. Jack Lovett hatte ihr gesagt, worauf sie hören müsse. Jack Lovett hatte ihr auch gesagt, dass es zu früh sei, um zu hören, was er ihr gesagt hatte. Aber sie schaltete das Radio dennoch immer ein, wenn sie nicht schlafen konnte oder eine menschliche Stimme hören wollte.

»Mutter möchte, dass ihr zu Hause anruft«, würde der Sprecher des American Service Radio in Saigon sagen, wenn die Endphase der Evakuierung gekommen war, und dann würde eine bestimmte Platte gespielt werden.

Die Platte, die gespielt werden sollte, war Bing Crosby mit *I'm Dreaming of a White Christmas.*

»Da fiele mir was Besseres ein«, hatte Inez gesagt, als Jack Lovett ihr erklärte, worauf sie hören müsse. »Ich meine, mitten im April. Aus heiterem Himmel mitten im April. Mir fiele was viel Besseres ein als ›Mutter möchte, dass ihr zu Hause anruft‹ und *I'm Dreaming of a White Christmas.*«

»Worauf willst du hinaus?«, sagte Jack Lovett.

»Es ist nicht gerade das beste Geheimsignal, von dem ich gehört habe.«

»Es wird auch nicht gerade die beste Evakuierung sein, von der du gehört hast«, hatte Jack Lovett gesagt. »Du willst der Sache Feinschliff geben.«

Gegen vier Uhr morgens stand Inez auf und setzte sich ans Fenster und rauchte im Dunkeln eine Zigarette. Das Fenster stand offen, und draußen klatschte Regen auf den Balkon. Weil es noch immer zu früh war, um den Sprecher des American Service Radio in Saigon sagen zu hören »Mutter möchte, dass ihr zu Hause anruft«, drehte Inez den Senderknopf hin und her und bekam schließlich wohl einen BBC-Korrespondenten, der ehemalige

Beamte der Regierung der Republik Vietnam interviewte, die gerade nach Nakhonphanon in Thailand geflogen worden waren.

»Keine Hoffnungen mehr von amerikanischer Seite«, sagte einer von ihnen.

»Die Amerikaner würden nicht wiederkommen«, sagte ein anderer. »*En un mot* Bye-Bye.«

Ihre Stimmen waren liebenswürdig und förmlich.

Der Empfang war mal deutlich, mal undeutlich.

Während sie dem Regen und den mal deutlichen, mal undeutlichen Stimmen aus Nakhonphanon zuhörte, dachte Inez an Harry in New York und Adlai in der Schule und Jessie bei B. J., und ihr ging durch den Kopf, dass sie zum ersten Mal seit fast zwanzig Jahren an keinem von ihnen besonders interessiert war.

Begrenzt für sie verantwortlich, ja, aber nicht an ihnen interessiert.

Sicher hatten sie eine Beziehung zu ihr, aber sie konnte weder ihre noch die Einmaligkeit der anderen erfassen, weder die eigene Unterschiedlichkeit noch die der anderen, das Talent, die besonderen Ansprüche. Was für einen Unterschied machte es auf lange Sicht, was sie dachte oder Harry dachte oder Jessie oder Adlai taten? Welchen Unterschied machte es auf lange Sicht, ob eine einzelne Person Bescheid bekam, zu Hause anrief, von einer weißen Weihnacht träumte? Die Welt in dieser Nacht war voller Menschen, die von einem Ort zum anderen flogen und auftauchten und abtauchten, und es gab keinen Grund, weshalb sie oder Harry oder Jessie oder Adlai oder auch Jack Lovett oder B. J. oder die

Frau in Vientiane, auf deren Balkon nun der Regen fiel, von der allgemeinen Bewegung ausgenommen sein sollten.

Bloß weil sie glaubten, sie hätten ein Zuhause, das sie anrufen könnten.

Bloß weil sie Amerikaner waren.

Nein.

En un mot Bye-Bye.

Vier

1

Ich verstehe jetzt, dass die eher unheimliche Gelassenheit, in der ich Inez Victor in Kuala Lumpur antraf, ihren Ursprung in der Zeit vor acht Monaten in Hongkong hatte; als ihr bewusst wurde, dass ihr Pass sie nicht von dem befreite, was sie mir gegenüber als »die lange Sicht« bezeichnete. Mit der »langen Sicht« meinte sie, glaube ich, die Geschichte oder, genauer, den speziellen Sog von Haben und Nichthaben, die Erschütterungen einer Welt, die von den individuellen Anstrengungen des Einzelnen weitgehend unberührt bleibt. In Inez' Erfahrung kommt das eigentlich nicht vor. Sie hatte ihre Kindheit in der ortsüblichen Überzeugung eingebettet verbracht, dass das komfortable Unternehmerleben einer amerikanischen Kolonie in einer Tropenwelt ohne Verfallserscheinungen ein Zeugnis des individuellen Triumphs über eine feindliche Umwelt darstelle. Sie hatte ihr Erwachsenenleben in Harry Victors Überzeugung eingebettet verbracht, dass er Präsident werden könne.

Die Zeit in Hongkong, in der Inez aufhörte, die amerikanische Ausnahmestellung zu beanspruchen, zeichnete sich durch keine besondere Enthüllung aus, keinen Augenblick göttlicher Offenbarung, kein dramatisches Ereignis. Sie war am ersten April in Hongkong angekommen, und sie verließ es am ersten Mai. In diesen vier oder fünf Wochen wurden Janet und Wendell Omura und Janets Lanai allmählich sogar im *Honolulu Advertiser* nicht mehr erwähnt, von dem Inez gelegentlich liegen gelassene Nummern in den Foyers der Hotels fand, die von Flugzeugbesatzungen bevorzugt wurden.

Paul Christian wurde für verhandlungsunfähig erklärt. Adlais Mahnwache für die Befreiung Saigons wurde als Mahnwache für den »Frieden in Asien« ausgegeben und vom Gouverneur von Massachusetts als Beispiel für eine verantwortungsbewusste Äußerung der Studenten gelobt – wieder eine Situation, die Billy Dillon gemanagt hatte.

Die mit Kampfeinheiten beladene C-141, in die Jack Lovett Jessie schließlich schob (im wahrsten Sinne des Wortes schob, ihr die Hände auf die Schultern legte und sie durch die Luke schubste, denn irgendwo zwischen Gate One und der Verladerampe in Tan Son Nhut erkannte Jessie an jenem Abend, dass der Flug, auf den Jack Lovett angeblich wartete, ihr eigener war, und versuchte, sich aus dem Staub zu machen), landete ohne Zwischenfall in Agana, Guam, wie auch die zivile 747, auf der Jessie von Agana bis nach Los Angeles schmollte.

Harry Victor holte Jessie beim Zoll ab.

Er und Jessie aßen bei Chasen's zu Abend.

Inez wusste, dass Harry und Jessie bei Chasen's zu Abend aßen, weil sie sie in Hongkong von ihrem Tisch aus anriefen, dem ersten vor der Wandbank hinter der Tür. Jessie sagte, Jack Lovett habe sie dadurch beschwatzt, mit ihm nach Tan Son Nhut zu fahren, dass er gesagt habe, wenn er diesen einen Flug abgewartet hätte, würden sie sich den John-Wayne-Film ansehen, der im Eden lief. Jessie sagte, sie habe den John-Wayne-Film ursprünglich gar nicht sehen wollen, aber B. J. sei nach dem Abendessen zum DAO zurückgegangen, und es sei ihr keine andere Wahl geblieben, als den John-Wayne-Film anzusehen oder alleine dazusitzen und schizo zu werden.

Jessie sagte, als sie gesehen habe, was auf sie zukam, habe sie Jack Lovett gefragt, warum sie da mitfliegen müsse, und Jack Lovett sei ausfallend geworden.

Weil ich gerade eine Million Piaster hingeblättert habe, damit du mitfliegen kannst, habe der Scheißer gesagt und sie geschubst.

Fest.

Sie habe immer noch einen blauen Flecken am Arm. Achtundvierzig Stunden später.

»Sag dem Scheißkerl, ich schulde ihm eine Million Piaster«, sagte Harry, als er ans Telefon kam.

Inez zufolge landete Jessie am fünfzehnten April in Los Angeles.

Inez zufolge war es der achtundzwanzigste, als sie herausfand, dass sie Saigon nicht mehr anrufen konnte; der neunundzwanzigste, als das American Service Radio in Saigon zweimal *I'm Dreaming of a White Christmas* spielte, *The Stars and Stripes Forever* öfter spielte, als Inez zählte, und dann aufhörte zu senden; und es war der erste Mai, als Jack Lovett sie aus Subic Bay anrief und sagte, sie solle ihn in Manila treffen.

Einmal versuchte ich, eine Chronologie für Inez' Erinnerungen an diese Zeit auszuarbeiten, und machte das Diagramm, das immer noch in meinem Arbeitszimmer an der Wand hängt. Ob dieses Diagramm stimmt, ist zweifelhaft, nicht nur weil Inez keine Aufzeichnungen von den Ereignissen machte, als sie geschahen, sondern auch wegen der Datenfolge.

Beispielsweise habe ich keine Ahnung, ob Inez meinte, dass der Tag, an dem Jessie in Los Angeles landete, der fünfzehnte in Los Angeles oder der fünfzehnte in Hongkong war. In jedem Fall scheint der fünfzehnte fragwürdig zu sein, weil Jack Lovett schon achtundvierzig Stunden vorher mit Jessie in Saigon gewesen war, ihr einen John-Wayne-Film versprochen und einen blauen Fleck am Arm gemacht hatte, und viele Leute glauben, dass Jack Lovett zwischen der Schließung der amerikanischen Botschaft am zwölften und der Übernahme der Stadt durch die Roten Khmer am siebzehnten für ein paar Tage (länger als einen Tag, aber weniger als fünf) in Phnom Penh war. Der Bericht, demzufolge Jack Lovett in Phnom Penh war, nachdem die Botschaft geschlossen hatte, war einer der Gründe, die später zu Spekulationen und schließlich zu der gerichtlichen Untersuchung führten.

2

Wenn Romanschriftsteller von der Unvorhersagbarkeit menschlichen Verhaltens sprechen, meinen sie gewöhnlich nicht Unvorhersagbarkeit, sondern eine höhere Vorhersagbarkeit, ein komplexeres Modell, das nur auszumachen ist, nachdem etwas geschehen ist. Betrachten Sie das Bild. Finden Sie das Tier im Dschungel, das Muster im Teppich.

Aus dem Zusammenhang ersichtliche Anhaltspunkte.

Der Grund, aus dem etwas geschieht.

Ich betrachte dieses Bild nun schon seit ein paar Jahren und habe immer noch nicht den Grund gefunden, aus dem Inez Victor schließlich einwilligte, über das zu reden, was, wie sie »glaubte«, im Frühjahr und Sommer 1975 geschehen war. (»Ich glaube, wir waren in Djakarta«, sagte Inez, oder »Sagen wir, es war Mai«, als könne man sogar die augenscheinlichsten Einzelheiten von Ort und Zeit im Grunde nicht wissen und sie verschieden auslegen.)

Zuerst wollte Inez nicht.

Zuerst redete ich mit Billy Dillon und Harry Victor und Dwight Christian und sogar kurz mit Jessie und Adlai und Dick Ziegler, von denen jeder, wie ich bereits andeutete, zumindest ein begrenztes Interesse an seiner oder ihrer Version der Ereignisse hatte. Inez aber blieb unzugänglich. Erstens schloss allein der Ort, an dem sie und Jack Lovett sich anscheinend aufhielten, jeden Vorwand eines zufälligen Besuchs aus. Ich konnte Dwight Christian anrufen und sagen, ich sei zufällig in Honolulu, aber ich konnte nicht Inez anrufen und sagen, ich sei gerade zufällig in Kuala Lumpur. Niemand »ist zufällig« in Kuala Lumpur, niemand »reist dort durch«, unterwegs nach irgendwohin: Kuala Lumpur liegt auf dem Weg nach nirgendwo. Und wenn ich Inez dort sehen wollte, bedurfte es vorheriger Überlegung, eines eindeutigen Anliegens meinerseits und eines eindeutigen Entschlusses ihrerseits.

Zweitens schien Inez in dem Sommer und Herbst, nachdem sie Honolulu mit Jack Lovett verlassen hatte, gefühlsmäßig nicht ansprechbar zu sein. Sie schien jedes Interesse, das sie an der Geschichte gehabt haben mochte, aufgegeben zu haben und errichtete ihre mühsam erworbene Gelassenheit als Scheidewand zwischen sich und dem Vorgefallenen. *Es ist Sommermonsun und ziemlich schwül. Du möchtest doch bestimmt nicht während des Monsuns zu Besuch kommen, aber ich bin sicher, dass Harry und Billy alles zusammenstellen können, was Du wissen musst. Entschuldige die Eile. Gruß, Inez V.*

Das war die Antwort – auf eine Ansichtskarte mit dem Foyer des Hotels Equatorial in Kuala Lumpur gekritzelt – auf den Brief, den ich im Juli 1975 aus Honolulu schrieb und in dem ich Inez fragte, ob sie mich empfangen würde. Da auf den »Sommermonsun« in Kuala Lumpur sofort der »Wintermonsun« folgt, der wiederum bis zum Ausbruch des nächsten »Sommermonsuns« dauert, war Inez' Antwort sogar weniger unbestimmt, als es aussehen mag. Im Oktober schrieb ich aus Los Angeles einen zweiten Brief und bekam mehr oder weniger postwendend eine zweite Ansichtskarte, wieder mit dem Foyer des Hotels Equatorial, in dem Inez übrigens nicht wohnte: *Alles, wovon Du sprichst, liegt in der Vergangenheit, und ich schaue, offen gesagt, lieber nach vorn. Mit anderen Worten, ein Besuch würde nichts bringen.*

Diese Karte war am zweiten November abgestempelt und kam am fünfzehnten in Los Angeles an. Zehn Tage später erhielt ich eine dritte Mitteilung von Inez, eine Buchbesprechung, in der mein Name beiläufig erwähnt wurde, aus einem ein Monat alten *International Herald Tribune*. Die an den Ausschnitt geheftete Notiz lautete *Tut mir leid, wenn meine Nachricht so kurz angebunden schien, aber Du verstehst sicher, worauf es mir ankommt, Inez.* Eine Woche danach rief Inez, nachdem sie mit ziemlicher Mühe die Nummer herausgefunden hatte, bei mir zu Hause in Los Angeles an und lud mich ein, nach Kuala Lumpur zu kommen.

Um die Wahrheit zu sagen, »lud« sie mich nicht direkt ein, nach Kuala Lumpur zu kommen.

»Wann kommst du nach K. L.?«, waren ihre Worte.

Ich dachte darüber nach.

»Ich möchte dich nicht verpassen«, sagte sie. »Ich könnte dich herumführen.«

Damals dachte ich, sie habe nur beschlossen, mit mir zu reden, weil Jack Lovetts Name gerade bei den verschiedenen Untersuchungen von Waffen- und Währungs- und

Technologie-Geschäften durchsickerte, die gewisse frühere oder vielleicht sogar gegenwärtige getarnte und offenkundige Agenten der Regierung der Vereinigten Staaten getätigt hatten. Es hatte sogar Hinweise auf Rauschgifthandel gegeben, die, obwohl sie gute Zeitungsgeschichten waren und in der anfänglichen Berichterstattung hochgespielt wurden (ich erinnere mich an den Ausdruck »Goldenes Dreieck« in vielen Überschriften und ein Foto von zwei undeutlichen Gestalten beim Verlassen eines Hauses auf dem Victoria Peak, von denen der eine als ein »zeitweiliger Geschäftsfreund von Lovett« und der andere als ein »bekannter Opiumkönig aus Hongkong« identifiziert wurde), bloß Andeutungen, Gerüchte blieben, die sich nie verhärteten. Aber die anderen Anspielungen waren stichhaltig genug und eigentlich für niemanden überraschend, der sich die Mühe gemacht hatte, darüber nachzudenken, was Jack Lovett in diesem Teil der Welt tat.

Da waren die Verbindungen zu ineinander verschachtelten Transportunternehmen und Luftfrachtgesellschaften ohne echte Aktiva. Da war der Direktorposten der Bank in Vila, die die Eigentümlichkeiten eines Kondominats so schöpferisch nutzte. Da waren all die Sonderaufträge und Sonderberatungen und besonderen Beziehungen in einer sich schnell verändernden Welt, wo das Sammeln von Informationen nicht vom Gebrauch von Informationen zu unterscheiden war und wo nationale und private Interessen (die Interessen von staatlichen und nichtstaatlichen Akteuren, wie Jack Lovett gesagt haben würde) nicht kollidierten, sondern in einem einzigen

Sammelbecken von gegenseitigen Gefallen zusammenflossen.

Um zu verstehen, was Jack Lovett tat, musste man nur verstehen, wie natürlich es für ihn war, dies zu tun, wie vollkommen absorbierend und überraschend leicht zugleich. Er hatte immer das Talent gehabt, die richtigen Leute zusammenzubringen, den richtigen Mann im Verteidigungsministerium mit, sagen wir, dem richtigen Mann in Livermore oder Los Alamos oder Brockhaven oder, ein konkretes Beispiel mit einem auf Anhieb kalkulierbaren Ergebnis, den Direktor der Stützpunktentwicklung für CINCPAC/MACV mit Dwight Christian.

Da war aber immer auch noch etwas anderes gewesen.

Da war die emotionale Einsamkeit gewesen, ein Losgelöstsein, das sich auch auf Fragen der nationalen oder politischen Loyalität bezog.

Es wäre unzutreffend, Jack Lovett illegal zu nennen, obwohl das vermutlich ein paar Leute damals taten.

Der Genauigkeit halber sollte man sagen, dass er das Land, mit dessen Pass er reiste, als eine Abstraktion betrachtete, einen staatlichen Akteur, einen von mehreren Faktoren in jedem Spiel.

Mit anderen Worten.

Was Jack Lovett tat, war nie schwarz oder weiß, und auf lange Sicht war es vielleicht bar jeden ethischen Gehalts (da der Hauptnutzen für ihn eine weitere Abstraktion war, das Anhäufen weiterer Informationen), doch da Grauschattierungen in den Zeitungen eher nicht gedruckt wurden, sah die Geschichte bei der Veröffentlichung nicht gut aus. Dass Jack Lovett angeblich in jenen Tagen nach der Schließung der Botschaft in Phnom Penh ein paar undurchsichtige Geschäfte mit der unterlegenen dritten Macht (oder vierten Macht oder fünften Macht, diese Geschichte war ein Fass ohne Boden) getätigt hatte, sah nicht gut aus. Dass der Londoner Händler, der in Südvietnam zurückgelassene amerikanische Waffen verkaufte, Lieferungen von einem von Jack Lovetts Frachtunternehmen bekommen hatte, sah nicht gut aus. Mir war klar, dass die Beziehung mit Inez ziemlich schnell herauskommen würde (wie es in der Woche, in der ich aus Kuala Lumpur zurückkam, auch geschah, als der WNBC-Film über Inez, in dem sie mit Harry Victor auf dem St. Regis Roof tanzt, meine tatsächliche Erinnerung an sie vorübergehend auslöschte), und ich nahm an, dass Inez mich nur sehen wollte, weil Jack Lovett mich sehen wollte. Ich nahm an, dass Jack Lovett während meines Besuches einen Weg finden würde, seine eigene Information an die Öffentlichkeit zu bringen. Ich nahm an, dass Inez für ihn handelte.

Kurzum, ich dachte, meine Reise nach Kuala Lumpur sei Teil einer Verteidigungsstrategie, die Inez verstand oder auch nicht verstand.

Das war, wie sich herausstellte, eine zu einfache Sicht von Inez Victor.

3

Was sie mir vor allem erzählen wollte, war, dass Jack Lovett tot war.

Dass Jack Lovett am neunzehnten August gegen elf Uhr abends im flachen Ende des Fünfzig-Meter-Swimmingpools im Hotel Borobudur in Djakarta gestorben war.

Nachdem er seine gewohnten dreißig Bahnen geschwommen war.

Dass sie Jack Lovetts Leichnam nach Honolulu zurückgebracht und ihn am Abend des einundzwanzigsten August auf dem kleinen Friedhof an der Schofield-Kaserne begraben hatte. Hinter der Stelle, wo sie die totgeborenen Familienangehörigen begruben. Hinter den italienischen Kriegsgefangenen. Unter einem Jacarandabaum, der aber nicht geblüht hatte. Wenn der Jacarandabaum aufblühte und seine Blütenblätter aufs Gras streute, würde der blaue See bis an Jack Lovetts Grabstein reichen. So nahe war das Grab an dem Jacarandabaum. Der Oberst, der ihr Kontaktmann in Schofield gewesen war, hatte zuerst einen anderen Platz vorgeschlagen, aber er hatte ihren Einwand verstanden. Der Oberst, der ihr Kontaktmann in Schofield gewesen war, war äußerst hilfreich gewesen.

Äußerst kooperativ.

Äußerst freundlich, wirklich.

Genauso wie ihr ursprünglicher Kontaktmann.

Mr Soebadio. In Djakarta. Mr Soebadio war der Repräsentant Javas für die Bank in Vila, und die Telefonnummer, die Jack ihr für den Fall gegeben hatte, dass sich in den vier oder fünf Tagen, die sie in Djakarta sein würden, irgendwelche Probleme ergäben, stellte sich als die seine heraus.

Jack Lovett hatte ihr nicht Mr Soebadios Namen gegeben.

Nur diese Telefonnummer.

Zum Anrufen. Falls sie krank würde oder ihn tagsüber erreichen müsse, oder er in Solo oder Surabaya war und die Unruhen wieder aufflackerten. Tatsächlich hatte sie genau in dem Augenblick über die Telefonnummer nachgedacht, als sie aufschaute und sah, dass Jack Lovett mit dem Gesicht nach unten in dem sehr flachen Ende des Schwimmbeckens lag, in dem Stück, wo das Wasser nur knapp dreißig Zentimeter hoch war und die kleinen Kinder mit dem texanischen Akzent den ganzen Tag spielten.

Es war ganz plötzlich passiert.

Sie hatte ihn auf das flache Ende des Beckens zuschwimmen sehen.

Sie hatte sich gebückt, um ihm ein Handtuch zu geben.

Sie hatte genau in dem Augenblick, in dem sie sich nach dem Handtuch gebückt hatte, über die Telefonnummer nachgedacht, die er ihr gegeben hatte, und sich gefragt, wer abheben würde, falls sie anrief.

Und dann hatte sie aufgeschaut.

So spät war niemand sonst mehr am Pool gewesen. Die

letzten Spieler hatten die Tennisplätze verlassen, und die Abendbeleuchtung war abgeschaltet worden. Selbst die Bar am Swimmingpool hatte geschlossen, aber an der Außenwand hing ein Telefon, und von diesem Telefon rief Inez zwanzig Minuten später die Nummer an, die Jack Lovett ihr gegeben hatte. Bis der tamilische Arzt kam, hatte sie mit Jack Lovetts Kopf im Schoß am Rand des Schwimmbeckens gesessen. Der tamilische Arzt sagte, die zwanzig Minuten, die sie mit Wiederbelebungsversuchen verbracht habe, seien sinnlos gewesen.

Der tamilische Arzt sagte, was geschehen sei, sei augenblicklich, kreislaufbedingt, endgültig gewesen. Im Blut, sagte er, schnippte mit den Fingern und zog sie gleichzeitig über die Kehle, ein kurzer Schlag.

Mr Soebadio hatte den tamilischen Arzt zum Swimmingpool gebracht.

Mr Soebadio manövrierte Jack Lovetts Arme in das leichte Leinenjackett und trug ihn in den Service-Bereich, wo sein Auto geparkt war.

Mr Soebadio riet Inez, jedem, der sich dem Auto näherte, zu erzählen, dass Mr Lovett betrunken sei, und Mr Soebadio ging noch einmal nach oben, um ihren Pass zu holen, und Mr Soebadio wies darauf hin, dass gewisse mögliche Schwierigkeiten, Mr Lovett aus Indonesien herauszubekommen, umgangen werden könnten, wenn man ein kleines Flugzeug besorge, ein Flugzeug, das leicht abgefertigt würde, wie er es nannte, und zufällig wusste er, wie man das bekam. Er wusste zufällig, dass ein Flugzeug, das leicht abgefertigt würde, auf dem Weg von Denpasar nach Halim war. Er wusste zufällig, dass der Pilot, ein guter Freund, bereit sein würde, Mrs Victor und Mr Lovett dorthin zu bringen, wohin Mrs Victor wollte.

Innerhalb der durch die Reichweite des Flugzeugs gesetzten Grenzen.

Das Flugzeug war eine siebensitzige Lear.

Halim nach Manila, kein Problem.

Manila nach Guam, kein Problem.

Honolulu, eindeutig ein Problem, aber mit der Genehmigung, auf bestimmten, für zivile Flugzeuge unzugänglichen Atollen aufzutanken, meinte Mr Soebadio, könne er das Problem lösen.

Sagen wir Kwajalein.

Sagen wir Johnston.

Guam nach Kwajalein, rund dreizehnhundert Meilen, gut erreichbar.

Kwajalein nach Johnston, sagen wir achtzehnhundert, Zugabe für Abdrift, da der Wind meistens aus Westen kommt, immer noch erreichbar.

Johnston nach Honolulu, exakt siebenhundertsiebzehn und überhaupt kein Problem.

Mr Soebadio hatte einen Taschenrechner, und er stand in Halim auf der Rollbahn und rechnete die Verhältnisse von Gewicht und Auftrieb und Bodenentfernung und Windgeschwindigkeit aus, während Inez zusah, wie der tamilische Arzt und der Pilot Jack Lovett auf die hinteren Passagiersitze der Lear hoben und ihn in einen Leichensack packten. Bevor er den Leichensack zuzog, duchsuchte der tamilische Arzt die Taschen von Jack Lovetts Leinenjackett und gab die wenigen Visitenkarten, die er fand, Mr Soebadio. Mr Soebadio warf einen Blick darauf und steckte sie in die eigene Tasche, immer noch auf den Taschenrechner konzentriert. Inez überlegte, ob sie Mr Soebadio um den Inhalt von Jack Lovetts Taschen bitten sollte, entschied sich aber dagegen. Wenn einer stirbt, ist es dir lieber, wenn er nicht deine Karte in der Tasche hat, hatte Jack Lovett einmal zu ihr gesagt. Der Reißverschluss des Leichensacks verfing sich im Revers des Leinenjacketts, und Mr Soebadio half dem tamilischen Arzt, ihn wieder loszumachen. Etwas, was Inez Mr Soebadio lieber auch nicht fragte, war, wo der Leichensack herkam.

Das Baumwollkleid, das sie trug, war getränkt vom Wasser aus dem Schwimmbecken und kühl auf ihrer Haut.

Sie roch das Chlor die ganze Nacht.

In Manila stieg sie nicht aus der Lear aus.

In Guam schlief sie halb, war sich aber des Landeanflugs und der Lichter und der amerikanischen Stimmen beim Bodenpersonal bewusst. Der Pilot meldete sich in der Operationszentrale und brachte Pappbecher mit Kaffee und eine Zeitung zurück. WO AMERIKAS TAG BEGINNT stand in dem Adler im Titel der Zeitung.

In Kwajalein konnte sie die Raketenstellungen aus der Luft sehen und bekam am Boden gesagt, ihr sei nicht erlaubt, auszusteigen.

Auf Johnston stieg sie aus und ging allein bis zum Ende der langen, leeren Landebahn, wo der Asphalt an der Lagune endete. Jack Lovett hatte drei Wochen auf Johnston verbracht. 1952. Auf das Wetter gewartet.

»Wonder Woman Two« war der Name der Bombe. Sie erinnerte sich daran. Sie erinnerte sich sogar daran, dass er gesagt hatte, er sei in Manila gewesen, und an das Souvenir, das er mitgebracht hatte. Eine philippinische Bluse. Gestärkte weiße Spitze. Im ersten Sommer, den sie mit Harry verheiratet gewesen war, hatte sie sie in einer Schublade gefunden und in Rehoboth getragen. Die gestärkte weiße Spitze auf ihrer nackten Haut hatte sie beide erregt, und später hatte Harry gefragt, warum sie die Bluse nie wieder trage.

Souvenir aus Manila.

Auf Johnston von einem Aufklärungspiloten gekauft, der aus Clark eingeflogen war.

Das wusste sie jetzt.

Sie zog ihre Sandalen aus und watete in die Lagune, spritzte sich das warme Wasser ins Gesicht, machte ihr Halstuch nass, kehrte dann um und ging zur Lear zurück. Während der Pilot mit den Mechanikern über eine Zwischenschaltung redete, die seiner Meinung nach nicht richtig funktionierte, öffnete Inez den Leichensack. Sie hatte vorgehabt, das nasse Tuch in Jack Lovetts Hände zu legen, aber als sie sah, dass die Leichenstarre eingetreten war, schloss sie den Leichensack wieder. Das Tuch ließ sie darin. Souvenir von Johnston. Ihr fiel ein, dass Johnston der richtige Ort gewesen wäre, um ihn zu begraben, aber niemand auf Johnston wusste etwas von dem Leichnam in der Lear, und zwischen Mr Soebadio und dem Oberst in Schofield war schon alles abgemacht worden, und so flog sie weiter und erledigte es in Schofield.

Was gut war.

Johnston wäre der richtige Ort gewesen, aber Schofield war auch gut.

Als sie die andere Stelle bekam.

Das Grab in der Nähe des Jacarandabaums.

Die erste Stelle, die der Oberst vorgeschlagen hatte, war zu nahe an der Hecke. Der Hecke, die die Gräber der hingerichteten Soldaten verdeckte. Sieben waren es. Um darauf hinzuweisen, dass sie in Schande gestorben waren, hatte man sie, das Gesicht von der Flagge abgewandt, hinter der Hecke begraben. Sie wusste zufällig über die Hecke Bescheid, weil Jack Lovett sie ihr gezeigt hatte, nicht lange nachdem sie sich kennengelernt hatten. Um die Wahrheit zu sagen, hatten sie sich sogar darüber gestritten. Sie hatte es grausam gefunden, die Toten zu brandmarken. Auf immer und ewig. Er hatte gemeint, es sei ganz und gar nicht grausam, bloß sinnlos. Es sei sentimental, zu glauben, es spiele eine Rolle, auf welcher Seite der Hecke man begraben würde.

Sie erinnerte sich genau an das, was er gesagt hatte.

Die Sonne geht immer noch auf, und du siehst es trotzdem nicht, hatte er gesagt.

Nichtsdestotrotz.

Auch wenn alles gleich war, wollte sie ihn nicht in der Nähe der Hecke begraben haben, und der Oberst hatte ihr Anliegen sofort verstanden.

So hatte sich alles ergeben.

Alles war gut gewesen.

Sie hatte an jenem Abend einen Linienflug nach Singapur genommen und war direkt nach Kuala Lumpur umgestiegen. Sie hatte niemanden angerufen.

Wir saßen nach dem Essen auf der Veranda des Bungalows, den Inez in Kuala Lumpur gemietet hatte, als sie mir das erzählte. Es war mein erster Tag dort. Den ganzen Nachmittag in der Klinik hatte sie von Harry Victor und der Allianz für Demokratische Institutionen erzählt, und als ich beim Essen fragte, wo Jack Lovett sei, hatte sie nur gesagt, er sei nicht in Kuala Lumpur. Nach dem Essen hatten wir eine Weile, ohne zu reden, auf der Veranda gesessen, und dann hatte sie plötzlich angefangen.

»Im August ist etwas passiert«, hatte sie gesagt.

Irgendwo zwischen Guam und Kwajalein hatte sie gefragt, ob ich Tee wolle, und hatte ihn in einer angeschlagenen Teekanne mit einer Witzzeichnung gebracht, die auf das Alter des Bungalows schließen ließ: eine Zigarren rauchende Bulldogge, eingerahmt von zwei hübschen Mädchen, die aus Rosenblüten schauten. Unter der einen stand »Lillibet« und unter der anderen »Margaret Rose«. Inez war barfuß. Ihr Haar war zurückgekämmt, und sie trug kein Make-up. Während sie erzählte, ging plötzlich ein starker Regenschauer nieder, der die Veranda eine Zeit lang mit durchsichtigen Regenwänden wie mit einer Mauer umgab, und nach dem Regen schwärmten nun Termiten um die Lampe und fielen in unsere Teetassen, aber Inez nahm nicht mehr Notiz von den Termiten als vom Regen oder meinetwegen von der Teekanne. Als sie aufgehört hatte zu sprechen, saßen wir einen Augenblick schweigend da, und dann schenkte Inez mir noch eine Tasse Tee ein und schnippte die Termiten mit den Fingernägeln von der Oberfläche. »Was denkst du darüber?«, sagte sie.

Ich sagte nichts.

Inez beobachtete mich genau.

Ich dachte darüber genau das, was Inez darüber gedacht haben musste, aber das war nicht von Bedeutung. Ich dachte, dass in der Nacht, in der sie Jack Lovetts Leiche von Djakarta nach Schofield flog, überall über dem Pazifik Papiere geschreddert worden waren, aber das war nicht von Bedeutung. Wir saßen in einem Sumpfwald am Rand Asiens, in einer Stadt, die ein Jahrhundert zuvor kaum existiert hatte und jetzt nur als Strandgut einer territorialen Notwendigkeit existierte, und eine Frau, die einmal mit dem Gedanken gespielt hatte, im Weißen Haus zu leben, schnippte Termiten aus ihrer Teetasse und erzählte mir, wie sie in einem siebensitzigen Flugzeug mit einem Mann in einem Leichensack auf einer Reihe von Korallenatollen gelandet war.

Einem Amerikaner in einem Leichensack.

Einem Amerikaner, von dem es hieß, er habe Geschäfte in Situationen gemacht, in die kein Amerikaner hätte verwickelt sein sollen.

Was ich darüber dachte.

Schließlich zuckte ich die Achseln.

Inez beobachtete mich noch einen Augenblick und zuckte dann selber die Achseln.

»Jedenfalls waren wir zusammen«, sagte sie. »Wir waren unser ganzes Leben zusammen. Wenn man das Darandenken mitzählt.« Im Bungalow klingelte das Telefon.

Inez machte keine Anstalten, hinzugehen.

Stattdessen stand sie auf und stützte sich auf das Holzgeländer der Veranda und sah hinaus auf das nasse Gestrüpp von Lianen und Kasuarinen, das den Bungalow umgab. Durch das Dickicht konnte ich gelegentlich Scheinwerfer von den Autos auf der Ampang Road sehen. Wenn ich aufstand, konnte ich die Lichter des Hilton auf dem Hügel sehen. Das Telefon hatte aufgehört zu klingeln, ehe Inez wieder sprach.

»Nicht, dass es eine Rolle spielte«, sagte sie dann. »Ich meine, die Sonne geht immer noch auf, und er sieht es trotzdem nicht. Das war Harry, der da angerufen hat.«

4

Jack Lovett hatte 1952 Hummer in der Lagune von Johnston gefangen. Inez hatte 1975 ihr Halstuch in der Lagune von Johnston nass gemacht. Jessie und Adlai hatten 1969 Marco Polo im Fünfzig-Meter-Becken des Borobudur in Djakarta gespielt. Jack Lovett war 1975 im Fünfzig-Meter-Becken des Borobudur in Djakarta gestorben. 1952 waren Inez und Jack Lovett auf dem Friedhof der Schofield-Kaserne spazieren gegangen. Er hatte ihr die Gräber der tot geborenen Familienangehörigen und der italienischen Kriegsgefangenen gezeigt. Er hatte ihr die Hecke und die von der Flagge abgewandten Gräber gezeigt. Die tot geborenen Angehörigen und die italienischen Kriegsgefangenen und die hingerichteten Soldaten waren 1952 alle schon da gewesen. Selbst der Jacarandabaum war 1952 wohl schon da gewesen.

In den fünf Tagen, die ich in Kuala Lumpur verbrachte, erwähnte Inez solche »Übereinstimmungen« – ihr Ausdruck – einige Male, als seien es speziell für sie bestimmte Botschaften, Beweise für eine zusammenhängende Geschichte, die sie nicht vermutet hatte. Sie schien diese dürftigen Übereinstimmungen außerordentlich zu finden. Bei einem Leben, dessen höchster Preis das Erinnerungsvermögen war, vermute ich, waren sie das auch.

Bis ich nach Los Angeles zurückkam, hatte der Kongress Jack Lovett unter Strafandrohung vorgeladen und war der Filmausschnitt von Inez, wie sie auf dem St. Regis Roof tanzte, zum ersten Mal von einem Netzwerk ausgestrahlt worden. Ich habe keine Ahnung, warum gerade dieser Ausschnitt das einzige, dauernd wiederholte Bild von einem Leben war, das so erschöpfend dokumentiert war wie das Inez Victors, aber so war es, und während jener wenigen Tage im Januar 1976 bekam dieser Film ein ganz unabhängiges Leben von dem ziemlich gewöhnlichen Anblick, den er festhielt. Manchmal lief er nur eine Sekunde oder zwei, war so kurz geschnitten, dass er ein Standfoto hätte sein können, manchmal präsentierte er sich als ausgewalztes Schauspiel, das einen dramatischen Schluss erreichte, wenn der Assistent sagte »Halt zwei Aufzüge fest« und Harry Victor sagte »Ich bin nur ein Privatmann« und Inez sagte »Wunderbar« und die Kapelle *Isn't It Romantic* spielte.

Ich vermute, ein Grund, warum der Film immer wieder gespielt wurde, war einfach, dass es der neueste war, den es von Inez Victor gab.

Ich vermute, ein anderer Grund war, dass der Hut mit den roten Kirschen und »Nur ein Privatmann« und »Wunderbar« und *Isn't It Romantic* von einer Ironie waren, die selbst dem naivsten Zuschauer aufging.

Drei Wochen später entdeckte ein Reporter von der *Washington Post* zufällig im Pentagon-Archiv, dass der Grund, warum Jack Lovett der Ladung vor den Kongress nicht gefolgt war, der war, dass er seit August tot war, auf staatseigenem Land begraben und die Unterschrift auf den Behördenformularen, die seine Beerdigung auf staatseigenem Land autorisierten, die von Inez Victor war.

An dem Abend lief der Film noch zweimal und dann nie wieder.

Soweit ich weiß jedenfalls noch nicht einmal, als NBC Inez Victor im Verwaltungsbüro des Flüchtlingslagers in Kuala Lumpur ausfindig machte und Inez Victor sich nicht interviewen lassen wollte.

Im März 1976 zeigte Billy Dillon mir die dreizehn Worte umfassende Antwort, die er auf einen Brief an Inez bekommen hatte. Er habe Zuflucht zum Schreiben genommen, sagte er, weil es unbefriedigend gewesen sei, Inez anzurufen.

»Wenn du irgendwas Handfestes am Telefon anschneidest«, sagte Billy Dillon, als er mir Inez' Antwort zeigte, »dann sagt Mutter Teresa dort, sie wird in der Klinik gebraucht. Also schreibe ich. Ich teile ihr Neuigkeiten mit, ein bisschen Klatsch, ein ausführlicher Gedanke oder zwei, ich schmuggele eine Frage hinein. Eine. Ich frage, ob sie mir, verdammt noch mal, einen Grund nennen kann, warum sie in diesem gottverlassenen K. L. ist, und das hier kriege ich. Dreizehn Worte.«

Er gab mir das linierte Blatt, auf dem in Inez' charakteristischen Krakeln die dreizehn Wörter standen: *»Farben, Feuchtigkeit, Hitze, genug Blau in der Luft. Vier Gründe, verdammt. Gruß, Inez«.*

Farben, Feuchtigkeit, Hitze.

Genug Blau in der Luft.

Das Wesentliche habe ich Ihnen ziemlich zu Beginn

erzählt, doch nicht im Zusammenhang, mit dem ich versuche, wie Sie merken, mich in diesem Roman mit Hilfe dann und wann erhaschter Einblicke auf dem Seil zu halten. Es ist weder der Roman geworden, den ich ursprünglich schreiben wollte, noch bin ich die Person, die ihn ursprünglich schreiben wollte. Auch hat mich nicht die Unentrinnbarkeit der Erzählung in ihren Sog gezogen, der gewöhnlich einen Roman seinem Ende zutreibt, der Schwung, der einsetzt, wenn Ereignisse ihren Schatten vorauseilen und alle Karten in sich zusammenfallen und die Möglichkeiten auf null schrumpfen.

Vielleicht bleiben hier alle Möglichkeiten offen, weil in dieser Situation nichts die jeder Erzählung zugrunde liegende Annahme stärkt, dass die Vergangenheit das Vorspiel zur Gegenwart ist.

Alles könnte geschehen.

Wie Sie vielleicht wissen oder auch nicht, hat Billy Dillon einen neuen Kandidaten, einen Kongressabgeordneten von der NASA, der glaubt, durch sein Alter und seine Ausbildung sei er auf der richtigen Seite dessen, was er »den Ideen-Rückdrift« nennt. Und manchmal, wenn Billy Dillon in Kalifornien ist, um Geld aufzutreiben, esse ich mit ihm zu Abend. In mancher Hinsicht habe ich Inez als die Frau ersetzt, von der Billy Dillon sich vorstellt, dass er sie gern geheiratet hätte. Harry Victor ist, wie Sie wiederum vielleicht wissen oder nicht, in Brüssel Sonderbotschafter bei der EG. Adlai und Jessie geht es gut. Adlai ist in San Francisco, wo er bei einem Bundesrichter im neunten Gerichtsbezirk arbeitet; Jessie ist in Mexico City, wo sie merkwürdigerweise einen Roman schreibt und mit einem freiberuflichen Reporter von *Newsweek* zusammenlebt, der versucht, lange genug aus verschiedenen Unruheherden zu berichten, um nach New York zurückzukommen und fest angestellt zu werden. Wenn und falls er das schafft, vermute ich, wird Jessie nicht mit ihm kommen, da sie eine Schwäche für Hauptstädte in Aufruhr hat. *Stell dir meine Mutter beim Tanzen vor*, hatte ich gehofft, würde Jessies Roman beginnen, aber einem Brief zufolge, den ich vor Kurzem von ihr bekam, handelt es sich bei diesem speziellen Roman um eine historische Romanze über Maximilian und Charlotte.

Inez ist selbstverständlich noch in Kuala Lumpur.

Sie schreibt einmal in der Woche an Jessie, etwas weniger oft an Adlai und mittlerweile kaum noch an Harry. Sie schickt ab und zu eine Postkarte an Billy Dillon und dann und wann einen Zeitungsausschnitt an mich. An einem Abend in der Woche hält sie an der Universität von Malaysia ein Seminar über amerikanische Literatur und isst danach im Lake Club zu Abend, aber die meisten ihrer Abende wie auch ihrer Tage widmet sie der Verwaltung der mittlerweile rund ein Dutzend Flüchtlingslager um Kuala Lumpur.

Als ich vor einem Jahr in London war, veröffentlichte der *Guardian* einen Artikel über Flüchtlinge in Südostasien, und Inez wurde zitiert.

Sie sagte, dass sie, obwohl sie sich noch als amerikanische Staatsbürgerin betrachte (eine seltsame Redewendung, aber so stand es da), in Kuala Lumpur bleiben würde, bis der letzte Flüchtling untergebracht sei.

Da es unwahrscheinlich ist, dass Kuala Lumpur zu Inez' oder meiner Lebenszeit seinen letzten Flüchtling unterbringt, schätze ich, dass sie vorhat, dazubleiben, aber ich habe schon oft Überraschungen erlebt. Als ich diesen Artikel in London las, waren mir plötzlich Inez und das Büro im Lager ganz gegenwärtig und was für ein Gefühl es ist, in jenen Teil der Welt mit dem dichten Grün und dem durchsichtigen Blau und den Untiefen, wo einst Inseln waren, zu fliegen, doch bis jetzt bin ich noch nicht wieder da gewesen.

Nachwort

Von Antje Rávic Strubel

Joan Didion entdeckte ich so, wie man die wichtigsten Dinge im Leben oft entdeckt. Zufällig. Durch einen Zufall, der im Nachhinein wie Vorsehung aussieht, wie ein schicksalhaftes Zusammentreffen unterschiedlichster Ereignisse. Im Nachhinein lässt sich feststellen, dass es eine Zeit vor Didion gibt, dann gibt es Didion. Vor Didion wusste ich nicht, dass Romane sich so schreiben lassen. So waghalsig. So schwebend. So untergründig emotional. Aber mit einem Blick, der so geschärft ist, dass man lesend das Gefühl hat, am Holzbrett einer Messerwerferin zu stehen.

Vor Didion fehlte dem Leben eine wichtige Einsicht: Das Wenige, das wir haben, muss sehr bewusst untergebracht werden.

Zu den für diese Entdeckung entscheidenden Merkmalen gehörten der sechste Sinn einer Buchjägerin, eine Ramschkiste und ein von Sonne durchdrungener Tag, wahrscheinlich im Frühling, der geeignet war, sich im Freien aufzuhalten und vor Schaufenstern und den Auslagen von Buchhandlungen stehen zu bleiben.

Der Buchhändler, vor dessen Laden ich stehen blieb, hatte Joan Didions Roman *Demokratie* wohl am Morgen in die Ramschkiste gelegt. Das Buch lag obenauf. Ein blassblauer Einband, der Schutzumschlag fehlte, ein neuer, äußerst niedriger Preis stand mit dünnem Bleistift auf der Vakat-Seite.

Der Roman beginnt mit einem Sonnenaufgang über Atollen im Pazifik, auf denen soeben Nukleartests stattgefunden haben. Es ist diese Verflechtung, der ich im Lärm der Straße vor der Buchhandlung sofort verfiel. Die Verflechtung eines romantischen Bildes: »der Himmel hatte dieses Rosa, und die Luft war nass vom nächtlichen Regen, weich und nass und roch nach Blumen« mit seiner äußersten Ernüchterung: »die Kugelschreiberspitze ging glatt durchs Papier«.

Auch der Sprache verfiel ich sofort. Diesen scharfkantigen, exakt platzierten Sätzen. Dieser stilistischen Eleganz. Eine hochgeschlossene Eleganz, die ohne Verzierungen, ohne Rüschen und Schnürchen auskommt, schlicht und zuweilen schwarz. Während Autoren Emotionen häufig erklären, werden sie hier gezeigt. Diese Autorin, fiel mir vor der Buchhandlung auf, wirft Messer. Ihre Sätze zischen durch die Luft, schnell, präzise, und dann sitzen sie treffsicher und leicht vibrierend im Holz. Und am Ende ergeben sie eine Form. Einen menschlichen Umriss.

Der Titel hatte mich dazu gebracht, das Buch überhaupt aufzuschlagen. Dieses *Demokratie*, das eigentlich zu groß, zu allgemein und zu trocken ist für einen Romantitel. Ich vermutete dahinter eine entweder anmaßende oder zynische Haltung der Autorin. Entweder würde es hier um den Versuch gehen, Demokratie vom Wesen her zu fassen, den heutigen Zustand demokratischer Gesellschaften in einem fiktionalen Werk zu spiegeln, oder es handelte sich um eine Abrechnung mit ihr. Beides, sowohl Anmaßung als auch Zynismus, war mir sympathisch. Ich kaufte das Buch; eine Entscheidung, die mein Leben veränderte, mein Denken in Aufruhr brachte und bis heute dafür sorgt, dass ich für einiges, was sich noch Literatur nennt, unbrauchbar bin.

Später erfahre ich, dass es ihr Mann war, John Gregory Dunne, ebenfalls Schriftsteller, der den Titel vorschlug, unter dem der Roman 1984 in den USA erschien. In Didions großem Trauerbuch *Das Jahr magischen Denkens* ist darüber zu lesen: »Ich hatte das Buch als eine Komödie über familiäre Umgangsformen unter dem Titel *Engelsbesuche* angelegt, eine Formulierung, die im *Brewer's Dictionary of Phrase and Fable* als ›wunderbare Begegnung von kurzer Dauer und seltenem Auftreten‹ definiert wird, aber als klar wurde, dass es in eine andere Richtung gehen würde, hatte ich ohne Titel weitergeschrieben. Als ich fertig war, las John das Manuskript und sagte, ich solle es *Demokratie* nennen.«

Bei meiner ersten persönlichen Begegnung mit Joan Didion in ihrer Wohnung in Uptown-Manhattan erfahre ich außerdem, dass *Demokratie* ursprünglich als viktorianischer Roman angelegt war.

»Aber dann wurde mir klar, dass es nicht möglich war, einen von diesen großen Romanen zu schreiben, in denen der Erzähler auch der Autor ist und diese ausufernde Geschichte erzählt, die tatsächlich passiert ist und die er oder sie erfahren hat. Es gelang einfach nicht«, sagt Didion im Sommer 2006. Zu diesem Zeitpunkt ist sie zweiundsiebzig Jahre alt, hat ihren Mann und ihre Tochter verloren und ist als Schriftstellerin und Essayistin so berühmt, dass mir für ein Interview von ihrer Agentur nur eine Dreiviertelstunde zugestanden wird.

»Ich begriff, dass es mir nicht gelingen konnte, weil diese Romane für Leser geschrieben wurden, die die Werte des Autors teilten, für eine sehr einheitliche Gesellschaft. Natürlich ist jede Leserschaft eine ziemlich einheitliche Gesellschaft, aber gewöhnlich denkt man nicht auf diese Weise daran, man denkt daran, eine große Leserschaft zu gewinnen, ein Land, eine Welt, und die sind eben nicht einheitlich.«

Seit den siebziger Jahren zählt Joan Didion nicht nur zu den wichtigsten intellektuellen Stimmen der USA. Sie gehört auch zu den Großen der amerikanischen Literatur, in einer Reihe mit William Gaddis, Don DeLillo, Bret Easton Ellis. Die Eleganz ihres Stils und das Setting ihrer Geschichten stehen in der Nachfolge F. Scott Fitzgeralds oder Djuna Barnes'. Mit Tom Wolfe und Norman Mailer verbindet sie die literarische Auseinandersetzung mit den politischen Tumulten der sechziger und siebziger Jahre in den USA. Die Technik des *New Journalism*, das Überblenden von fiktionalem und journalistischem Erzählen, ist Didion vertraut. Und schließlich kombiniert sie das Understatement Hemingways mit der analytischen Schärfe und Brillanz einer Dorothy Parker.

Der Roman *Demokratie* ist kein »ausuferndes« viktorianisches Gesellschaftsporträt geworden. Das ist bei dieser hochsensiblen, scharfsichtigen und aus dem Wissen um ein grundsätzliches Ungesichertsein heraus schreibenden Schriftstellerin auch schwer vorstellbar. Stattdessen ist ein Roman entstanden, in dem das Erzählen ständig infrage gestellt wird. Ein Roman, der den chronologischen Abläufen des Realismus, die das Leben auf einen Zeitstrahl spannen, misstraut. Ein Roman, dessen Erzählerin keine Möglichkeit sieht, der disparaten Welt von heute mit der Form eines Romans überhaupt beizukommen.

In dieser Erzählerin lässt sich unschwer die Autorin erkennen. Didion entwirft ihre Erzählerinnen häufig auf der Schnittstelle von Fiktion und Biografischem. Auch hier sind die Parallelen deutlich: Beide sind Journalisten, beide haben für *Vogue* gearbeitet, beide haben Zugang zur politischen Elite Amerikas. Sie kennen sich aus mit der Upperclass an der amerikanischen Westküste, mit ihren Partys in Malibu und Beverly Hills, auch Didion ist eine Zeit lang zwischen Malibu und Honolulu gependelt. Der Umgangston von Senatoren dürfte Didion so geläufig sein wie ihrer Erzählerin, sie hat über Präsidentschaftskampagnen berichtet, sprachliche Verschleierungen und Euphemismen der Politik zur Zeit des Vietnamkriegs aufgedeckt, sie hat über den von der Regierung Reagan unterstützten Bürgerkrieg in El Salvador geschrieben und später über die »konservative Revolution« Newt Gingrichs.

Beide verbindet außerdem eine bestimmte Haltung zur Welt: Ihr Sinngehalt wird in der Geologie gesehen. In der Geologie offenbart sich für Didion das Unausweichliche und Gleichgültige des dauerhaften Kreislaufs des Lebens. Geologische Abläufe, mit denen sich Erdbeben, Vulkanausbrüche, Verschiebungen tektonischer Platten, die Erosion von Bergen und Küsten vollziehen, gelten ihr als einzig zuverlässige Gesetze. Jedem anderen Gesetz ist mit Misstrauen zu begegnen. Jedes andere Gesetz ist von Menschen entworfen und ebenso veränderbar wie sein Zweck.

»Nennen Sie mich die Autorin!«, heißt es zu Beginn des Romans. In diesem Imperativ äußert sich der substanziellste Zweifel an der Möglichkeit des Erzählens: der Zweifel an der Idee vom Autor als Schöpfer literarischer Texte. So ist es im Grunde auch gleich, ob die Erzählerin in *Demokratie* biografische Züge von Didion trägt oder nicht. Denn wer schreibt?

Not I, könnte man mit Beckett antworten: nicht ich. Das Ich der Autorin, das schreibende Ich, das Ich der Erzählerin oder das alltägliche Ich, sie alle sind sprachliche Irrlichter. Das Ich bezeichnet die eigene Person unter Ausschließung aller anderen, es scheint dem Gesetz nach das subjektivste Wort in der Sprache zu sein und ist doch das allgemeinste; es kann von jedem benutzt werden und benutzt jeden. »Ein Berg ist eine vorübergehende Anpassung an Druck, und das Ich ist vielleicht eine ähnliche Anpassung«, schreibt die Erzählerin/Didion. Mehr ist von diesem Ich nicht zu erwarten; kein psychologischer Apparat, kein monadischer Wesenskern, noch nicht einmal das Sammelbecken von Erinnerungen. Es ist lediglich eine Anpassung an Druck. Physik.

Wer aber der geläufigsten Konvention beim Schreiben, dem erzählerischen Ich, zutiefst misstraut, misstraut zwangsläufig auch der Sprache, die sie hervorbringt. Didion sieht die Sprache vor allem als ein Abraum der schönen Lügen, aus denen der Alltag gestrickt ist, all der Verhaltenskodizes, Gefühligkeiten, der Ideologie und Moral. Sie interessiert das Zustandekommen und Verblassen der Muster, der sprachlichen Regelungen, in denen sich Menschen bewegen. Didion geht nicht davon aus, dass etwas ist, wie es scheint. Sie fragt danach, wie es ist. Wie es wurde, was es ist.

Sprache beispielsweise wird zerstörerisch, wo nur noch Konventionen die Lebensform bedingen; sie wird lebensbedrohend, wo das Leben bruchlos in der Konvention aufgeht. All das legt Didion frei, sobald sie schreibt, und so ist die Sprache ihr wesentlicher Gegenstand.

Nicht von ungefähr sind ihre Erzählerinnen häufig Journalisten. Sie erfinden den Stoff der Romane, indem sie ihn mit journalistischem Handwerkszeug zerlegen. Für Didion ist die Wirklichkeit nichts anderes als Roman. Narration. Indem sie erzählt, als handele es sich um eine Recherche, führt sie die Wirklichkeit als Erfindung vor. Diese dekonstruktivistische Art des Erzählens ist typisch für Didion. Darin war sie bereits eine Meisterin, bevor der Dekonstruktivismus in die Literaturwissenschaft einzog.

»Schon als Kind hat mich interessiert, wie Sätze funktionieren und wie man eine Geschichte ändern kann, indem man einfach die Sätze ändert. Nur die Form der

Sätze, nicht die Fakten in den Sätzen. Inhalte sind für mich immer sprachlich«, sagt Didion im Juli 2006 vor dem Kamin in ihrem Apartment in New York. Auf dem Kaminsims stehen Fotos ihres Mannes John, mit dem sie fast vierzig Jahre zusammenlebte; ein weiteres Beispiel eines berühmt gewordenen Schriftsteller-Ehepaares. Im Gegensatz zu anderen waren die beiden keine Konkurrenten. »Es war eher so, als hätten wir eine kleine gemeinsame Textfabrik. Wir hielten uns instinktiv von den Themen des anderen fern. Aber wenn der eine Erfolg hatte, war das auch für die andere gut und umgekehrt.« Didion wirkt schmal auf dem weißen Sofa. Sie trägt eine ärmellose Bluse, die Haut ist dünn über den Gelenken. Die Wasserflasche in ihrer Hand scheint unwirklich groß. Ihre grazile Erscheinung ist ihr Leben lang ein Thema gewesen. Sie steht in einem so deutlichen Gegensatz zu der kräftigen, festen Stimme ihrer Texte. In ihrem Essayband *Die Stunde der Bestie*, der 1968 in den USA erschien, ist zu lesen: »Ich bin so klein, so unscheinbar, und auf eine so neurotische Weise ungesprächig, dass die Leute anfangen zu vergessen, dass meine Anwesenheit ihren Interessen schaden könnte. Und sie schadet immer. Das ist eines der letzten Dinge, die man vergessen sollte: Schriftsteller nutzen immer jemanden aus.«

Auf dem Fensterbrett stehen Öllampen. Vielleicht hat Didion die Lampen aus Kalifornien mitgebracht. Vielleicht sind sie Überbleibsel der Notausrüstung, die in Los Angeles zum Haushalt gehörte, wo Didion, ursprünglich aus Sacramento, viele Jahre gelebt hat. Erst in den achtziger Jahren zog sie an die Ostküste. In Los Angeles deckt man sich für den Fall einer Feuersbrunst oder eines Erdbebens, für den Fall eines Ausbruchs jeder denkbaren Naturkatastrophe mit Kerzen, Müsliriegeln, mit genug Wasser und Dosennahrung ein, erzählt Didion, die sich in den kalifornischen Eigenheiten, in diesem lichtverwehten Westküsten-Dasein gut auskennt. Niemand hat das kalifornische Lebensmodell so präzise und hellsichtig analysiert wie sie in ihren zahlreichen Essays. Mit ihrem Buch *Where I was from* hat sie eine Geschichte der Besiedlung Kaliforniens geschrieben, am Beispiel der Frauen ihrer Familie, die mittlerweile vier Generationen zurückreicht. Ihr eigenes unbestechliches und unabhängiges Denken sieht Didion als Folge des risikobehafteten Lebens ihrer Vorfahren, die mit dem Treck der Donner Party über die Sierra Nevada zogen. Ein zerstörerischer Zweckoptimismus, Härte gegen sich selbst und die Erfahrung einer tief greifenden Desillusionierung gehören für sie ins kalifornische Charakterbild.

Didions »goldenes Land, in dem die Zukunft immer gut aussieht, weil sich niemand an die Vergangenheit erinnert«, wie sie schreibt, ist zum letzten Zufluchtsort für all jene geworden, die von sonst woher gekommen sind und die Kälte, die Armut, die Gewohnheiten, die ihre Vergangenheit hinter sich lassen wollten und bis an die letztmögliche westliche Grenze vorgestoßen sind. Dort angekommen, hatten sie die endlose Weite des Horizonts vor Augen, das Nichts, und machten die Erkenntnis einer nicht kurierbaren Selbstentfremdung.

Die metaphysische Leere dieses äußersten Westens zwischen Wüste und Pazifik gibt den Hintergrund vieler Romane von Joan Didion ab. Die Figuren befinden sich in einem Vakuum, sie wirken geisterhaft. In *Demokratie* scheinen sie im Besitz politischer Macht zu sein und sind doch im Grunde sich selbst so fern, dass sie nicht einmal Macht über das eigene Leben besitzen.

Die Frauen sind häufig Suchende, deren Ringen um Integrität, um eine aufrechte Haltung sich in einer zerfasernden Welt als illusorisch herausstellt. Es sind Selbstbetrügerinnen, die um ihren Betrug wissen. Didion beschreibt ein existenzielles Ringen von einer Tragweite, wie es Romanheldinnen selten gegönnt wird.

Ein Buch über die Gattin eines Senators zur Zeit des Vietnamkriegs zu schreiben, deren Vater ein Mörder ist, ein Buch zu schreiben, in dem ein Pressesprecher kaltblütig das Gedächtnis der Öffentlichkeit manipuliert, ein Buch über die Verstrickungen der amerikanischen Politik in den internationalen Waffenhandel und in halbseidene Bauprojekte in der Dritten Welt zu schreiben und es dann schlicht mit *Demokratie* zu betiteln, verrät den desillusionierten Standpunkt, von dem aus Didion arbeitet. Die Desillusionierung schlägt sich bei ihr in höchster Konzentration und gleichzeitig grenzenloser Müdigkeit nieder; ein Niederschlag, der funkelt.

Einen solchen Roman virtuos zwischen Farce, romantischer Liebesgeschichte und Tragödie anzusiedeln verrät ihre schriftstellerische Größe. Ein Kritiker schrieb über sie: »Didion kann mit einem einzigen Satz eine ganze Gesellschaft zum Einstürzen bringen.«

Sie selbst sagt in der feuchten New Yorker Sommerhitze über die Recherche zu den Figuren ihres Romans: »Diese Leute haben mich interessiert. Also habe ich sie beobachtet. Gewöhnlich begegneten sie mir zu gesellschaftlichen Anlässen, viele von ihnen kamen nach Kalifornien, zu Fundraisings in Hollywood. Es gab diese Abende, auf denen der eine oder andere Präsidentschaftskandidat auftauchte, und ich konnte sie beobachten. Viel von dem, wovon in *Demokratie* die Rede ist, habe ich in Hawaii beobachten können, in Honolulu. John und ich haben damals viel Zeit in Hawaii verbracht, und da unsere Truppen für Vietnam dort stationiert waren, liefen viele Politiker herum. Die Flotte im Pazifik war und ist ja immer noch der Hauptstützpunkt. Mich interessierte, wie sie redeten, wie sie dachten. Mir fiel besonders auf, in welch kurzen Zeitabläufen sie dachten. Sie hatten für alles einen Fünfjahresplan und diese Alles-ist-machbar-Haltung. Sie glaubten, sie könnten für jedes Problem innerhalb von fünf Jahren eine Lösung finden.«

Didion ist eine misstrauische Beobachterin. Ihr Misstrauen zwingt sie zur Zurückhaltung. In ihrer Literatur wird man Gefühliges, Ausschweifendes, Sentimentalität oder Pathos vergeblich suchen. Auf den ersten Blick wirken ihre Texte kühl. Sie sind beherrscht von dem, was nicht gesagt wird. Wer allerdings genauer hinsieht, kann beobachten, mit welchem kompositorischen Verständnis diese Autorin schreibt. Ihr Erzählen ist eines, das sich mit wenig begnügt und dieses Wenige nach einem strengen Bauprinzip einsetzt. Didion schreibt, als kreise sie aus der Perspektive eines Vogels über ihrem Material. Sie hat alles gleichzeitig im Blick, und an bestimmten Stellen, die auf ein Motiv, auf ein wichtiges Detail hin durchlässig sind, stößt sie herab. Sie holt das Motiv an die Oberfläche und lässt es von nun an nicht mehr in Ruhe, sie spielt damit, sie kommt darauf zurück, sie verändert seine Bedeutung. Und hier zeigt sich, dass die Kühle der Beschreibungen nur eine scheinbare ist; eine Kühle der Form, der eine große Emotionalität zugrunde liegt. Das häufige Wiederaufgreifen der Motive gibt dem Text eine Unterströmung, die jederzeit mitschwingt und ihn von unterhalb des Gesagten mit Leben anfüllt. Dieser hohen stilistischen Kunst sind die berührendsten Szenen zu verdanken, die ich je gelesen habe.

Ihr Rhythmus ist unverwechselbar. Natürlich ist es unvermeidlich, dass er auf Deutsch eine andere Tonhöhe, vielleicht sogar eine andere Geschwindigkeit bekommt. Aber literarisches Übersetzen bedeutet neben der Übertragung des Fremden ins Eigene eben auch, eine Balance herzustellen zwischen dem, was durch den Transfer in die eigene Sprache verloren geht, und dem, was man durch das Nachschreiben hinzugewinnt. Der Didion-Sound ist in der Übersetzung von Karin Graf jedenfalls deutlich zu hören. Die Balance ist geglückt. Aufgrund dieser Übersetzung habe ich eine der wichtigsten Entdeckungen meines Lebens gemacht.

Was ich las, ist eine Poesie der Reduktion.

Was ich las, sind Sätze, die, von Rinde befreit, weiß gewaschen und klar leuchten wie die seltenen, archaischen Hölzer, die man manchmal an Wildstränden findet.

Glossar

Glossar amerikanischer Abkürzungen:

AID	Agency for International Development
Air Cav.	Air Cavallery
ao dai	traditionelle Bekleidung der vietnamesischen Frauen
Arvin	lautmalerisch für ARVN (Army of the Republic of Vietnam)
Cal	University of Southern California
CINCPAC/MACV	Commander in Chief Pacific Air Command/Military Assistance Command Vietnam
Codel	Congress delegation, Kongressdelegation
DAO	Defense Attaché Office
D-Hawaii	Abgeordneter der Demokratischen Partei für Hawaii
HDMV	Heavy Duty Motor Vehicle
IRS	Internal Revenue Service
LAX	Flughafen von Los Angeles
MIT	Massachusetts Institute of Technology
NYU	New York University
op-ed Seite	opposite editorial page
Pi Phi	Studentenvereinigung
PX	post exchange

USIA	US Information Agency
WNBC	wie ABC ein Sender-Netzwerk
YMCA	CVJM
442.	442. Regiment

Joan Didion
Das Jahr magischen Denkens

www.list-taschenbuch.de
ISBN 978-3-548-60770-2

Die große amerikanische Schriftstellerin Joan Didion schreibt über die Trauer nach dem Tod ihres Ehemannes und über ihren Versuch, das Unfassbare begreiflich zu machen. Ein sehr offenes, sehr persönliches Buch, das zugleich von beeindruckender Allgemeingültigkeit ist. Joan Didion wurde dafür in den USA mit dem National Book Award ausgezeichnet.

»Es bricht uns das Herz.« *Frankfurter Allgemeine Zeitung*

»Eine Reflexion über Liebe und Ehe, Schicksal und Sinn, Glück und Verlust – und die Frage, wie wir Menschen mit der Tatsache fertigwerden, dass das Leben irgendwann aufhört.« *Der Spiegel*

»Jeder ihrer Sätze ist kostbar.« *Die Welt*

List Taschenbuch

L299

Joan Didion
Im Land Gottes

Wie Amerika wurde, was es heute ist
www.list-taschenbuch.de
ISBN 978-3-548-60790-0

In sieben brillanten Reportagen entwirft Joan Didion ein präzises Bild der Entwicklung des amerikanischen Staates während der letzten drei Jahrzehnte. Faktenreich berichtet sie aus den Zentren der Macht und erforscht die Verquickung von Religion und Politik innerhalb der konservativen Eliten. Amerikanische Gesellschaftsgeschichte erzählt von der wichtigsten Stimme der USA.

»Eine der scharfsichtigsten Beobachterinnen Amerikas« *Frankfurter Allgemeine Zeitung*

»Die beste Feder der amerikanischen Intellektuellen« *Der Spiegel*

Carmen Laforet
Nada

Roman. www.list-taschenbuch.de
ISBN 978-3-548-60686-6

Als die Studentin Andrea in Barcelona eintrifft, ist sie voller naiver Hoffnungen. Doch in der Großstadt eröffnet sich ihr ein Inferno menschlicher Abgründe … Carmen Laforets existentialistisches Debüt wurde 1945 über Nacht zur literarischen Sensation, ausgezeichnet mit dem zum ersten Mal vergebenen Premio Nadal. Jetzt begeistert der spanische Klassiker erneut Leser auf der ganzen Welt.

»Es hat mich nicht mehr losgelassen, bis zur letzten Seite.« *Elke Heidenreich*

»Dieses Buch ist eine veritable Entdeckung – eine sensationell frische, sensationell zeitgemäße Prosa.« *Die Welt*

»Ein bahnbrechender Roman« *FAZ*

»Carmen Laforet erzählt in einer Prosa, die zu brennen und zugleich aus Eis zu bestehen scheint.« *Mario Vargas Llosa*

List Taschenbuch

L265

Carmen Laforet
Die Insel und die Dämonen

Roman. www.list-taschenbuch.de
ISBN 978-3-548-60768-9

Gran Canaria, 1939. Marta wächst bei ihrem Bruder José und dessen Frau Pino etwas außerhalb von Las Palmas auf. Ihr Vater ist bei einem Autounfall ums Leben gekommen, ihre Mutter lebt seitdem – geistig verwirrt – ebenfalls bei ihnen. Doch Pino hegt größere Ambitionen, als fern der Stadt mit einer Kranken und einem jungen Mädchen eingeschlossen zu sein.

»Es hat mich nicht mehr losgelassen, bis zur letzten Seite.« *Elke Heidenreich* über *Nada*

List Taschenbuch

L309

Anne Tyler
Im Krieg und in der Liebe

Roman. www.list-taschenbuch.de
ISBN 978-3-548-60604-0

Dass aus einer großen Liebe nicht notwendigerweise eine gute Ehe wird, müssen die impulsive Pauline und der stoische Michael auf schmerzliche Weise erfahren. Denn als sich die jungen Leute auf den ersten Blick ineinander verlieben, scheinen sie das ideale Paar zu sein. Doch sehr bald verkommt die Familienidylle zum Kleinkrieg, und aus einer Liebe erwächst ein Unglück, das auch das Schicksal der Kinder prägen wird ...

»Große Schriftsteller wie John Updike, Jonathan Franzen und Nick Hornby haben immer gesagt: ›Anne Tyler gehört zum Besten, was wir an Erzählern gegenwärtig haben.‹« *Elke Heidenreich in Lesen!*

»Ein kluger Roman über das Schlachtfeld Beziehung« *Journal für die Frau*

»*Im Krieg und in der Liebe* ist glänzend erzählt und überhaupt kein trauriges Buch.« *Der Spiegel*

List Taschenbuch

L259

Anne Tyler
Kleine Abschiede

Roman. www.list-taschenbuch.de
ISBN 978-3-548-60758-0

Während eines Sommerurlaubs verlässt Delia Grinstead Hals über Kopf ihren Ehemann und die drei Kinder. Noch im Badeanzug trampt sie in eine andere Stadt, wo sie sich ein Zimmer mietet und die neue Unabhängigkeit als Single genießt. Dass die Familie eher halbherzig versucht, sie aufzuspüren, erleichtert ihr den Neuanfang. Erst zur Hochzeit ihrer Tochter Susie kehrt sie nach Hause zurück, wo sie dringender denn je gebraucht wird ...

»Anne Tyler ist die beste Schriftstellerin der Gegenwart.«
Nick Hornby

»Diese raffiniert schreibende Autorin verkörpert das Beste, was die amerikanische Literatur zu bieten hat.«
The Observer

»Anne Tyler beschreibt mit bissigem Witz und scharfer Beobachtungsgabe.« *Münchner Merkur*

List Taschenbuch

L320